JN307042

長編サスペンス

闇の警視　弾痕

「弾痕」改題

阿木慎太郎

祥伝社文庫

闇の奥の奥
コンラッド/植民地主義/アフリカ

藤永茂

目次

プロローグ　7
第一章　暗殺　19
第二章　制裁　135
第三章　内紛　283
エピローグ　327

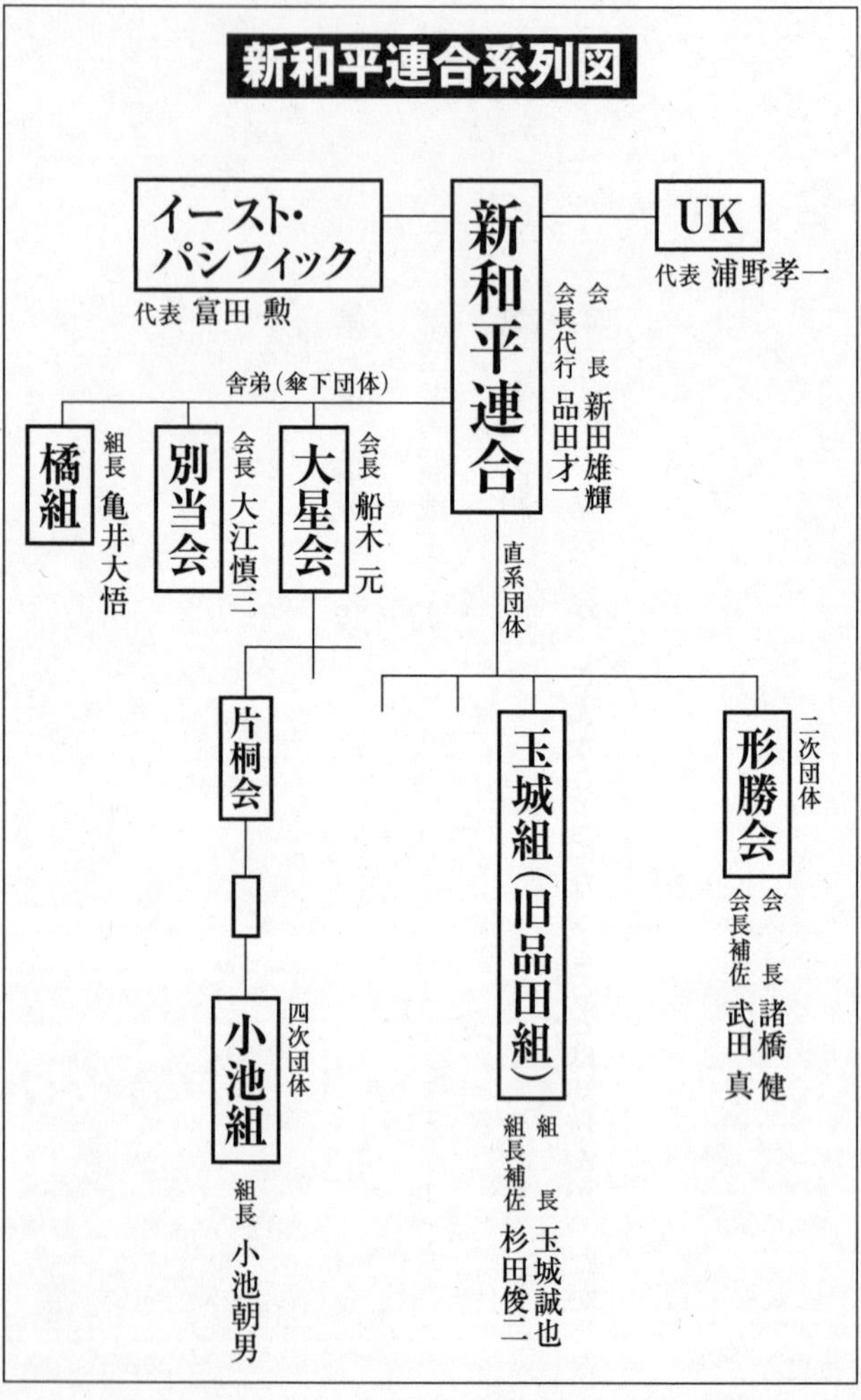
新和平連合系列図
新和平連合
会長 新田雄輝
会長代行 品田才一
イースト・パシフィック
代表 富田 勲
UK
代表 浦野孝一
舎弟（傘下団体）
橋組
組長 亀井大悟
別当会
会長 大江慎三
大星会
会長 船木 元
片桐会
四次団体
小池組
組長 小池朝男
直系団体
玉城組（旧品田組）
組長 玉城誠也
組長補佐 杉田俊二
二次団体
形勝会
会長 諸橋 健
会長補佐 武田 真

プロローグ

やはり人生にはこんなことも起こるのか、と瀬島幸吉《せじまこうきち》は目の前でマイルドセブンの箱を手に取る男の小指のない手を見つめた。

男は小池《こいけ》と名乗り、自分は亜矢子《あやこ》の亭主だと言った。亜矢子は自分に夫がいると瀬島に告げたことはなかったが、訳があって大阪から東京に出て来たということは知っていた。それ以上詳しい事情は話に出なかったたし、瀬島のほうから聞き出そうとしたこともなかった。だから、男が言ったことに嘘はないのだろうと思った。

「おめでたいと言われてもしゃあないが、こんなことになっとるとは知らんかったからなぁ」

と男は笑って煙草をくわえた。

瀬島は男の横で俯《うつむ》いたままの亜矢子を見た。テーブルを見つめたままの亜矢子の顔は、青白く硬《かた》い。

「さあて、間抜けなわしは、ここでどう言うたらええんかのう、社長さん……」

男は背広の懐中から書類のようなものを取り出した。何かのコピーのような用紙だった。

「……瀬島幸吉さんといったな……あんた、教えてくれんかね、こういうことは、わしも初めての体験なんでね」

台詞《せりふ》はヤクザが尻をまくって見せる時の典型だが、これが単純な美人局《つつもたせ》でないことは解っていた。少なくとも、この小池という男に亜矢子が加担していたとは思えない。亜矢子はこの男から逃げて関西から東京にやって来たのだ、とあらためてそう思った。亜矢子を疑う気は、今も瀬島にはなかった。

「……あんた、こいつからどう聞かされとるのか知らんが、困ったことに、こいつはまだわしの女房なんだよ。女の一人やそこら、あんたにくれてやるのはかまわんがね、子供の母親を黙って差し出すわけにもいかんやろ。健介《けんすけ》かて、実の父親が目の前にいてるのに、おかしなじいさんの子になりたがるわけもなかろうが」

健介とは隣りの六畳間で寝ている子供である。先週、やっと六歳の誕生日を祝ったばかりの亜矢子の子供が六年の懲役に出ていた父親を覚えているはずもないが、とはいえ、男が言うように瀬島には、今、何を言う資格もないように思えた。だが、瀬島に代わって、顔を上げた亜矢子が震える声で初めて言った。

「……健介は……わたしの子です……」

男が面白《おもしろ》そうに亜矢子に視線を向けた。

「おいおい、おまえの子やないとは言うてへんがな。たしかに健介はお前の子や。だが、おまえは、なにかい、わしの子ではないと、そういうわけか？　懲役勤めとると親権がのうなるんかい？」

激高《げっこう》もせず、男は煙草をくゆらしてそう訊《き》き返した。亜矢子は何も言えずにうなだれる。

「それとも、おまえ、健介捨てて、この社長はんの女房になりたいと、そういうわけかい？」

と小池はからかうように亜矢子の顎《あご》に手を掛けた。亜矢子が意を決した顔になって言った。

「……わたしは、あなたの妻ではありません……」

小池は動じたふうもなく言う。

「ほう……戸籍が入っとらんと、そういうことかい？　戸籍はどうでもええんや。お前がわしの女房やったことは誰かて知っとる。そんな証言する者ならなんぼかておるがな」

「あなたに……親の資格なんてありません。親、親と言わないでください」

突然男の手が走った。掌《てのひら》が亜矢子の頬《ほお》に鳴った。軽く殴ったつもりだろうが、この一撃で亜矢子は椅子《いす》から転げ落ちた。

「あんた……何をするんだ……！」

瀬島は思わずそう叫んで腰を上げた。

「黙っとらんかい。おのれの女房折檻《せっかん》してどこが悪い？　あんた、なにか誤解しとるんと違うか？　あんた、何の資格で物言うとるんや？」

小池が立ち上がり、倒れた亜矢子に今度は足を飛ばした。起き上がろうとして肩を蹴られた亜矢子が、また転倒して壁に叩きつけられた。

「ま、待ってくれ！」

亜矢子を庇《かば》って前に出た瀬島を、小池は難なく払い退《の》け、

「てめぇの女房叱るのに、何でいちいちあんたの許可得んならんのや？　まあ、おとなしく見とれや」

と、また足を飛ばした。胸を蹴られた亜矢子が呻《うめ》く。

「……あんたのところはどうか知らんが、わしらの家では悪い事したら叱られるのんが決まりや。ええか、この女かて、そんなことはとうに覚悟してるわ。極道の女房やった女や、覚悟のうてあんたの女になったりはせん。叩かれようが髪引き抜かれようが、そりゃあ仕様がないわな。これが男やったら命取られることしとるんや」

再び、足が飛ぶ。亜矢子が腹を両手で抱え、絶叫した。

「止《や》めて！　お腹《なか》は止めて！」

男が嗤《わら》った。

「ほう、お腹は止めて、か。すると、なにかい、その腹の中に何か入っとるんか？」

小池の足がその腹に食い込んだ。体をまるめて亜矢子が呻く。

瀬島は立ったまま呆然《ぼうぜん》としていた。お腹の子とは、何だ……？　亜矢子は妊娠しているのか……！

「そうかい、おまえの腹には、このじいさんの子ォが入っとるんかい。これはこれは、えろう達者なじいさんやな、見直したで」

と小池は亜矢子の腹を足で押さえたまま、瀬島に向かって咥《くわ》えていた煙草の煙を吐き出した。

顔色を変えて男の前に立ちふさがる瀬島に、男がまた嗤った。

「止めとき。年甲斐《としがい》もなく無駄なことはせんこっちゃ」

瀬島は男に張り飛ばされ、亜矢子の隣りに倒れこんだ。男が亜矢子の腹に載《の》せた足に体重を掛け、尋ねた。

「こんなかの子は、社長さんの子かい？　ほんまに間違いないんやな？」

亜矢子が苦しげに呻く。

「止めて……お願い……」

たまらず瀬島が叫んだ。

「止めてくれ。金なら払う」

瀬島にはほかに言える言葉がなかった。男が首を振った。

「たしかにわしは懲役食らったヤクザや。だがな、ヤクザやから言うて、誰もが銭で片《かた》がつくと思うたら、それは間違いや。わしは、しけた銭なんぞ貰《もら》う気はない。あんたも社長と言われるくらいの人なら、もうちっとましな台詞言うたらどないや。あんまり極道舐《な》めたらいかんで」

「それなら、どうしろと言うんだ！」

男の足の下で呻く亜矢子に、瀬島はたまらず叫んだ。

「金が要《い》らんなら、何が欲しい。言ってくれ」

男はそのままの姿勢で手にしていた書類を眺めた。

「言うたら、何でもくれるんかい……よしよし、ええ覚悟や……さあて、『日進《につしん》精密機器』……典型的な同族会社やな。堅《かた》い会社や……このご時勢で、負債もない、大したもんや。株主も、大したところはなし。みんなあんたとこの一族で押さえとる……」

男が手にしているものは会社概要のコピーらしかった。

「会社が……あんたは、わたしの会社を……」

「まさか。会社をまるごと寄越せとは言うとらんがな。ただ、なんや、あんたがその気になれば、ヤクザが堅気《かたぎ》になるのを助けられるかも知れんと考えとるだけやがな。あんたかて、解るやろ。前科持ちが堅気になるのは、えろう難しいご時勢やからな。わしの弟分を一人な、あんたんとこで使《つこ》うてくれるかな、と考えただけやが。社長はんなら、多分そんなこと、出来るんと違うかね」

と、男は瀬島を感情の見えない目で見つめて言った。

瀬島幸吉が倉田《くらた》亜矢子と知り合ったのは、一年五ヶ月ほど前のことだった。

「日進精密機器」の創業者で社長を務める瀬島は六十一歳で、妻を七年前に亡くしていた。子供は娘ばかり二人、どちらも嫁いでおり、今では孫が三人いた。瀬島自身は妻を失って以来、長女からの同居の申し出を退《しりぞ》け、広い屋敷に通いの手伝いを雇い、一人暮らしを続けていた。

亜矢子と知り合ったのは瀬島が日課にしている早朝の散歩時で、その時、亜矢子は倒れた自転車の傍《そば》で蹲《うずくま》っていた。早朝からその日は気温が上がり、熱中症にやられたらしかった。たまたま自宅前だったので、瀬島は亜矢子を自宅の玄関先で休ませた。さいわい寝かせて頭を冷やしただけで亜矢子は元気になり、救急車を呼ばずに済んだ。

亜矢子は近くのコンビニ店で早朝から働いている女性だった。その日の夕刻、親切にしていただいたのでと、亜矢子は瀬島の家を訪れ、菓子折りを置いて帰った。何日か後の散歩の途中で教えられたコンビニを覗《のぞ》いてみた瀬島は、言葉通り亜矢子が店で働いているのを見つけた。要らないパンを買い声を掛けたことから、瀬島はこのコンビニ店を訪れるのが早朝の楽しみになったのだった。

だが、ある日そのコンビニ店を訪れると亜矢子の姿はなく、瀬島は自分でも思いがけないほどの寂寥感《せきりょうかん》に襲われた。愛妻の死後、再婚を勧《すす》められても笑って断ってきた瀬島は、もともと女性に夢中になったことなどなく、妻の死んだ後にも、女性などに興味はなかった。思ってもみなかった寂しさに突然襲われ、瀬島はそんな自分の感情に戸惑い、慌《あわ》てた。しかも瀬島は、その女性の姓名すら知らずにいたのだった。

彼女に世話になったので礼がしたいのだと、コンビニの店員にその女性について尋ねると、もともと近くのレストランで働いていて、コンビニでは早朝だけ働くアルバイトだったのだと教えられた。

「改装でレストランが休みの期間だけ、うちで働いていたみたいですよ」

と店員は、初老の瀬島の物腰に安心したのか、「欅《けやき》」というレストランの名と女性の姓名を教えてくれた。女性の名は倉田亜矢子といった。

週末になり、瀬島は教えられたレストランに行ってみた。店員が言ったことは本当で、倉田亜矢子はフランス料理店でウェイトレスをしていた。瀬島は糖尿の気があることからそれまで好んで和食しか口にしなかったが、それ以降、夕食のほとんどをその店でするようになった。

小さな店なのでウェイトレスは二人しかおらず、客の少ない日には短時間だが瀬島は倉田亜矢子と話をすることが出来た。瀬島が糖尿病だと知ると倉田亜矢子はメニューの中からなるべくカロリーの低いものを勧めてくれ、シェフにもわざわざ瀬島の料理に注文をつけてくれたりした。

店は月曜日が休みだということを知ると、ある日、瀬島は思い切って亜矢子を食事に誘った。

「すみません、月曜日は家を空《あ》けることが出来ないので」

と瀬島の誘いはあっさり断られた。だが、がっかりする瀬島に亜矢子は微笑《ほほえ》んで言った。

「夕食でしたら、私のところにいらっしゃいませんか。たいしたものは出来ませんけど、お体に良いものを作りますから」

亜矢子は瀬島の自宅からわずかに徒歩で五分ほどのアパートに住んでいた。月曜日に外に出られないのは、彼女に五歳の子供がいるためだということもわかった。月曜日以外の日は子供を保育園で預かってもらっていたのだった。こうして月曜日以外の夜は「欅」に通い、月曜の夜は倉田亜矢子のアパートで過ごすようになった。

「ただ、あんたの弟分という人を、うちの会社で雇えばいいのか？」

あまりに容易《たやす》い要求に、瀬島はそんなはずはないと思いながら尋ねた。

「ああ、そうや。どうと言うこともないやろ。ただし、わしの弟分やから、ええ待遇で使《つこ》うてもらわんと困る。まあ、役員にはしてもらわんとならんな」

素性の知れない者を役員として迎え入れることは常識的にはあり得ないことだったが、「日進精密機器」は瀬島が作った会社だから、出来ないことではなかった。

「……そうそう、それから株もな。いや、勘違いしたら困るわ。さっきも言うたが、別に銭が欲しいわけやない。せっかく入れてもろうた弟分が存分に働けるように、そいつにも株持たしたって欲しいだけや。考えてみい、ほとぼり冷《さ》めたら首切ったろうと考えて、あんたがこの話を呑むこともあるやろ。わしも一応押さえるとこ、押さえとかんとな」

「あんた、何が狙《ねら》いなんだ……？」

「狙いもなにも、ただ弟分をな、働かせてもらいたいだけやが」

蹲っていた亜矢子が顔を上げて叫んだ。

「そんなこと、駄目です、駄目だと言ってください！」

亜矢子が叫んだことで、かえって瀬島の心が決まった。

「きみの要求を呑んで、弟分という人を雇ったら、この人を自由にしてくれるのだな？」

「ああ、くれてやるわ。好きにしたらええ、何したってかまわん」

「株はどれくらいつけるんだ？　うちは株式は上場していないし、資本金も少ない」

小池が手にした書類に目を落とした。

「資本金二千万……たしかに小さいわな。だが、会社の内容は二重丸……社長さん、要はわしの弟分が役員会かなんかで簡単に首切られんだけの株貰えればええんじゃ。つまり、あんたが、亜矢子にどれだけの値を付けるか、いうことや。十万の価値しかないんか、あるいは一千万の値ぇつけるか、ここは男の器量やな」

小池は笑い、亜矢子に言った。

「亜矢子よ、このじいさんが、お前になんぼの値ぇ付けるか、よう見とれや。口ではどんなことも言えるがの、愛だの何だのいうより、この値付けでお前がどれほどの女か判るんじゃ。ただの妾《めかけ》か、それとも女房にしてくれるんか、これも大事やで。腹の中の子ォが私生児になるかどうかの話やからな。ま、わしの方の条件はそんなもんや。さあ、瀬島はん、せいぜい気張って値ぇつけなはれ」

瀬島は頷《うなず》き、

「解った。私がこの人をどれだけ大切に思っているか、それを証明すればいいのですね」

瀬島は自分が個人で持っている株はすべて差し出す、と答え、蒼白《そうはく》の亜矢子に手を差し出した。

第一章　暗殺

一

水割りを作り始めるホステスの綾子《あやこ》に、杉田《すぎた》は、ママを目立たないように呼んでくれ、と頼んだ。場所は麴町《こうじまち》にある高級に属するクラブ「ルイ」である。繁華街から外れた場所にあるから銀座の客とは違って地味だが、客種《きゃくだね》は良い。品の良い店で、カラオケを使ったりする客も少ない。上級のサラリーマン、芸能人、名のあるスポーツ選手などが好んでやって来る店だ。「玉城《たまき》組」がここの守りに就《つ》いているので、組長補佐役の杉田もたまに「ルイ」に立ち寄る。

杉田はヤクザでも店の客として目立たない。上部団体である「新和平連合《しんわへいれんごう》」の指示で、杉田が所属している二次団体の「玉城組」の組員も、全員がヤクザとは見えない姿をしている。今の杉田も、地味なスーツに、グレーのワイシャツ姿。ネクタイも目立たないものだ。むろん、襟《えり》に代紋《だいもん》などもつけてはいない。それでもヤクザだということは判る者には判り、稼業の者はその風体《ふうてい》だけで「新和平連合」系の者だと、近年は知られるようになった。

ママの昌美《まさみ》が目立たないようにやって来て杉田の前に座った。杉田はホステスの綾子に席を外すように言い、昌美に訊《き》いた。

「……あそこの客はどんな客だ？」

杉田が来る前からいる客で、二人連れ。二人ともどこかの企業の役員風に見える。一人は日本人だが、あとの一人はたぶん韓国系だろう。そして日本人のほうは稼業の者だ。歳《とし》のころは四十代半ばか。

「ああ、あちらは堅い会社の重役さん」

と昌美は杉田の視線を、目では追わずに答えた。さすがに苦労してママに上り詰めた女だから、心得ていて、客を振り返ったりはしない。

「ほう、カタギか……ここは、古いのか？　見たことがないがな」

「そうねぇ、ここ半年くらいかな。奥のお客さんは今日が初めてだけど」

「あれは、韓国だろう？」

「よく判るわね、さすがは杉田さん」

「堅い会社の名は？」

「うーん……『日進精密機器』だったかなぁ」

「なるほど、確かに堅そうな名だな……それにしちゃあ、らしくない客だが」

ママが笑って答えた。

「羽柴《はしば》さんっていうんだけど、ああ見えても専務さんよ」

「あれが、専務か」

杉田はちょっと驚いた。ちゃんとした企業にも、まれに粋《いき》な身なりの者はいる。宣伝部あたりのサラリーマンだと、芸能人かと思うほど派手なジャケットを着ていたりするものだ。ママの言った羽柴という専務も、そういう点では派手組だ。だが、芸能人ぽいでたちとはちょっと違う。匂いは……やはりヤクザ者だった。ひょっとしたらフロントか。フロントとは、企業舎弟のことである。ヤクザではないが、ヤクザと繋《つな》がっているから、両者にさしたる違いはない。

「驚くでしょ？　でも、本当よ、名刺貰ったから間違いないわよ」

その夜はそれだけで終わった。

二週間後、今度は銀座の七丁目にある「大門《だいもん》」という店で、杉田は同じ羽柴を含む三人連れに出会った。やはり客の一人はあの韓国人だった。あとの一人は判らないが、異常なほどの大男だ。歳は三十代だが、頭は丸坊主でプロレスラーのように見える。

この「大門」もやはり杉田が管理するクラブの一つで、ママの大門志奈子《しなこ》は組長玉城誠《まさ》也《や》のイロの一人だった。店の開店資金も当然玉城から出ている。ただ、場所は銀座七丁目で、こちらは麹町の「ルイ」より一段格が上だ。客は企業なら役員か部長級、銀座の旦那衆もよく来ている。

「玉城組」でこの店に顔を出すのは杉田だけである。それはママの志奈子がヤクザと判る人間が店に出入りすることを極度に嫌うからだ。だから出資者である玉城もここへの出入りを志奈子から禁じられている。

杉田はここでもママの志奈子に訊いてみた。

「あれは良い客なのかね」

「良いわよ。一本は使ってくれるもの」

と、志奈子は杉田のために新しいレミを開けながら答えた。一本とは、月に百万落とす客ということだ。少しは景気が良くなったとはいえ、今日び、月に百万落としてくれれば上等の客だろう。

「堅い会社の重役なんだってな？」

「そう。でも、杉田ちゃん、よく知ってるわね」

「麹町の『ルイ』にも来ているんだ」

ママの志奈子は「ルイ」も玉城組が関わっていることを知っている。

「ああ、それでか」

「連れも、古いのかね？　デカイのは知らんが、もう一人のほうも『ルイ』で見た。あれは韓国系だろう？」

「ええ、ソウルから来てるんだって。うちには、そうねぇ、半年くらいね。もう一人は今日が初めて。中国の人よ。羽柴ちゃんは輸出が専門なんじゃないかな。役員でも海外担当だったと思うよ。だから連れて来る人は外国の客のほうが多いみたいね」

「ヤクザ者と来ることはないのか？」

「まさか。目つきの悪いお客は杉田ちゃんだけ」

　とママは笑った。それじゃあてめぇの男はガラが良いのかよ、と組長の玉城を思い出して文句の一つも言いたくなったが、それより密談中か、ホステスを追い払って話し込む羽柴たちが気になった。

「……なんでそんなこと言うの？」

「俺に似て、あの羽柴という男もカタギには見えねぇからよ」

「カタギよ、ヤクザじゃないわ」

「どうかな」

　ママが、カタギだカタギだ、と言うたびに、杉田の疑念は一層、深まった。俺の勘が狂ったことはない……杉田は羽柴という客が筋者《すじもの》だと確信を持った。もしあの羽柴という客が本当にカタギなら、小指一本くれてやろうじゃねぇか。それにしても景気が良い客だ。

「日進精密機器」などという会社名は耳にしたこともないが、そこの専務が使う接待費は半端《はんぱ》じゃない。この銀座で料金が高いといわれる「大門」で月に百万使っているなら、「ルイ」でも同じくらいは使っているのではないか。二軒の店だけで月二百万……。だが……筋者雇って「日進精密機器」とは笑わせる。いったいどんな経営をしているんだか……。

「……ひとつ頼まれてくれんかな？」

「なによ？」

杉田が志奈子に頼んだのは羽柴の席での盗聴だった。どうしても韓国野郎との会話が聴きたい。

「いやですよ、そんなこと」

志奈子はとんでもないと掌《て》を振って杉田の頼みを拒絶した。まあ、ママが嫌がるのも分からないではなかった。一ヶ月、百万落としてくれる上客を、つまらないことで失いたくはないというわけだ。

「なんだ、なんだ、そんなおっかない顔して。大したことじゃないんだよ。ただ小さなテープレコーダーをテーブルの下に置いときゃあいいだけだ。あいつが来たら女の子にそっとスイッチ入れさせるだけだよ。大したことじゃねぇだろうが」

だが志奈子は最後までウンとは言わず、承諾させるのに組長の玉城誠也に事情を説明しなければならなかった。

週末の午前十時過ぎ、組長の行方を自宅の寝床《ねどこ》から携帯で追うと、携帯に出たガードが、

「組長はガレージです」

と答えた。これは新橋《しんばし》にあるタクシー会社のガレージのことだった。「玉城組」は小さいタクシー会社をひとつ経営している。「玉城組」は「新和平連合」の中でも経済ヤクザと言われるだけあって、結構ちまちまいろんな商売に手を出しているのだ。だが、だからと言って、組長の玉城誠也がアゴだけで大人しいわけではない。百八十センチある長身の玉城は、若い頃はライト級のプロボクサーで、すぐに暴力に訴えたがるクチだった。そばに長いことついてきた杉田は、それでどれだけ苦労してきたか知れない。

「それじゃあ、今は忙しいんだな」

「ええ、まあ……」

ガードの歯切れの悪い口調で、玉城が何をしているのかピンと来た。サンドバッグがわりに誰かを痛めつけているのだろう。糖尿でかかっている医者から運動不足を指摘され、走ったり歩いたりする代わりに、誰かを殴ってカロリーを燃やしているのだから始末におえない。

「大分かかりそうか？」

「はい、始まったところですから」

ああ、これじゃあ一時間はかかる、と杉田は仕方なく、組長に代わってくれ、と言った。

組長の玉城が電話に出てきた。息を切らせている。

「なんだ、スギ……急ぎの用か」

「ちょっと力添えしてもらいたいことが出来たんですよ」

「だったら、こっちに来ぃ。しばらく手が離せんからよ」

「分かりました。今からそっちに行きますから、サンドバッグが音《ね》をあげてもそのままそこにいてくださいよ」

「なにぃ？」

組長が何か言う前に、杉田は電話を切った。

杉田は喧嘩《ゴロ》は苦手《にがて》だが、ヤクザとして組長補佐になるだけの器量があった。ヤクザが苦しい時代もシノギで苦労したことはなかったからだ。つまり「玉城組」がここまでになったのは、杉田の手腕だったと、組でも組の外でも一目置かれている。短気ですぐ頭に血が上る組長の玉城も、だから杉田には頭が上がらない。なにかあればすぐに、

「……スギよ、まずいことになってなぁ……」

と問題はすぐ杉田の所に持ち込まれる。フロントを上手《うま》く使ってきたのも杉田だし、仕

事もずいぶん作り出してきた。債権取り立て、倒産屋、助成金不正受注、中古車屋に地上げに闇金《やみきん》と、金の匂いがすればどんなことにも首を突っ込んできた。しくじったものは一つもない。どれもそれなりの成果を上げてきた。ただ、悔《くや》しいことに億単位のでかいシノギは地上げ最盛の頃だけで、最近はちまちましたものばかりだ。そんな杉田の鼻に、今、旨《うま》そうな匂いが流れてきている。

妻子のない杉田は、朝飯も食わずに、麴町の自宅マンションからそのままタクシーを飛ばして新橋に向かった。

「大東亜《だいとうあ》タクシー」のガレージは新橋一丁目にある。八階建ての古ぼけた冴《さ》えないビルが「大東亜タクシー」の本社とガレージがある場所である。タクシー会社にタクシーで乗りつけたので運転手は戸惑った顔をしていた。余分に金を払ってタクシーを降りると、まずガレージに玉城の車があるかどうかを確認した。

ガレージの入り口近くに、明けのタクシー車両に並んで玉城の紺《こん》色のクラウンが停まっている。玉城としては、本来ならベンツのS600あたりを転がしたいところだが、クラウンなのは、これも上部団体「新和平連合」からの通達があるからだ。「新和平連合」系の組は、今ではどこも地味な国産車しか使わないようになっている。

車の傍《そば》に立っていたガードの斉藤《さいとう》が、杉田の姿に直立不動で挨拶《あいさつ》してきた。

「ご苦労さんです！」

「組長はどこだ？」

「あそこです！」

駐車場の奥にガレージがある。車両修理のためのガレージだ。杉田は頷《うなず》くと、煙草を取り出してくわえ、奥に進んだ。駐車場の前では明けで戻って来たらしい二台のタクシーが洗車されている。「大東亜タクシー」の運転手はどいつもまともな経歴ではないから、職場にヤクザが歩き回っていても驚きはしない。中にはヤクザから足を洗った者もいる。だから玉城は、

「俺はな、更生事業だと思ってやってるんだ。勲章でも貰いたいくらいのもんだぞ」

と言っているが、あながち見当外れでもないと、杉田は思っている。

普段なら開いているガレージのシャッターが、今は下りている。杉田は脇の扉からガレージに入った。想像通りの有様《ありさま》だった。天井からチェーンで吊り下げられた半裸の男がまず目に飛び込んできた。案の定、サンドバッグ代わりにしてしばいたのだろう、男の顔面はザクロだ。ただ、予想と違ったのは組長の玉城の姿だった。コンクリートの床に腰を落とした玉城が、ガードに背中を擦《こす》らせながら肩で息をついていた。貧血でも起こしたのか、顔面は蒼白だった。慌《あわ》てて駆け寄り、尋ねた。

「……大丈夫ですか！」

スーツの上着を脱ぎ捨て、ワイシャツの袖《そで》をまくった玉城が荒い息をつき、手にしてい

たスポーツドリンクを飲み干すと、いまいましげに言った。

「……ろくなもん食ってねぇからショックが来た……糖尿のショックよ」

大丈夫らしいとほっとして、杉田はうなだれた格好で梁《はり》からチェーンでぶら下げられている男を見上げた。見たことのない中年の男だった。もっとも知った顔でも今は顔面がザクロのように弾《はじ》けているから元の顔は判らない。

「なにしたんです？」

「……店の金、七十万、つまみやがった……」

ガードの和田《わだ》の補足説明で事情が判った。男は杉田も知っている関根《せきね》という新橋の烏森《からすもり》で金券ショップを任《まか》せている男で、店の金をつまんだという。

とにかくここじゃあ何ですから、と杉田は玉城の腕を取り、「大東亜タクシー」の社長室に連れて行った。ここの社長も桑田信三《くわたしんぞう》というフロントだが、朝から会社に出て来るようなタマではない。

社長室のソファーに玉城を座らせると、杉田はガードの和田を追い払い、

「あんなこと、組長がするこたぁないでしょう。和田か斉藤にでもやらしときゃいいんだ。うちもいまでは五十人からの組ですよ、昔とは違う。親分がつまらんことはやらんほうが良い」

と手にしてきたスーツの上着を、でかい体に羽織《はお》らせてやった。

「モク……」

煙草に火を点《つ》けて渡した。大きく吸い込んで、やっと楽になったらしく、玉城が言った。

「なんだ、急用ってのは？」

杉田は事情を簡単に説明した。志奈子の名が出ると、玉城の顔は露骨に苦《にが》いものになった。玉城には女が三人いるが、中でも一番新しい志奈子には甘い。金を搾《しぼ》り取られていながら、ヤクザ者がついていると判ったら誰も来なくなると志奈子にやられて、「大門」にはお出入り禁止の宣告を受けているのだから情けない。

「『日進精密機器』か。そこはどんなもん作ってる？」

それでも玉城も金の匂いがすれば話は別で、予想通り膝を乗り出してきた。

「多分、望遠鏡とか、工作機械とか、そんなもんじゃないですかね」

と杉田は二日ほどかけて調べた「日進精密機器」の会社概要を玉城に説明した。

「おまえ、相変わらず良い鼻してるな。その男の連れは韓国の野郎なんだろう。ひょっとすると当たりか」

「羽柴というのがその客ですが、こいつは多分、フロントでしょう。まあ、話の内容聴いてみんことには判りませんが、勘ではでかい話じゃないかと思います。ただ、その羽柴の後ろです。どこの組がついているのか、ついている所によっては手が出せんこともありますがね」

　で、取りあえずテーブルの下にテープレコーダーでも仕込みたいのだ、と杉田は志奈子を説得してくれと玉城に頼んだ。欲には勝てない玉城は、渋い顔になりはしたが、駄目だ、とは言わなかった。

「ちゃちな仕掛けじゃあ駄目だ。しくじったら志奈子がうるさい……そいつは松井《まつい》にやらせろ」

　玉城が口にした松井とは、「松井調査事務所」の松井五郎《ごろう》のことだった。杉田は玉城ほど、マル暴上がりのこの男を買ってはいない。元刑事のくせに博打《ばくち》と女に溺《おぼ》れ、身を持ち崩したクズだ。元刑事ということから玉城に金を借りてケチな興信所をやっているだけで、大して調査能力もない。警察からの情報すら、この男から取れたためしはないのだ。

「おまえ、松井が嫌いなんだったな」

　と良い顔をしない杉田に玉城が笑った。

「役に立たん男でしょう」

　杉田は歯に衣着《きぬき》せぬ口調で言ってやった。

「使い方だろう。羽柴という男を叩く時には、元マル暴が役に立つ」

　そう言われてみれば、そうかな、と思った。もしやつらが旨い話を企《たくら》んでいると判ったら、次に打つ手が要《い》る。どこの組がついているかにもよるが、そいつに食い込むなら、何らかの方策を立てて事を起こさなければならない。その時にかませ犬の役をやらせようというのが玉城の腹だろう。確かに、使えるかも知れない。それに、たとえクズでも俺より盗聴の仕掛けをするのは上だろう。一応は専門なのだから、と杉田は考えた。

「だが、どうでしょうね、旨い話だと松井に判ったら、おっ払うのに苦労するんじゃないですか？　あいつは蛭《ひる》のような野郎だ、間違いなくこっちの話に割り込んできますよ」

「確かにな。だが、構やぁしねぇ。いいところまで働かせて、どこかで切る。そいつは俺に任せろ」

まあ、「玉城組」の金でやっとこ興信所をやっているのだから、元マル暴も脅《おど》せば手を引くか……。

「良いでしょう。それじゃあ松井にやらせましょう」

と杉田は思案の末、玉城の言うことをきくことにした。

二

杉田は十日後、東銀座《ひがしぎんざ》にある「松井調査事務所」に出掛けた。気に入らない男の事務所だから過去に一度しか来たことがない。事務所が開設された時だ。巨大なビルの谷間に建つ四階建てのボロビルで、松井五郎の事務所はその四階にある。

四階くらいは歩いて上がれ、ということか、百年も前に建てられたようなビルにはエレベーターもない。杉田は二日酔いの足で狭い階段を三階まで息をつきながら上がった。運動という運動もせず、酒ばかり飲んでいる日常だから、太っていなくてもちょっと動けばすぐ息が上がる。

松井から、羽柴の正体が判ったと言ってきたのは昨夜だ。例の盗聴は五日前に無事に終え、テープも受け取っている。予想通りの中身だった。羽柴は韓国と取引きをしていた。いや、韓国の会社は多分ダミーで、実際は中国か北朝鮮だ。韓国経由で荷を送っているらしい。

ただ、その荷が何だか、それはテープにある会話だけでは判らない。それでもそれが禁制品だということは察しがつく。おおっぴらに取引き出来るものなら、何もひそひそ相談しなくても堂々とやればいい。

さて、そこで知りたいのは次の二点。奴らがどんな仕事をしているのか、そして羽柴というフロントのバックにどこがついているのか。その中の一つ、羽柴のバックがどんな人間かを、松井はこの一週間で調べ上げたというわけだ。

四階まで上がると、木の扉にくもりガラス、そのくもりガラスに白で「松井調査事務所」とある。よくあるように、松井の場合は元警察官だという信用が売り物でもなく、半ば恐喝《きょうかつ》で暮らしている。調査依頼に訪れた客が餌食《えじき》になる。調査中に金になるネタと判れば、調査が恐喝に変わるわけだ。

こんな事務所に訪れるのが大きな企業であるはずがなく、大抵《たいてい》が中小企業の調査依頼か、そこらの亭主やかみさんが頼んでくる浮気調査などが飯の種《たね》だが、松井が依頼人のためになったことはほとんどなく、亭主が浮気していると判れば、その亭主のほうに、偽《にせ》調査報告を書いてもいいがいくら出せるか、と調査料の何倍かの金額を吹っかける。世に言うところの悪徳興信所の代表が松井で、真面目《まじめ》な興信所からみれば業界の敵だ。告訴の対象になっても不思議ではない。

扉を開けると、そこが受付と依頼人の待合室。といっても、その先の衝立《ついたて》の向こうがすぐ所長の松井が客と面談するスペースだから、先に客がいれば、松井と客の話は待っている次の客に筒抜《つつぬ》けになる。それでも問題が起こらないのは、一度に客が何組か来ることがないからで、二年前、初めて杉田が組長の玉城と顔を出した時と事務所の様子は変わっていない。

受付で手鏡を見ながら毛抜きで眉の無駄毛を抜いている女が、松井が事務所を開設した時からいる奴の女で、この女のために松井は博打に小遣いを求めて警察を首になった。それほどいい女かといえば、場末のスナックでもまず雇う気にならないだろうと思える骨ガラの厚化粧。松井がなぜこんな女に入れあげて、職だけでなく女房子供まで捨てたのか、杉田にはどう考えても解らなかった。

驚くその骸骨《がいこつ》のような女に手を上げ、杉田はまっすぐ衝立の向こうの所長席に向かった。松井は安っぽい机に向かい、出前の蕎麦《そば》を掻《か》き込んでいた。

「おう、来たな」

と言い、ソファーに座る杉田にいやらしい笑みを見せた。

「……相変わらずパリっとしてるな。おまえら、最近はベルサーチなんか着ないんだな……それにしても、玉城のところはそんなに景気が良いのか」

こんな野郎にタメ口きかれてたまるか、と思ったが、こらえて煙草を取り出した。なるほど、今、カタギが俺たちを見れば、間違いなく松井のほうが食いはぐれたヤクザに見えるだろう。警察官時代に買い込んだらしいスーツは草臥《くたび》れているし、ワイシャツも汚れている。

「一本くれんか。生意気にダンヒルなんか吹かしやがって」

と松井は割り箸《ばし》を置いて言った。杉田は苦笑して、テーブルに置いた煙草を投げてやった。器用にその煙草を受け取ると、松井は自分の百円ライターで火を点けた。

「おまえのお陰で玉城は遊んでいられるってわけだ。良い子分を持って幸せだな、組長は」

嫌味には応えず、訊いた。

「野郎のバックが判ったんだな？」

「ああ、調べた。それにしても、おまえ、本当に良い鼻しとるな。旨そうな獲物をよう嗅《か》ぎつけるもんだ、感心するぞ」

と松井は机の引き出しから大型の茶封筒を取り出して、杉田に投げて寄越した。

「写真か？」

「ああ。望遠で撮《と》った。相手の男もばっちり撮れている」

杉田は封筒から五、六枚ある写真を取り出した。L判サイズの写真は、見覚えのある羽柴という男が喫茶店かどこかで男たちと話しこんでいるものである。

「……京王《けいおう》プラザだよ……野郎は二日に一度そこに寄る。相手の野郎だが、おまえ、見たことがあるか？」

おまえ、と言われてむっときたが、

「いや、知らんな」

と答えた。だが、羽柴の相手がカタギでないことは判る。ダブルのスーツ、ひと目で極道と判る面《つら》構えをしている。写真を懐中にしまって訊いた。

「ここに写っているのはどこの者だ？　判っているんだろう？」

「ああ、五日もかけて付け回した。結構、苦労したぜ」

「で、どことつるんでる？」

「羽柴がフロントだっていうのは判っているわけだ」

「ああ、そいつは最初から判っている」

「奴が京王プラザで会っていたのは、『小池組』の組長だ。他の男は多分ガードだな」

「『小池組』？」

「聴いたことがねぇのか？」

「聴かん名だな」

「『大星会《たいせいかい》』は知っているだろう、お前のところの傘下《さんか》になったところだからな」

「大星会」は名門のテキヤ組織で、関東では大組織だ。組員数はおよそ千人。二年前、杉田が所属する「玉城組」の上部組織「新和平連合」が傘下にした組だ。

「もちろん知っている。今の会長は船木《ふなき》だろう」

「ああ、そうだよ、八坂《やさか》が殺《や》られて、跡目《あとめ》は船木が継いだ」

「で、『小池組』は？」

「『大星会』の枝だよ。四次団体。組長は小池朝男《あさお》。小池はしばらく前まで広島刑務所にいた。六年ほどのお勤めだ。傷害だが、前科があるから結構長かったということだな」

「なるほど」

　その男のバックが「大星会」だと知ってほっとした。これが他の大組織だといろいろ面倒だが、「新和平連合」傘下の「大星会」で、しかも四次団体ならたいした相手ではない。ここで「新和平連合」の直系二次団体のバッジが役に立つ。

「出て来てやったことが、舎弟を『日進精密機器』に送り込む仕事だったわけだ。おまえの嗅覚《きゆうかく》も半端《はんぱ》じゃあないよな。上手く食いつけば、相当の金になるんだろう?」

杉田は別のポケットから封筒を取り出して、松井に渡した。

「これで、その頭の中のもんは忘れろ。ここから先は、おまえには関係のない話だ」

松井はどっかり杉田の隣りに腰を落とすと、無造作に封筒から札束を取り出して数え始めた。厚化粧の骸骨が薄い茶を運んできて笑顔で言った。

「杉田さん、お久しぶりですね、お世話になります」

杉田も笑みを見せて言ってやった。

「あんたも、つまらん男に引っかかって苦労するな。悪いことは言わない、まだ遅くねぇから、この男とは早く手を切れ」

女はへらへら笑い、そのまま受付に戻って行った。松井が吼《ほ》えた。

「おいっ、なんだ、こいつは。たった五十万かい、これじゃあ実費だけだぞ。こっちは、五日も掛けて羽柴を追ってきたんだ。おまえ、いくらか抜いてるんじゃねぇのか?」

「五日で五十万稼いだら御《おん》の字だろうが。うちだからこうして金を払ってやるんだ。他の組だったら一文だって払わんよ。おまえがうちから借りている金のことを考えてみろ。何なら金は持って帰るが」

素早く札束をポケットにしまって、松井は言った。

「いいだろう、手金《てきん》だと思って貰っておく。その代わり、ここに記憶したものは簡単には消えんぜ。俺は記憶力が良いんだ」

　と人差し指で額《ひたい》を叩いて見せた。

「あんたの記憶力なんかどうでもいい。それより金が欲しいなら、きちんとした『日進精密機器』の資料を寄越せ」

「『日進精密機器』の何が知りたい?」

「何もかもだ。出来れば、何の商売をしているのか、そこまで摑《つか》めれば、あとの仕事がしやすくなる」

「羽柴が韓国に送っている荷だな?」

「そういうことだ」

　松井が嗤った。

「簡単に言ってくれるな。それじゃあ、どうだ、俺にもこのヤマ、片棒担《かつ》がせるか?」

「馬鹿を言え。おまえさんは興信所の仕事だけやってりゃあいいんだ。ちっとは真面目に働け」

「舐《な》めるなよ、杉田。五十や百の金で俺を動かすわけにはいかねぇ。俺を粗末にすると、ろくなことはねぇぞ」

「欲を出すな。そんな態度続けていると、今に痛い目を見る」

「おいおい、笑わすなよ。俺を脅《おど》す気か？　相手見てものを言え」

と松井は笑って煙草の煙を吹きつけてきた。さすがに頭に来て、小声で言ってやった。

「おい、松井、てめぇはもう刑事《デカ》じゃあねぇんだよ。うちの親分がいるからこうしていられるんだ。うちの信用なくしたら、てめぇはもう終《しま》いだってことぐらい解ってるだろうが。意気がってねぇで、俺の言った仕事に精出せ。そうすりゃあ、ちったぁ小遣い銭も稼げる」

一瞬顔色が変わったが、気を変えたように松井はへらへらと笑った。

「解った、解った。おまえこそ、そう意気がるな」

松井が続けた。

「……ところで、羽柴が『日進精密機器』に潜《もぐ》り込んだのがほぼ一年前だ。初めから役員で入り込んだらしいが、どんな形で潜り込んだかは判らん。だが、一年ちょっとで専務まで行っているんだから、やはり腕が良いんだろうよ。だが、おかしかねぇか？　普通、ヤクザ送り込むのは、その会社を食いつぶすためだろうが。だが、『日進精密機器』の業績は良い。小池はどんな腹でエースを送り込んだのかな？」

エースとは企業舎弟のトップ級ということだ。

杉田は苦い顔になって言った。

「余計なことに頭を突っ込むなと言っただろう」

「つまりは、ただ会社を食うより、そのまま続けさせたほうが儲《もう》けが多いと思ったわけだ。いったい『日進精密機器』のどこに旨みがあったのか……そこで問題は、どこを突くかだ。おまえ、もうやり方は考えてあるのか？」

答えずに、逆に訊き返した。

「連れの韓国の野郎はどうなんだ？　まともな韓国企業のわけがねぇだろうが」

「こいつは判らん。たぶんソウル辺《あた》りの同業者じゃねぇか。公安なら韓国のことも判るが、俺の同期に公安はいねぇからな」

馬鹿が、と思った。松井に警察を動かすだけの力はない。たかがクズの警部補上がりだ。たとえ同期に公安の者がいたって、クズの松井に情報を流しはしないだろう。

「だが、盗聴テープの中身に旨みがあると、おまえさんも考えているわけだ……だがな、杉田よ、相手の『大星会』はでかいぜ。小池を突けば、終いには『大星会』が出て来る。『大星会』は確かに『新和平連合』の傘下だが、だからと言ってすんなり引きさがるか？　おまえんとこの玉城が『新和平連合』の会長代行の品田《しなだ》だったら何とでも出来るが……玉城が『大星会』を抑えられるかだがな」

確かに、と杉田も思った。「大星会」まで出てくると話はややこしくなる。「玉城組」だけで話がつかなければ、上部組織の「新和平連合」を頼らなければならなくなるかも知れない。そこまでやるかは、小池のところがどれほどのシノギをしているかによる。

「よし、解った。あんたにはこのまま『日進精密機器』の動きを張ってもらおう。入り込んでいるのが羽柴だけなのか、もっと調べろ。何かあったら、あんたのキャリアに物を言わせればいい。痩《や》せても枯れても名前だけは立派な興信所なんだから、いざとなっても申し開きが出来るだろう。それから、あんたが得意な元警部補だっていうキャリアもな」

嫌な顔で松井は言った。

「さっきも言ったが、端金《はしたがね》では、もう受けんぞ。その気になれば、ネタの買い手は他にもある」

杉田は女にも聞かせる気で、笑って言った。

「ネタの買い手だと？　馬鹿が。ネタは俺がやったもんだろうが。それでも余禄《よろく》の金が欲しいって、馬鹿やるか？　やるならやっても構わねぇよ。ただ、解ってねぇんだったら気の毒だから教えといてやるが、てめぇなんぞ千葉沖に沈めることぐらい、屁《へ》でもねぇんだ。うちの玉城はそんなことが好きでな。なにせ、組長は、飼い犬に手ぇ噛《か》まれることが何より嫌いだからな。そいつを考えてから、ネタを売りたかったら売れ。ただし、ただじゃあすまねぇがな」

「冗談だ、冗談。俺が玉城を裏切るわけがねぇだろう。そう突っかかるな」

と松井はおどけて見せた。

「さあてな、貧すれば鈍《どん》するだ。俺は組長とは違うからな、それほどあんたを信じちゃあいねぇ」

「ご挨拶だな、杉田。お前も偉そうな口きくようになったもんだ」

「てめぇに杉田呼ばわりされたくねぇな。組長補佐と言え、組長補佐と」

「チンピラが偉そうに」

さすがに松井の顔色が変わっていた。

「そのチンピラはな、今じゃあおまえをしばくことも出来るんだよ。はったりじゃあねぇ。何なら試してみるか？」

「貴様《きさま》、俺に喧嘩売ってるのか？」

「馬鹿が。喧嘩売るのは、対等な相手の時だろうが。今のてめぇは、ただのクズだ。まだ立場が解ってねぇようだから教えといてやる。次からは杉田さんと言え。俺がおまえを使ってるんだ。そいつを忘れるな」

松井は舌を鳴らしてそっぽを向いた。杉田は馬鹿らしくなって立ち上がった。

「まだ解らねぇらしいな。一度、ヤキを入れてやるしかねぇか」

「何だと？　俺に手を出したら……」

杉田は嗤ってやった。

「手を出したら、どうだと言うんだ？　警察仲間にでも泣きつくか。同期が、助けてくれるか？　松井、まったくてめぇはお笑いタレント顔負けだな。馬鹿言ってねぇで、俺の言ったことを真面目にやれ。あそこのねぇちゃんと一緒に沈めて欲しいなら、ま、好きにしな。こっちはどっちでも構わんからよ」

怒りのためか恐怖のためか、蒼白になる松井に背を向けて、杉田は、もう一度言ってやった。

「いいか、長生きしたかったら、言われたことを真面目にやれ。三日後にまた来る。それまでに『日進精密機器』に関して徹底的に調べあげろ。手抜きしやがったら本当にヤキを入れる。解ったな」

戸口の受付のデスクで蒼《あお》い顔をしている骸骨女に言ってやった。

「聞こえていただろ、ねぇちゃん？　あんたの男はな、デカにもなれず、ヤクザにもなれんクズよ。悪いことは言わねぇ、早く別れろ。あんな男にくっついていたらろくなことはねぇ」

階段を下りながら笑ってしまった。あの馬鹿は、多分玉城に電話で、杉田にガキ扱いされたと泣きを入れるだろう。だが、この仕事に関して、全権は俺にある。玉城があのクズに肩入れするはずがない。それより荷がどんなものか、それが知りたかった。中身によっては「大星会」と一戦交えなければならないかも知れない。

この話、「玉城組」だけで片付けられればいいが、進み具合によっては上部の「新和平連合」に話を通さなければならないだろう。どうなるにせよ、小池というヤクザがどんな旨い汁を吸っているかだ。杉田は何となくこの一件が「玉城組」の将来を決めるような予感に、大きく息をつき、新しい煙草を取り出した。

三

翌日、松井五郎は「日進精密機器」がある調布《ちょうふ》まで出掛けた。前日、杉田に一方的にまくしたてられたことで腹の中は煮えくりかえっていたが、玉城が昔の玉城でないこともきっちりと知らされた。杉田の態度が頭に来たと訴える松井に、玉城は言ったのだ。

「松井よ、おまえ、何考えてるんだ？　杉田は今は、うちじゃあ組長補佐だぞ。組長補佐ってのは、俺と同じ立場ってことだ。おまえは、杉田がチンピラで、まだ自分がデカだと思ってやしねぇか？　おまえはもうデカでもなんでもねぇんだからな。仕事続けたかったら、大人しく杉田の言うことをきけ。

おまえは、あいつがアゴだけの男だと高《たか》を括《くく》ってるんだろうが、そいつは違う。あいつがおまえをしばくと言ったら、本当にやるんだよ。そうなっても、おまえの昔の仲間は誰も助けやせん。俺がお前を助けるってか？　まだ解ってねぇな。いいか、借りがあるのはお前のほうで、俺じゃあねぇ。俺がどうしておまえを助けなきゃあなんねぇんだ？　逆だろうが。恩返しするのはお前で、俺じゃあねぇ。つまらんことを言ってねぇで、しっかり言われた仕事をしろ。杉田がキレる前にな」

これが玉城に掛けた電話の返答だった。

「野郎、俺がデカだった頃は尻尾《しっぽ》振っていやがったくせに」

と、憤懣《ふんまん》で歯軋《はぎし》りした。築地《つきじ》署の刑事時代は、組事務所に顔を出せば下にも置かないもてなしで、いつもこちらの顔色を窺《うかが》っていた玉城だった。だが、確かに警察を辞めた後、拾ってくれたのは警察の先輩ではなく、ヤクザの玉城だったのだから、運命は先が読めないものだ。貸しがあると思ってはいたが、何を借りた、と言われれば具体的には何もない。

それにしても、玉城が杉田にこれほど弱いとは意外だった。玉城は弱い者には容赦《ようしゃ》をしない直情径行の男で、いつもお山の大将でいなければおさまらないタマなのだ。そんな玉城を杉田は手玉に取っている、ということか……。

杉田にそれほど力があると解れば、ここは忍の一字と、松井も言われた仕事をするしか他はなかった。あのチンピラが、と思ってもどうにもならない。だが、チャンスがあれば一泡吹かせてやる、と松井は怒りを呑み込んで調布までやって来たのだった。

「日進精密機器」はこぢんまりした企業だった。駅から歩いて十数分。昔は畑だったのだろうと思われる敷地は万年塀《まんねんべい》に囲まれて、それでも五、六百坪はあるだろうか。しけた二階建ての本社社屋に、工場だと思われる建物が一棟。会社概要によれば、望遠鏡のレンズなどでは大臣賞も受賞している世界的な精密機器メーカーだという。こんなしけた企業に「小池組」が何でフロントを送り込んだのか、すぐにはピンと来なかった。

普通は企業舎弟を送り込んで会社を食うはずが、小池はそれをやっていない。膨大な債務もなさそうだし、経営は一見、堅調である。上場していないから株価で経営の状態を調べるわけにはいかないが、決算をみれば順調だ。だから見かけは製造も営業も破綻《はたん》がない、ということだろう。ただ、フロントの羽柴が韓国の極道とつるんでいるからには、ただの法的にまともな貿易事業だとは思えない。杉田が嗅ぎつけたように、その貿易事業が臭いのは明らかだ。

だが、何をやろうとしているのか？　輸出なのか輸入なのか……。この小さな工場で作っているものは、天体望遠鏡や医療機器、そして精密測定装置などだ。他にもいろんな製品の名が並んでいるが、元マル暴の刑事にそれらの製品が解るわけもない。こんなものが外国に売れるかどうかも解らない。それでも、輸入で何かがひっかかるとは思えない。やはり何かの輸出に旨みがあると、「小池組」は踏んだのだろう。

もう一度会社の製品名を眺めてみて、これか、と思った。天体望遠鏡などと並んで精密座標測定機器というものがある。会社の沿革を見ると、最初は望遠鏡からスタートして医療機器、そしてロケットに積み込む観測機器にまで乗り出している。こいつがどこかに売れるのか……。そして暴力団が目をつけるとなれば、そいつは本来売ってはいけないものなのではないか。売ってはならないものだから商売になる……。

電子機器は、作っている者の思惑とは違ったところで利用されることもあるのだ。たとえば兵器に転用するなどである。この「日進精密機器」も、観測機器として開発したものが他に転用されてしまうなどということもあるのではないか。だから、「小池組」はそこに旨みを見出《みいだ》した……。

詳しくは知らないが、出来の悪い警察官であった松井でも、ココムというものがあることは知っている。いわゆる安全保障関係の輸出禁止条項だ。核兵器などの大量破壊兵器やミサイルなどの関連物資は、不拡散条約によって日本でも輸出が規制されている。だが、密輸とは、食い込む暴力組織にとっては、禁止されているから逆に旨みが出てくるのだ。本来そういうもので、禁じられていなければ価値はない。

松井は、おそらく「日進精密機器」は単なる企業乗っ取りのためにヤクザから目をつけられたのではないのだろうと見当をつけた。現に調べたところでは、乗っ取りに食い込んだ形跡はない。

さて、問題はそこからだった。「日進精密機器」に入り込んでいるフロントは羽柴という男だけなのか。こいつは業界で言うところのエースだろう。「日進精密機器」は調べたところ、よくある中小企業の例にもれず同族企業で、創業者社長は瀬島幸吉。役員のほとんどが瀬島姓。その中に羽柴のほかにもう三名、瀬島姓でないものがいる。羽柴のほかにもう一人か二人、「小池組」から送り込まれた者がいてもおかしくはない。

ここで松井が考えたことは、調べ上げたことをそのまま杉田に伝えるかどうかだった。杉田に伝えたところで手に入るのは、スズメの涙ほどのケチな金だ。通常、松井が使う手は、依頼者と反対の位置にいる者に情報を売るというものである。当然ながら、こちらのほうが値が高い。

具体的に言えば、杉田が狙っているということを、「小池組」に知らせて金を摑むということである。だが、現実の問題としてこれは危険すぎる。「小池組」が恩に感じて「玉城組」の報復から自分を守ってくれればいいが、その保証を取り付けるのは難しいだろう。第一、組の規模が違う。「小池組」はたかだか十人ほどの小さな組だ。他方の「玉城組」は今をときめく「新和平連合」の二次団体、組員も五十名からいる組織だ。しかも「小池組」の上部団体「大星会」は「新和平連合」の傘下に入っている。とうてい勝ち目はない。

こっそり「小池組」と話をつけたにせよ、そこで手に入る金も、おそらくたかが知れた金に違いない。杉田に一泡吹かせてやれるのは楽しいが、ばれれば身に危険が及ぶ。まあ、東京湾に沈められるなどということはないだろうが、痛めつけられる惧《おそ》れはある。

一晩考えた末に出した結論が、これからやろうとしている芝居だった。吉と出るか凶と出るか、そこまで計算が出来ないところが難点だが、「小池組」にネタを売るよりも危険が少ない気がした。

松井は通りの反対側に立って「日進精密機器」の建物を眺めていたが、やがて意を決すると、守衛がいる鉄門に近づいて行った。

「社長に会いたいのだがね。警視庁築地署の松井という者だ」

七十になるかという姿の守衛は、一瞬ひるんだ様子を見せはしたが、面会者に対するマニュアルがあるらしく、申し訳ありませんが身分証を見せて欲しい、と言った。松井は慌てなかった。これは予想していたやりとりだったからだ。

「名刺ならあるが、公用ではないから手帳はないよ」

と言って松井は財布から名刺を取り出して守衛に渡した。名刺はまだ警部補として築地署に勤務していた頃の物だ。でかい態度で名乗ったからか、穏《おだ》やかそうな守衛は名刺だけ見て、解りましたと守衛所から社長を呼び出した。これで会社に社長がいることが判った。

「まっすぐ行ってください。あそこに見えるビルが本社ビルです」

何が本社ビルだ、とおかしくなった。親切なのだろうが、どこが事務所かはひと目で判る。二階建ての建物と、あとはプレハブの工場らしいものがあるだけだ。それでも一応礼を言い、教えられたとおりに正面にある漆喰《しっくい》二階建ての建物に入った。

これが世界に通用する精密機器を作っているのか、と呆《あき》れるほどしけた建物だった。それでもその社屋の一階には受付があり、制服らしい紺色の上っ張りを着た若い娘が松井に応対した。

　守衛所から連絡があったのか、すぐ脇にある小部屋に通された。社長室に通されるのかと思っていたので意外な気がしたが、始終見学の客でもあるのか、案内された小部屋は来客用の部屋だった。壁際にはガラスのケースが置かれ、なにやら松井には解らない機械が飾られてあった。賞状も同じように飾られている。外国の客でも来るのか、解説は英語だ。

　ソファーの一つに座って煙草に火を点けると、受付の娘がおそるおそるといった感じで茶を運んで来た。

「社長はすぐ参ります」

　娘が言った。娘が言ったとおり、社長の瀬島幸吉はすぐやって来た。白髪の六十代の小柄な男だった。社長のくせに工員のような灰色の作業衣を着ていた。胸元に「日進精密機器」のロゴが刺繡《ししゅう》されている。

　立ったまま頭を下げ、

「私が社長の瀬島ですが……警視庁の方ですか？」

　と怪訝《けげん》な顔で言った。企業舎弟を役員なんかにしやがって、と腹の中で嗤ったが、松井も丁寧に頭を下げた。

「築地署の松井と言います」

ここでもう一度名刺を取り出して渡した。向かいに腰を下ろした瀬島は不安気だった。眼鏡を取り出し、名刺を眺めている。骨ばった顔は予想通り、緊張に蒼ざめているように松井には見えた。

「守衛の方にも説明しましたが、今日は公用ではありませんので……そのおつもりで」

と松井は瀬島を鋭い目で見つめた。

「すると……どのようなご用件なのでしょうか？」

実直そうな顔に不安の色が、隠しようもなく浮かんでいた。

「おたくに、羽柴という専務さんがおりますね？」

「はい、いますが」

瀬島の顔が緊張に歪《ゆが》む。ほう、こいつはやっぱり羽柴の素性を知っていて雇ったのだな、と松井は思った。私用だ、という警察官を疑うことすら忘れている顔だ。馬鹿め。

「もう一度伝えておきますがね、今日は公用で来たのではないんです。実はおたくとは関係のない捜査の途中で、羽柴という男の名が出てきましてね……」

「うちの羽柴が何か？」

「おたくに勤められてから、どのくらいになります？」

「一年ほどですが」

「社長さんは、その男の素性をご存知なんですかね？」

「素性と言いますと？」

瀬島社長の顔はこわばっていた。

「ご存知でないなら言いますが、羽柴という男は企業舎弟ですよ」

「企業舎弟……」

「そうです。解りやすく言えば、ヤクザですね。知らずに雇われたんでしょうが、あなたはヤクザ者を役員にされた……」

瀬島は何も答えなかった。

「多分、事情があって雇われたんじゃあないですか？　最初に申し上げたように、今日は公用ではないんです。たまたま羽柴の名が別の捜査中に出てきましてね。今日ここに私が来たのは、何か役に立てることがあるんじゃないかと、そんな気がしたものでね」

「どういうことでしょうか？」

「社長さんに、言い難《にく》いような事情があるのではないかと、そう思ったわけです。そうでなければ、羽柴の素性を知らずにここまで来たか……いやいや、元ヤクザでも更生しているのなら、それはそれでいいんですよ。だが、羽柴はまだヤクザとつるんでいる。奴のバックは『小池組』です。そこの組長と最近も会っている。つまりはフロントだ。

ヤクザに食いつかれたのなら警察に行けばいいわけですが、それもされたような気配はない。つまり、社長さんには人に話せないような、何か事情がある……そう考えて、こうして伺《うかが》った。社長さんがお困りのことでも、私なら何かお力になれるのではないかと、まあ、そんな思いで伺ったんですよ」

瀬島は俯いたまま何も言わない。針に掛かった……もう一押しだなと、松井は短くなった煙草を灰皿に捨て、新しい煙草を取り出した。

「差し出がましいことを言って、申し訳ないですね。ただ、このまま放っておけば、いつか事件になる。いざ捜査対象になってしまってからでは、私も何も出来ない。だが、今ならまだ間に合う。会社にまだ傷がつかないうちに、何とか処理が出来るのではないか。私も警察は長いですから、こういうことをどう片付けたらいいか、まあ、解っているつもりなんでね。過去にも似たような事例をいくつも見てきましたから。

どうでしょう、何か私に出来ることはありませんかね。非公式に、お役に立てれば、それが一番社長さんにも良いのではありませんかな。どんなご相談にも乗るつもりで来たわけですが」

社長の瀬島が顔を上げた。悲痛な表情で松井を見つめる。

「どうですか、お考えいただけますか？」

瀬島が言った。それは松井が予測した言葉ではなかった。

「何を仰《おつしや》っているのか判りません。うちの会社には何も問題はありません。ご親切は解りますが、そういうことですので、これでお引き取りください」

と瀬島は言ったのだった。

四

直情径行で、何かといえば暴力で片をつけたがる玉城だけあって、こういうことの決断と実行の手並みはたいしたものだった。

いつまで経っても松井の調査が進まないと判ると、

「面倒臭ぇ。こうなったら羽柴という野郎を締め上げるのが手っ取り早い。野郎を叩けば嫌でも何をしているか判るだろうが。いいか、『大星会』はたしかにそこらの組とは違うが、羽柴の直接のバックは『小池組』だろう。こいつはたかが十人ほどのゴミみてぇな組だ。ここをつぶすのはわけはねぇ。

問題は『大星会』が出て来た時の対処だろうが、これだって、そう気にすることはねぇ。そうは思わんか、スギよ。本当に旨い話だと判れば『新和平連合』の品田さんに話を通すし、それにな、考えてみろ、この時期だ、めったなことで『大星会』が出て来ることはねぇ。おまえは慎重すぎる。ここからは俺に任せろ」

と玉城はさっそく羽柴の拉致《らち》を実行に移した。

杉田にも玉城の読みは解った。「大星会」は「新和平連合」の傘下に入ったのだから、玉城が「大星会」の枝の「小池組」に手を出すのは形としてはまずい。だが、それは形だけのことで、実際には大きなトラブルにもなるまいと思う。なぜなら、この数年間の「大星会」は内紛続きで、今はとにかくトラブルを起こしたくないと、会長の船木は考えているだろう。ましてや、相手は上部団体の「新和平連合」の二次組織、直系の「玉城組」だ。しかも今の関東のヤクザは内部の紛争に厳しい。

「大星会」も「関東八日会《かんとうようかかい》」のメンバーで、会長の船木は幹事の一人に名を連ねている。関東のヤクザの結束を謳《うた》う「関東八日会」は、そもそも関西の関東進出を警戒して出来た団体である。関東の組織が結束して進出を狙う関西に当たろう、というのが結成の趣旨である。だが、昨年、その結束にひびが入った。関東の中堅であった「一新会《いっしんかい》」が突然関西の傘下になったのだ。まさに青天の霹靂《へきれき》とはこのことだろう。残った関東の各組は裏切った「一新会」を叩くことも出来ず、ただ耐えて、さらなる強い結束を誓った。

当然、関東の雄として、「新和平連合」の存在は重みを増した。関西と正面切って戦いはしないが、いざそうなっても「新和平連合」なら太刀打《たちう》ち出来る、と関東各組織はその力を信じている。巨大な資金力は何よりの武器で、資金力だけ考えれば、関西の比ではないからだ。そんな緊迫した情勢にあるのだから、たとえ「新和平連合」と「大星会」との間にトラブルが発生しても、そのトラブルはまず拡大しない。そんな場合でも「大星会」

が引くことは間違いないだろう、というのが玉城の読みだった。

杉田も、「新和平連合」という上部団体の援護さえ得られれば、「小池組」あたりを叩いても、それほど問題は大きくならないだろうと踏んでいる。業界内の噂でも「小池組」は「大星会」の中でも大きな存在ではない。たかが四次の枝だ。組長の小池朝男という男に会ったことはないが、人望のある男とも聴いてはいない。

やっと決心がついて杉田は言った。

「いいでしょう、それじゃあ、やりますか……」

その後の進展から見ると、玉城のこの作戦は単純なだけに見事と言っていいほどスムーズに進んだ。

まずは、羽柴の動きを調べるところから始まった。毎日会社に出ているのなら、その会社からの帰路でもいい。あるいは始終飲み歩いているのだから、夜、どこかの店を出たところでやってもいい。奴は飲む場合、客を乗せていても運転は自分でしている。その車を襲えばいい。

玉城の作戦はこうだ。まずこちらの車を相手の車に接触させる。羽柴が乗っているのはベンツのＳ５００である。高級車だから、羽柴は慌てて車から降りるだろう。そこを拉致してしまうのだ。

「人目につかんほうがいいからな、銀座の真ん中はまずい。そうさな、奴が麴町の『ルイ』に出入りしているんなら、あそこがいいだろう。あそこなら夜は歩行者もいねぇし、駐車場も寂しい。ただし、客がいるか、それだけは確かめろ。拉致してくるのは、羽柴という奴だけでいいからな。なまじ奴の客まで攫《さら》ったら面倒が増える。例の韓国の連れがいたら中止だ。韓国の連中を敵に回すのは荷が重い。それに、『日進精密機器』の仕事をいただくのなら、今後のことを考えて、韓国のほうは大事にしとかんとな」

結局、決行は「ルイ」の駐車場でやることに決まった。「ルイ」の駐車場はオフィスビルの地下を使っている。それはそのビルの一階に「ルイ」があるからだ。夜間はがら空きの駐車場なので、「ルイ」が安い値段で十台分ほどのスペースを使わせてもらっている。

こういうことになると張り切る玉城は、さすがに使う車も考えてあった。組の車は使わず、当日用意したのは彼が所有している「大東亜タクシー」で一番ボロの車である。俺も行くという玉城を抑えて乗ったのは、杉田以下四名の組員。普段は組長ガードの斉藤と和田も、この廃車寸前の車に乗っている。高級車にスーツ姿の男たちが三人も乗っていれば警戒されるが、タクシー車だから羽柴が怪しむことはない。それでも杉田は、運転する斉藤以外の者を外から見られないようにシートに伏せさせた。

これまでやばい目に遭ったことがないのか、羽柴は自分が調布から尾行されていることなど疑う様子もない。途中、新宿の京王プラザの駐車場に車を入れたから、また「小池組」の誰かと落ち合うのかと思ったが、ホテルに寄ったのは酒を飲む前に夕飯を食うためらしく、すし屋に入った。すし屋で過ごした時間は一時間だった。豪勢な暮らしをしてやがる、と尾行していた杉田は派手なジャケット姿の羽柴の動きを見守った。路上のタクシー乗り場の外れで待機している斉藤に携帯で、

「そろそろ出るぞ」

と伝えると、杉田もタクシー乗り場に急いだ。

それからは簡単だった。羽柴は予想通り、まっすぐ麴町に向かう。ベンツを地下駐車場に入れる。羽柴は地下の駐車場に入るために速度を落とす。そこで「大東亜タクシー」が軽く羽柴のベンツに追突する。手際は良い。三人の男たちはシートに伏せているから、タクシー車には運転手の服装をした斉藤しかいないように見える。計画通り羽柴が憤然とした顔でベンツを降りる。運転手役の斉藤も、申し訳なさそうに席から降りる。

「……すみません……」

と斉藤が接触したベンツのバンパーを調べれば、

「どこ見て運転してんだ、ああ？」

「でも、そっちが急に停まったもんで……」

「何、馬鹿言ってる！　そっちの前方不注意だろうが！」

と羽柴もバンパーを見ようと屈《かが》み込む。音もなくタクシーから降り立った杉田ほか二人が羽柴を取り囲む。あとは用意したスタンガンでバチバチッとやれば羽柴は簡単に崩れ落

ちたのだった。

ガードの和田がベンツを転がし、タクシーは本社のガレージへ帰還。こうして拉致はあっけなく終わり、今、羽柴は哀れにも玉城に存分に甚振《いたぶ》られている……。

「……『小池組』が何だと？　よく聴こえんな、今、何と言った？」

と小池の名を口にする羽柴の腹に重いフックを叩き込むと、滑車にチェーンで吊り下げられた羽柴の体が大きく揺れた。アルマーニのスーツとシャツ、格好いいズボンまで脱がされた羽柴はパンツ一つという情けない姿でぶら下がっている。

「『小池組』にケツ持ってもらっていても、わしらには役に立たんわ。頼るんならもうちっとましな組にせんとな、羽柴さんよ」

もう一発、きれいなフックが羽柴の頬《ほお》に刺さる。自分のタクシー会社のガレージだから、羽柴が悲鳴をあげても、どうということはない。帰って来たタクシーの運転手たちも、ガレージの扉が下りていれば、「ああ、またやってるな」と思うだけで、驚きはしない。

「さあ、吐け。おまえ、何を韓国に売っているんだ？　殴られるだけだと思っていたら、そいつは甘いぞ。これから何するか教えてやる」

斉藤と和田がガレージの隅から溶接用のボンベを運んできて火を点けて見せれば、根性のあるヤクザと違う羽柴は簡単に口を割った。

「なんだ、光学照準器とイメージ増強管だ？　なんだ、そいつは？」

とワイシャツの腕をまくって羽柴を殴り続けていた玉城は、羽柴が口を割っても何が何だか判らない顔をしていた。これも当然で、精密機器など何一つ知らない玉城はイメージ増強管などと聴いても、それがどんなものなのか、それこそイメージも浮かばない。ただ判ったことは、やはり杉田が考えていたことと同じだった。羽柴たちは「日進精密機器」に潜り込むと、ココムで規制されている製品を韓国に流していたのだ。

「よし、その先だ。おまえとつるんどる韓国の連中は何だ？　軍需《ぐんじゅ》物資の買い付け会社か？」

これも簡単に事情が判った。羽柴がたびたび会っていたソウルの客は、これも予測通り韓国の怪しげな貿易業者。韓国に送った荷は中国に流されたり、場合によってはアムステルダムにある武器専門の闇の商社に送られたりすることが判った。

「まいったな、チャカ売ったり買ったりするのは判るが、照準器だとか何とかスコープだとか、そんなもんが何で輸出禁止になるんだ？　いったいおまえら、それでなんぼの商売している？」

杉田の嗅覚はやはりたいしたもので、この一年で羽柴は三億近い金をこの禁制品の密輸で稼いだことを白状した。いまどき、何億にもなる商売はでかい。十人ほどしかいない

「小池組」としたらすごい稼ぎだろうと杉田も玉城も思った。訊き出したいことをすべて吐かせた後、半死半生の羽柴の処理について杉田と玉城の意見が初めて分かれた。

「面倒臭ぇな。コンクリ嚙ませて沈めてしまえ」

と言い放つ玉城に、

「殺さんでもいいでしょう。他にも使いようがあるかも知れない」

と杉田は反対した。「小池組」の庇護《ひご》など通用しないと解らせて、「玉城組」で使う手があるのではないか、と考えていた。羽柴を抱き込むことが出来れば、韓国のルートを今後も使うことが出来るのだ。「日進精密機器」を手に入れれば旨い商売になると判っても、新しく「玉城組」で密輸出のルートを開拓するのは容易ではない。韓国ルートをそのまま使えれば、それにこしたことはないのだ。

二人の会話は当然、チェーンでぶら下げられている羽柴にも聴こえる。東京湾にコンクリート詰めにされて沈められる、と羽柴は発狂寸前になっていた。

「……おまえ、このまましらのために働いてみるか？」

杉田の言葉は今の羽柴にとっては神の声だった。二つ返事で、何でもやらせてもらう、と叫ぶ。

「と、なると、『小池組』をどうするかだな」

「おまえも面倒なことを考える奴だな。問答無用で叩けばいいだろうが」

「『小池組』なんてどうでもいいですがね、出来ることなら『大星会』とぶつからずに済ませたいと思っているだけです。『小池組』だけを呑み込む方策がないかと、そう考えているだけですよ。親分がいいと言えば、どうでしょうね、わしが小池という奴に話つけてみてもいいですが」

「気に入らねぇな」

「何が気に入らないんです？」

「小池って野郎のキャラが分からねぇ。おまえは俺の補佐だぞ。何かあっては困る」

「用心しますよ」

「どうやるつもりだ？」

「うちの営業車が損害を受けた、と、まずここからでしょう」

タクシー車を接触させたのは間違いなく「玉城組」のほうだが、難癖はどんな場合でもつけられる。羽柴が突然バックして来たからダメージを受けた、と言えばいい。要はどちらの組が強いかだけで決着がつく。損害は金で払わんでもいい、と言う。それでは何を、と言ったところで「日進精密機器」の利権を持ち出せばいい。むろんそんな馬鹿な話を向こうが呑むわけがない。だが、最初からこの話し合いは喧嘩である。白を黒だと主張して、それを通してなんぼの世界だ。

「組長は出て来なくていい。小池とは自分が話します。その代わり、『大星会』まで話がもつれこんだら、品田さんのほうを頼みますよ」

品田は現在は「新和平連合」の会長代行である。玉城はもともとその品田のガード出身だから話がしやすい。品田まで話を通せば「日進精密機器」の中身も伝わってしまうから、何割か利益も上に取られる。それは覚悟しなければならないだろう。だが、「玉城組」だけでは「大星会」を相手には出来ないから、ここは我慢だ。

「解った。こいつはそもそもおまえが見つけてきたシノギだ。任せるから上手くやれ」

「斉藤と和田を借りますよ。それと、チャカも」

と杉田は答え、会う前に小池朝男に関して情報を松井に取らせようと考えた。

五

羽柴秀一《しゅういち》が「玉城組」でしばかれる数時間前、松井五郎にも同じような災難が降りかかっていた。とは言え、こちらのほうは松井自身が招いたものとも言える。

午後五時半過ぎ、松井の事務所に三人の男たちが乗り込んで来た。その日というよりこの週は、「松井調査事務所」を訪れた客は一組もなかったから、たった一人の事務員である坂井《さかい》麻須美《ますみ》は帰り支度を始めていた。ずんぐりした男を先頭に三人の男たちが入って来た時には、待ちかねていた調査依頼の客かと笑顔を作った麻須美は、その男たちが招かざる客であることをすぐ見抜いた。それは彼女が「玉城組」のヤクザたちをよく知っていたからだった。

「松井はいるか？」

とずんぐりした男が麻須美に尋ねる声は、ソファーで寝ていた松井にも聴こえた。気を利《き》かせた麻須美が「留守です。ご用件を伝えますが」と断りを言っても、これは効果がなかった。男たちはずかずかと奥まで入り込み、ソファーに横になっている松井をすぐに見つけた。

「おのれが松井か……留守の男が何でここに寝とるんや？」

とずんぐりした男が嗤った。麻須美はすでに二人のごつい男たちに細い腕を取られていた。

「何だ、おまえら」

さすがは元マル暴の松井だから、相手がヤクザだと知ってもそう驚きはしなかった。

「『築地署』の刑事が何で興信所なんかやっとる？　おかしな話やないかい」

と男は所長机に腰を掛け、松井を面白そうに見つめた。事情は聴かなくても判った。

「築地署」の刑事と名乗ったのは「日進精密機器」を訪れた際に社長の瀬島に会った時で、他の場所でここしばらく刑事を名乗ったことはない。

「わしが小池や。おのれ、わしを捜しとったんと違うか？」

付け回していたのは事実だが、それは羽柴という男が会っている相手を確かめたかったからで、小池というヤクザと判ってからは尾行などしていない。やはりあの瀬島の口から自分の存在を知られたのだな、と松井は瞬時に対応を変えた。

「ああ、捜しておったわ。いつかおぬしに会ってみたいと思っていたからな」

と松井は起き上がり、平然とテーブルの上のマイルドセブンを取り上げた。それにしても、近くで見ると、小池は何ともヤクザらしいヤクザだった。背丈はさしてないが、小太りの体はごつい。目つきも険悪で、カタギが見てもひと目でヤクザだと判る風貌である。それでもヤクザを脅して食ってきた松井が、そんな相手にビビることはなかった。

「おまえら、えらくガラが悪いな。いったい、俺に何の用だ？」

「捜しとったのはおのれのほうやろうが。用があるなら、どうしてまっすぐわしの所に来んのや。こそこそわしの後つけとったんは、銭が欲しいからかい？」

関西弁で凄《すご》まれて、松井は「小池組」は本当に「大星会」の枝か、と不安になった。もし関西の出先の組ならやばい。

麻須美の悲鳴が上がった。

「おいおい、うちの所員に何してる！」

がたいの良い男二人が麻須美を引き摺《ず》って来た。麻須美の苦痛に歪む顔を見て、松井は言った。

「女を痛めつけんでも訊きたいことには答えてやる。さあ、何が訊きたい？」

「おのれ、瀬島に会《お》うたそうやが、バックはどこや？　『玉城組』かい？」

ほう、と思った。押しかけて来る前に、一応「松井調査事務所」がどんな形で運営されているのか、業界の噂を集めてきたということだろう。だからケツ持ちに「玉城組」がいることを知っている。

「いや、『玉城組』とは関係がない。旨い話があれば嗅ぎつけるのが俺の仕事だ」

「元刑事も落ちたもんやな」

「何とでも言え」

「『玉城組』はどこまで嚙んでいる？」

「わからん奴だな。玉城とは何の関係もないわ。玉城は確かに現役の頃に面倒をみた男だが、玉城に食わしてもらうほど落ちてはおらんよ」

と松井は余裕を見せ、手にしていたマイルドセブンに火を点けた。

「それじゃあ何か、『日進精密機器』の件には玉城は嚙んどらんと、そういうことかい？」

「俺は玉城の身内じゃあないからな。自分の食い扶持《ぶち》は自分で探す。たまたま良い匂いがしたから、ちょいと調べてみた。おまえのところは良い商売してるじゃないか。どんな手を使ったか知らんが、羽柴あたりを食い込ませて何億も稼ぎ出すとは大したものだ。少々こっちに銭流しても罰はあたらんだろう。違うか？」

「欲の深い極道顔負けの刑事やな」

「で、どうする？」

小池が麻須美を捕らえている男たちに言った。

「気が変わった。安《やす》、女の腕を折れ」

安と呼ばれた男が所長席の椅子を取り上げた。残った一人が麻須美を押さえに掛かる。

小池が麻須美の腕を取ると、机の上に引き伸ばす。

「お、おい、待て！」

さすがに驚いて松井が立ち上がると、

「おのれを痛めつけてもええんやがの、それじゃあ面白くもないがな」

制止する間もなく、安と呼ばれた男が椅子を麻須美の腕の上に叩きつけた。絶叫を残して麻須美が床に崩れ落ちる。小池がそんな麻須美を蹴り飛ばして言った。

「欲をかくと、こういうことになる。おのれも腕、叩き折られたいか？」

「待て、話せば解る！」

「話し合い言うんは、対等の者が言う台詞やないかい。おのれは、それじゃあ、何かわしにくれるもんがあるのかい？」

さすがに今では蒼白になった松井は、

「待て、待て、待てよ！」

と叫んで事務所の端に跳んだ。ロッカーの脇にこんな時のために木刀が立て掛けてある。松井はその木刀を手に取った。クズの警察官でも、現役の頃は剣道では鳴らした。腑《ふ》抜《ぬ》けになって稽古《けいこ》などしなくなって何年にもなるが、若い頃は三段までいった腕だった。素手では勝負にもならないが、棒を持てばまださまにはなる。

「おのれはどこまで阿呆《あほ》なんや？」

向き直った小池がそう言って嗤い、松井の前に立った。手にはリボルバーのスナブノーズが握られている。微動もしない銃口を見ればかなり大きい。三十八口径以上はありそうだった。

「撃たんと思うとるんか？　そやったら試してみんかい。その腹に穴あけたろうか？」

拳銃を発射すれば、大口径だからかなりの銃声になるだろう。少なくとも三階にいる者には聴こえる。だが……三階は「美鈴《みすず》」というボッタクリバーだ。従業員が出勤して来るのは夜の七時過ぎ。それに銃声が微《かす》かに聞こえても、それで警察に通報するようなまともな従業員などいない。

「……安、阿呆な旦那は物分かりが悪い。もう一本叩き折ってやれ」

松井は慌てて手にした木刀を投げ捨てた。

「解った、解った、もう止《や》めろ！　さあ、何でもするからカタギの女を痛めつけるなんてことは止めろ！」

止めてはくれなかった。床にのびている麻須美の腕にもう一度椅子が叩きつけられた。幸いというか、すでに失神した麻須美は悲鳴もあげない。

「ようし、やっと自分がどんな立場か分かったようやな。話は簡単よ。手を引け。そして二度とわしの前に面見《つら》せるなや。またうろうろしてみぃ、今度はおのれのタマ取る。脅しやと思うたら、やってみぃ」

「解った、手を引く」

「ほう、ずいぶんとあっさり言うたな。ようし、最後にもう一度訊く。本当におまえに『玉城組』はついとらんのやな？　もしそいつが嘘やったら、おのれは死人や」

考えた。ここで自分は関係ないと誓っても、「玉城組」の杉田は勝手に動く。組長の玉城はともかく、片腕の杉田があっさり獲物を諦《あきら》めるわけがない。そして杉田は、俺が「日進精密機器」の社長に接触して下手《へた》をうってしまったことを知らない……。

「……解った、仕方ねぇな、ここまで来たら正直に言う。俺が動いてきたのは『玉城組』から依頼があったからだ……『玉城組』の杉田が、あんたのシノギを嗅ぎつけた……」

男二人がやって来て松井の腕を取った。

「何しやがる！　貴様ら、警察OBを敵に回すか？　『大星会』に知られたらおまえら、どう答える？　警察とは事を構えんというのが決まりだろうが！」

鼻で嗤われた。

「確かにな。だが、そいつは、まともなOBのことやろ。おまえはクズや。『玉城組』かてもうケツは持たんやろ。ま、しばらくは生かしといたるわ。玉城の出方が判るまでな。その代わり、嘘語った罰は受けんとな。安、ドス貸せ」

小池は拳銃をベルトに差し、安からドスを受け取った。

「……何をする……！」

「嘘はいかんのじゃ。親にそう教わらなかったんかい」

引き抜かれたドスで大きく左の頬を裂かれた。鮮血が勢いよく噴出した。

「貴様……！」

反対側の頬も同じように切られた。制裁はそれで終いかと思ったが、違った。抵抗するまもなく左耳を削《そ》がれた。

「……鼻も落としたろうかい……」

堪《たま》りかねて叫んだ。

「許してくれ……俺が、悪かった！」

「座れや」

小池の前に跪《ひざまず》いた。着ていたワイシャツが血を吸って体に張りついた。あっという間にリノリウムの床に血溜まりが出来ていく……。

「手ぇ、テーブルに載せろ」

「勘弁してくれ、この通りだ！」

二人の男に、強引に両手をテーブルに押さえつけられた。

「止めてくれ！　頼む！」

無造作に右手の小指を落とされた。

「……医者が警察に届けても事故やと言え。警察に泣きついても構わんが、その時は死んだと思えや。必ず礼はしたる。女にも同じこと教えたれ。今度は腕じゃあ済まん。細い首、折ったると教えとけ。ええな？」

右手を抱えて呻《うめ》く松井にそう言うと、小池は男たちを連れ、やっと事務所から出て行った。血溜まりの中を這うようにして麻須美に近づき、胸に無事な右の耳を当て、鼓動を確かめた。まだ生きている……！

「……野郎……！」

必ず報復してやる、と歯軋りして誓った。倍にして返してやる……だが、警察に通報するのだけはまずいと思った。すでに血でどろどろになったネクタイを解《ほど》き、歯を使って小指に巻いた。玉城にこの事態を報《しら》せようと机の上の電話に手を伸ばし、受話器を取った。

だが、削がれた耳に当てる前に受話器を置いた。「日進精密機器」の社長に話を持ちかけたことがばれれば、玉城は俺を助けようとはしないだろう。仮に玉城に情があっても杉田が邪魔をする……。両の頬から流れ出す血が机に音を立てて滴《したた》り落ちる。頬よりもずっと激しい右手の小指の激痛に、涙があふれて裂けた頬を伝っていった……。

六

小池朝男との会見は、すでに先方もこんなことを予測していたのか、すんなりと決まった。場所は新橋の「大東亜タクシー」の社長室。嫌がるかと思ったが、小池は臆することなく、乗り込んで来るという。

「ここは、わしが仕切りますから、組長は出て来ないでくださいよ」

と杉田は玉城に念を押し、当日はガードに和田と斉藤をつけて小池を待った。その日、席に羽柴はいない。

小池は指定の時間通りにやって来た。がたいの良い組員を二人連れている。杉田は小池をひと目見て、こいつはなかなかのタマだな、と思った。大きな男ではないが、ずんぐりした体軀《たいく》は力がありそうで、面構えはふてぶてしい。五十人という組員を擁する「玉城組」を相手にするのだから荷が重いはずだが、臆したところはない。それぞれの後ろに立つガードの組員たちは緊張の顔だが、杉田同様、小池に特別緊張の色はなかった。

「ほう、ここも『玉城組』さんが持っとるんですか。さすが噂通り、たいしたもんですなぁ」

会見の席につくなり小池が言った。

「いやぁ、うちの組長は慈善事業だと言ってますよ。こんなしけた会社じゃあ大したシノギにはならん」

「なにをおっしゃる、そら、どこも苦労しとるが、『玉城組』さんとこは別でっしゃろ。『新和平連合』の系列はどこも景気が良うてうらやましいですわ」

出だしはこの獰猛《どうもう》そうなヤクザも腰が低い。杉田もそれは同じだった。まずは、相手がどれくらいの貫目《かんめ》か探り合う。

「いやいや、おたくと違って、所帯がでか過ぎる。五十人がとこの組員が食っていくのは楽じゃあないからね」

それでもさりげなく組員の数を口にしたのは、勢力の違いをきっちり伝えておくためだ。小池の組の組員は小池を含めてわずかに十人ほどと、松井から聴いている。

「大星会」の四次団体だそうだが、その存在など知っている者は少ない。小池に会う前に調べようとした時も、よく知る者が少なくて苦労したのだ。六年ほど懲役に行っていたからか、なおのこと仲間内では存在感が薄いようだった。

「それでは仕事の話させてもらいましょか」

「いいでしょう」

「まず……うちの羽柴が、おたくさんのタクシーに傷つけた、ということで、よろしいか?」

と言って、小池はじっと杉田を見つめる。カタギだったら、これだけでビビるほどの目の力だ、と杉田は感心した。小とはいえ、さすが組長だ。

「ま、そういうことでいいでしょうな」

「ところで、うちの羽柴はどこにおりますねん?」

「こちらでお預かりしてますよ。会いたいですか?」

と杉田は微笑して逆に尋ねた。

「別に会わんでもいいが、一応、本人の言い分も聴かんと不公平やないですかね」

「そう思われるのなら、ここに連れて来てもいいが……せっかくこうして始めた話が複雑になるんじゃないかね」

「話が複雑になりますかね……?」

驚いて見せる小池に、杉田は苦笑を見せて応えた。

「なるわね。まあ、そんなことにならんかも知れんが、仮に羽柴さんが、そちらさんの顔を見て、妙に気が大きくなるということもある。うちのタクシーにぶつけても、まあ、ぶつけられたとね、そんなふうに言いたくなるかも知れん。それを聴いたら、小池さんも後に引けなくなる。もしそんなことになったら、話が面倒になりはしませんか? いや、そんなことはない、と言われるなら、こちらは構わん。ここに来てもらっても、わたしのほうはどうということもないが」

小池が笑い出した。

「ま、そうやね。たしかに、そうならんでもない」

「解ってもらえたら話が楽だ」

「そこまで言うんやったら、杉田はん、どないです、茶番続けてもしょうもない。面倒な段取りはやめて、話、早《はよ》うに済ませませんか」

杉田も笑って頷いた。

「そのほうがいいね、こっちも。つまらん駆け引きしても時間が無駄だ」

「それでは、条件、言うてもらいますか。羽柴を引き取るのに、なんぼ要ります？」

「金は要らんよ。ご覧の通り、うちは車の傷ぐらいすぐに直せる」

「ほう、金では済まん？　そう言うことですか」

小池の目が光った。その目に、刺し違えても、という凄みが漂《ただよ》う。杉田は、なかなか良い面だな、と思った。うちの傘下にすれば、結構役に立ちそうなキャラだ、とも思った。

「羽柴さんは『日進精密機器』の専務さんだが、これはおたくのエースだ。ここまでは、いいね？」

小池が苦笑する。

「ええですよ」

「うちは、羽柴さんではなく、その『日進精密機器』に興味を持っているわけよ」

「そうらしいね」

「手短に言うが、うちにも協力させてもらえないかと、そう考えているわけだ」

「何の協力かね？　うちは、別に協力なんてもんは必要やと思うとりませんが」

「まあまあ、そう言ってしまったら身も蓋《ふた》もない。茶番はつまらんとあんたが言ったから、こちらもずばりと言わせてもらってるわけで、要は『日進精密機器』のシノギにうちも一枚嚙ませてもらう、と言うことなんだがね」

「なるほどね、嚙ませて欲しい、いうことではなく、嚙ませてもらう、か。嫌や、言うたら、どないしますのや？」

杉田が笑って続けた。

「怖い顔はなしだよ、小池さん。あんたのシノギ、こちらで貰う、なんてことは言っていない。ドンパチやるのは簡単だ。まあね、私もそんな心配しないでもない。おたくとドンパチではない。『大星会』と『新和平連合』のことまで考えて物を言っている。だがね、そんな馬鹿なことせんでも、あんたも手を打ってくれるに違いないとわしは思っているわけだ。

要はお互いが良い思いをすればいい話でね。われわれが嚙むことでシノギが半分になるのだったら、ま、小池さんも腹立てるわね。だが、わしらが嚙むことで、シノギが二倍、いや三倍になったら、あんたも腹立てんで済むわけだ。だからわしは協力させてもらえんか、と言っている。強引に、あんたのシノギを無料《ただ》で貰うぞ、なんて話しとるわけではないんだがね」

「おもろい話やね。だが、どうしてシノギが二倍、三倍になりますんや？　ものごと、そう簡単にはいかん」

「そこが知恵だよ、小池さん。ルートが増えればあがりも良くなる。おたくが今やってるのは韓国経由の商売だけだ。うちが噛めばルートはもっと増える。おたくも中国経由かなんかでアムステルダムまで手を広げているらしいが、アムステルダムというのは、ただそこにそういう会社があるということで、市場を摑んでいるという話ではない。ところで、知っているかどうかわからんが、今、欧州はうちのテリトリーになっている。とくに東欧は『新和平連合』の新しいテリトリーでね。『新和平連合』はあっちに銀行も持っているし、政府とのパイプもある。もちろん極道ともね。ということで、うちが入ってもあんたのところが臍《ほぞ》を噛むことはない」

「なるほど、さすがは『玉城組』に杉田はんあり、やね。話聴いていると、そんなもんかな、と思えてきますな」

「ま、多少はハッタリもあるけどね、嘘は言っていない。それに、このシノギ、うちだけで抱えようとは思っていない。シノギの規模が大きくなるなら『新和平連合』の力を思いっきり利用してもいいと、わしは考えとるんでね。

もちろんおたくの『大星会』が噛んでも、こちらは構わない。関西でなければ、うちはどことでも手を握る。とうにご存知だろうが、今、関東は手を握らんとならん時期だ。シノギ、食い合うんではなく、手を取り合って大きくする……小池さんもうまいところに目をつけたもんだと、わしも感心しとった。会社を潰すんじゃなく、むしろ商売を広げる……面白いな、と思ったね。

『日進精密機器』、こっちもこれから面白い会社だと、わしは思うとる。鉄砲作るわけではないが、その気になれば欧州で売れる物をいくらでも作れるからね。ちまちまと怪しげなモノ売るんじゃなくてね、もうちょっと面白いことが出来そうな会社だと、わしはそう思っているわけよ」

思案の顔になった小池を見て、杉田は、墜《お》ちたな、と思った。

「どうだろうね？　協力してやって行けるとは思わんかね？　喧嘩するなら、小池さん、わざわざこんな所まで来てはもらわんよ。うちの玉城は気が短いからわっと攻める。世間では誤解されとるようだが、玉城は、アゴの男ではないんでね。だが、そんなことしてもお互い何の得にもならん。木だけ見てないで森を見ろ、とね。まあ、そういうことなんだが、どうだろうね、小池さん、わしを見込んで、ここはすんなりと手を組まんかね」

小池が笑って言った。

「たいしたもんや、杉田はん。あんたにかかったら白いもんもすぐ黒くなる。わしではとうてい太刀打ちでけん。玉城はんもええ片腕をお持ちや」

「持ち上げても、そう良い物は出ないがね。ただ、あんたに悪い目はさせんよ。どうしても必要だと言うのなら、上から『大星会』の船木さんに話を通させてもいい」

「いや……それは必要おまへんわ」

「だったら、あんたがわしを信じてくれるかだね。わしは、手を取り合った者を裏切ったことはないんだ。それを信条にしてる。どうかな、ちょっと考えてみてくれんかね。二、三日の間に返事もらえんかね」

小池がテーブルに手をついた。

「二、三日なんて要りませんわ。その話、受けましょう。玉城はんやのうて、わしは杉田はんに賭ける。よろしゅう頼みます」

七

会長室を出て行く富田《とみた》の後ろ姿を見送り、品田才一《さいいち》は今こいつを殺せたらどれほど気分が良くなるだろうか、と思った。言いたいだけ文句を並べ、まるで自分が「新和平連合」の代表のような気でいる……。戸口に立つガードに、

「酒、持って来い！」

と怒鳴り、品田は太い息をつくと、ソファーに腰を落とした。荒い呼吸は富田への憤懣《ふんまん》が原因だった。

富田勲《いさお》は「イースト・パシフィック」の代表である。「イースト・パシフィック」はいわゆる外資系の金融機関だが、実は日本が完全支配する会社だ。本当のオーナーは浦野孝一《うらのこういち》。その浦野の下で長いこと全権を任されてきたのが富田である。この富田は、その名が表に出たことはないが「新和平連合」の顧問格でもある。

いわば「新和平連合」の金庫番の富田が、先代浦野光弘《みつひろ》の財政顧問として辣腕《らつわん》を揮《ふる》ってきたことは品田も知っている。だから、これまで何を言われても、仰《おお》せごもっともでやってきた。ただし、それにも限度があるだろう、と思う。金を廻せ、と言って断られるくらいならまだいいが、会の運営にまで口を出すとは……。野郎、何様のつもりでいやがる、と、品田はガードに聞こえるほどの声で毒づいた。

部屋の外にいて、富田とのようなやりとりがあったか知らないガードの島崎《しまざき》は、蒼い顔で会長室の片隅にあるバーに走ると、品田のためにオンザロックを作り始めた。島崎は品田専用のガードで、「玉城組」から派遣されている。組に帰れば幹部だが、品田についている間はチンピラ扱いだ。ただ会長代行である品田の顔色を見るのが、日課になっている。

運ばれて来たオンザロックを一気に飲み干すと、

「もう一杯だ。もっと濃いのを作れ！」

と、品田はまた怒気を見せて叫んだ。

富田の「イースト・パシフィック」が「新和平連合」の隠れた金庫であることは言うまでもない。だが、「イースト・パシフィック」は富田の私物ではない。あくまで「新和平連合」があっての「イースト・パシフィック」である。それが、野郎の頭の中でいつの間にか引っくり返った。

「イースト・パシフィック」がどうして出来たか、野郎はそれを忘れたか？　先代の浦野が会の金で作ったのが「イースト・パシフィック」なのだ。その証拠に、富田が会のために何かしたことがあったか、と品田は思う。「和平連合」が解散し「新和平連合」になった時も、野郎はただ浦野の遺児である浦野孝一の後見で甘い汁を吸っていただけだ。俺たちのように体張って会のために働いてきたわけではない。

ノックもなしに分厚いドアを開けて小男が会長室に入って来た。ガードの島崎が慌てて戸口に駆け寄る。

「おい、カリカリして出て行ったぞ。富田と何があった？」

呼ばれもしないのに勝手に入って来て品田の前に座ったのは諸橋《もろはし》だった。諸橋健《けん》は直系の最大派閥「形勝会《けいしょうかい》」出の男で、現在は「形勝会」会長。「新和平連合」では大幹部の一人である。

二年前の「大星会」がらみのトラブルで二代目会長の新田雄輝《にったゆうき》が六年の刑を背負うと、会長代行になった中村惣一《なかむらそういち》があっという間に射殺され、品田に転がり込んできたのが会長代行の栄誉だった。だが、本来のキャリアから言えば名門「形勝会」会長のこの諸橋が代行になっても人事としては不思議ではない。というよりも、そのほうが自然だっただろう。その諸橋ではなく、新田はいつも傍においていた品田に代行を命じた。それは、諸橋を「形勝会」の会長から外すとまずいと、新田が考えたからだろう。

そんな内部事情だから、この小男は、品田が会長代行になっても対等な口をきく。代行は新田雄輝が獄に繋がれている間の暫定《ざんてい》処置で、今でも自分は昔と同じ対等か、もしくは先輩幹部だと思っているのだ。だから、自分を「才《さい》よ」などと呼ぶ。

「才よ、良いのか、あのまま行かせて？」

今も諸橋は品田を「才」と呼んだ。

「かまやぁしねぇ。俺たち、あの野郎の下にいるわけじゃあねぇんだ」

諸橋は苦笑し、ガードの島崎に、自分にも同じものを作れ、と命じた。

「何を怒っているんだ、才。富田を怒らせたらまずいことは判っているだろうが。あいつに臍《へそ》曲げられたら、こっちはお手上げだぞ。また金を廻してもらわんとならんのだからな」

品田も金が要ることは解っていた。上納金だけでも会の運営だけなら廻していけるが、「新和平連合」が直接乗り出した新規事業に相当の金が要る。通常ならその金は「イースト・パシフィック」からいくつかの金融機関を通じて融資となって「新和平連合」に入る。その裁量はすべて富田に任されているから、代行の品田も富田の顔色を窺わなければならない。諸橋はそのことを言っている。

「解っているがね、我慢にも限界があるってことですよ。あいつが考えていることは会のことじゃないからね。若《わか》の顔色見ることしか考えちゃあいねぇ」

若とは、浦野光弘の遺児浦野孝一のことだ。

「ああ、スカンジナビアの件か」

と諸橋は暢気《のんき》な顔で、島崎が運んで来たグラスに手をつけた。

スカンジナビアの件は、「玉城組」の玉城が持ち込んできた武器輸出の新しいシノギのことだった。最初の話は、何も「新和平連合」が乗り出すほど大きな話ではなかったが、後に「玉城組」だけに任しておけないほど旨い話になった。ココムで規制されている電子機器をひそかに韓国経由で第三国に売り込む、という単純な話だったものを、「玉城組」の杉田という男が規模の大きなものに作り変えたのだ。

品田は日本製の電子機器が簡単に兵器に転用されることを実は知らなかった。だが、現実に、それは容易なのだという。「玉城組」の杉田は、密輸として税関に発見されることを恐《おそ》れ、実に上手い方策を考えた。日本の技術者をそのままスカンジナビアに送り込んでしまおう、というのである。輸出規制が問題なら、製品を送るのではなく、向こうで製品を作ってしまえば良い、という理屈である。

その新会社を規制のゆるい国に作るのに金が要る。この兵器になる電子機器に噛むことを、意外なことに陰のオーナー浦野孝一が反対したのだ。浦野が反対することは、同時に富田も反対する。若、若と、浦野孝一のことしか考えない富田は、品田の融資要請にいろんな形で難癖をつけてきた。

「兵器は駄目ですよ、品田さん。うちはね、日本と戦争してきたわけじゃない。先代はヤクザでも、国益に反することに手をつけたことはないですからね。国士だった先代の顔に泥を塗るような仕事に、新田会長がうんと言うわけがないでしょう。貴方《あなた》は新田会長の代行だ。それを忘れちゃ困る」

と今回も富田からそう言われた品田だった。

「あれは駄目だね。クスリは見逃してもらえても、兵器は駄目だよ。富田とはその話のことだったか」

諸橋はほっとしたように、そう言って笑った。だが、品田には笑いごとではなかった。

思いがけず代行に上り詰めたが、今、品田は窮地にいる。新田が予期せぬ事態で獄に繋がれたことから、「新和平連合」はさまざまなトラブルに見舞われてきた。

新たに傘下に収めた「大星会」は内部のごたごたが続き、七代目会長の八坂秀樹《ひでき》が射殺され、八代目に船木元《はじめ》が就任したが、ここもまだ怪しげな雲行きだった。

新しく「新和平連合」の会長代行になった品田がこの「大星会」をコントロールするべき立場になったが、肝心《かんじん》の船木が言うことをきかない。つまり、品田が代行では関東を仕切ることは出来ないという嫌な噂も立っているのだ。新田が会長として君臨していた時にそのカリスマ性で急速に勢力を伸ばしたツケが、代行の品田になって表面に出てきたとも言える。

新港を押さえようとしたのも上手くは行かず、ロシアとの繋がりも冷えつつある。そんな立場の品田が初めて乗り出そうとしたのが闇の欧州市場だった。スカンジナビアの金融に乗り込んだのは会長の新田だが、そこに会として進出すれば、それは品田の実績となる。名目代行から、これで本当に「新和平連合」の実権を握れるはずだ、と品田は思っている。

それだけに、何としても自分の手で欧州、闇の市場進出を決めたい品田だった。だが……肝心のオーナーの浦野孝一と富田がうんと言わない……。

「諸《もろ》さん、あんた、簡単に駄目と言うが、だが、考えてみてくれ。クスリは良くて何で電子機器が駄目なんだ？　うちはそんなこと言っていられる状態ではないだろうが。上がりが七パーセント落ちていると言ったのはあんただろうが」

品田はオンザロックを飲み干して、そう言った。諸橋は「新和平連合」の会計を見ているから、金に煩《うるさ》い。諸事業の様子を詳しく見ていて、いつも品田に苦情を言うのは富田だけでなく、「新和平連合」の中にもいるのだ。その張本人が諸橋である。

「だが、若や富田だけじゃない、新田会長がいかんというものを強引に進めるわけにはいかないだろうよ。電子機器と言うが、兵器になるんだろうが。それに、ただ荷を送るんじゃなくて、人を送るというんだろう？　そいつは言ってみりゃあ拉致だろう。技術者派遣なんて言っても、帰れるかどうか判らんところに連れて行くわけだからな。それでなくても煩い拉致問題だ。会長がうんと言うわけがないだろう。それより、『大星会』の八坂が言っていた福原《ふくはら》市のな、あそこの港湾に手をつけるほうが良いんじゃないか？」

「あれは駄目だ。あそこは一応『大星会』の管理になっている。うちが直接乗り込めば船木が煩い」

「船木は、扱いようだよ。話の出来る男のはずだぞ」

「いや、そうでもない。他は判らんが、俺には腹を割らん」

首を傾《かし》げる諸橋に、品田はうんざりして、酒のお代わりを島崎に命じた。

「わしにも頼む」

と言う諸橋を見つめ、お前は何も知らんからだ、馬鹿が、と品田は溜息をついた。

品田は「大星会」会長になった船木に疑念を持っている。それは、八坂殺しの真相に、船木が気づいているのではないか、という疑念だった。たしかに八坂を殺したのはこの俺だ。だが、それを知っている者はごくわずかの人間である。すべて品田の子飼いだ。むろん目の前にいる諸橋も知らない。こいつが真相を知ったら仰天《ぎょうてん》するだろう。

そもそも死にさえしなければ、俺ではなく八坂が「新和平連合」の会長になっていたのだ。それを知ったから、俺は大きな博打を張って、八坂を殺したのだ。これは当然の行為だろう。「新和平連合」の会長席に、どうして「大星会」の者が座るのだ？　こんな捩《ねじ》れを黙って受けられるか？　最大派閥の「形勝会」の諸橋が代行になるのならまだ我慢も出来るが、「大星会」あたりの八坂に「新和平連合」の実権を渡せるか。

この真実を、八坂の一の子分だった船木が、どこかで嗅ぎつけたのではないか……。今、品田はそんな疑念を抱いている。その船木を抱きこむことは、まず無理だ。だから、何としてでもやらねばならないのが欧州への進出だった。

「何なら、俺が一度船木に会ってやってもいい。悪いことは言わんから、福原市に手をつけろ。あそこなら会長も喜ぶぞ」

そう言って立ち上がる諸橋に、

「そこまで言うならやってみるが、船木とは俺が会う。何かあったら、その時、あんたも手を貸してくれ」

島崎に諸橋を送るように言って部屋から追い払うと、品田はオンザロックのグラスを手にしたまま、窓際に立って、窓から見える街並みを見下ろした。高層ビルではないから、飯倉《いいぐら》の全景が見えるわけではない。だが……新東京を見渡せる部屋があることを品田は知っている。今は、ロスアンゼルスに住む富田が日本に来た時に使っている部屋だ。それは浦野孝一が残していった部屋である。六本木《ろっぽんぎ》名物の超高層ビルのてっぺんにある豪奢《ごうしゃ》な住居だ。

現在の品田は、まだ「品田組」の組長時代に買った渋谷《しぶや》のしけたマンションに住んでいる。何から何まで舶来上等の生活をしている富田に比べて、「新和平連合」代行の生活の何と情けないものか、と品田は思う。現在、新潟東刑務所にいる会長の新田ですら、飯倉片町《かたまち》の結構しゃれたマンションに住んでいた。それに引き換え……代行になっても、俺の暮らしは変わっていない。車は極上のマイバッハだが、こいつは会のものだ。会長のいない間に使っているだけのことだ。自分の車は国産車のクラウン。国産車を使うのが会の決まりだ。

そしてこの代行という地位も、トップではない。なんてことはない新田が釈放されて刑務所から出て来ればそれで終わりだ。また新田の顔色を窺って走り廻るだけだろう。富田も浦野も、どいつもこいつも新田、新田と奴を持ち上げる。カリスマと噂される新田だが、そんな新田を支えてきたのは俺だ。そんな思いに、品田は唇を噛んだ。

あの野郎……気取ったスーツ姿の富田を殺れればどんなに気持ちがいいか。やっと手に入れた地位を二度と他の者には渡さん……それにはどうすれば良いのか。新事業に手をつけることが一つ……まだ他にもあるはずだ。そいつは何だ？　そして、思い至ったことに、品田は戦慄した。

そんなことが、果たして出来るか？　だが、俺はすでにやったのではないか？　博打はもう始まっていたのではなかったか？　現に、俺はもう「大星会」会長の八坂を殺っている……。それは新田が八坂を「新和平連合」の会長にしようとしたからだ。そんなことを許しておけるか？　八坂は傘下の「大星会」の人間なのだ。

もしこの一件が露見したら、ただでは済まないだろう。新田が俺を許すことはない……。会のために殺ったという抗弁に味方する者もいないだろう。だったら、どうして博打を続けないのだ？　八坂を殺った時に、もう大博打を始めたのではないか。八坂を殺ったのなら……新田も殺らねばならない……。新田さえ殺ってしまえば、「新和平連合」の中で俺に歯向かう者はいないのではないか？

力のあるのは「形勝会」の諸橋か。直系の「形勝会」の組員総数は品田が握っている「玉城組」の三倍、約百五十人からの者がいる。しかも武闘派として名のある連中が集まっているから、「玉城組」では歯が立たない。「新和平連合」を制するには、まずここを押さえ込まなければなるまい。それには諸橋の頭を取るか……。これはそう難しくないだろう。もちろんガードがついているが、ガードが警戒しているのは「新和平連合」系列の者ではない。近づくのは容易だ。

諸橋の首を取ったら、「形勝会」の会長席は空席になる。ここで品田が「形勝会」の会長を兼務する。残るのは浦野孝一と富田勲……。「イースト・パシフィック」をわが手に収められるかどうかは判らないが、「新和平連合」は俺の手に落ちる……。

そして最後の難関。それは新潟東刑務所にいる新田だ。刑務所の中から「新和平連合」五百人の組員を自在に操《あやつ》る新田……この男がこの世にいる限り、品田はトップには立てない。

品田はグラスを空けた。デスクに戻り、受話器を取った。「新和平連合」の中で信頼が置ける組はただ一つ、それは玉城の組だ。前身は「品田組」だから、五十人の組員はすべて子飼い。相手が出た。

「……品田だ、玉城はいるか」

組員の緊張に乾いた声が、組長は留守です、と伝えてきた。

「それじゃあこう伝えろ。すぐ本部に来いと言え。すぐだぞ！」

八坂の時も玉城の所を使ったのだ。今度も、上手くやるだろう。ただ、ターゲットは塀の中だ。塀の中の新田をどうやって殺るか……。品田は自分で新しい酒を作るために厚いカーペットを踏んでバーに向かった。

八

午後四時十五分の最終風呂は相変わらずの込みようだった。

吾妻五郎《あづまごろう》は、二つある浴槽の一つから刑務担当の視線と、洗い場にいる新田の動きを見ていた。刑務所内の風呂は各人自由に動けるわけではない。体を洗うのも、浴槽につかるのも、時間が決められていて、担当の号令で動かなければならない。体を洗い、髭《ひげ》を剃《そ》り、十メートルほどの浴槽につかり、すべてを終えるのにわずか十五分。その間もきっちり刑務官の監視がつく……。

吾妻は自分たちが浴槽から出る時にチャンスがあるだろうと、そんな計算でいた。自分たちが浴槽を出ると、交代で洗い場の者が浴槽に入る……。この時、洗い場にいる者と浴槽にいた者とがすれ違う。その時に、新田ともすれ違う……。ここで殺るのだ……。

吾妻は浴槽内に持ち込んだ手の中の歯ブラシをタオルの上から握り直した。浴槽につかる時は両手を湯の外に出しておかなければならない。だから全員がタオルと石鹸《せっけん》を持った手を湯の外に出している。他の者と吾妻が違うのは、絞ったタオルの中に、石鹸以外の物が入っていることだ。それは歯ブラシだった。

この歯ブラシは官給品ではない。持病の歯槽膿漏《しそうのうろう》を理由に、「猪野《いの》組」から差し入れとして特別に送りこませた物だ。柄《え》は合成樹脂ではなく、セラミックで出来ている。見た目にはただの歯ブラシだが、ブラシと柄の接合部分を引き抜けば、セラミックの鋭い刃が飛び出す。

上手《うま》く刺せば心臓まで確実に届く。プラスチックなどではないから、途中で折れたりはしない。切れ味は金属製の刃物と変わらないのだ。問題は一突きで止《とど》めをさせるかである。浴場では、おそらく何度も刺す時間はないだろう。何が起こったかが判れば、刑務官だけでなく風呂場にいる懲役の者が全員で取り押さえに掛かると思わなければならない。

吾妻は歯ブラシの柄をわずかにタオルから出し、号令を待って浴槽を出た。同時に洗い場の連中が立ち上がる……。吾妻は新田に接近した。殺ってやる……と歯ブラシの柄を引き抜こうとしたその時、刑務担当の怒声が上がった。

「おいっ！　何してる！」

吾妻は凍りついた。手にしている歯ブラシが見つかったか！

「ぐずぐずするな、早く風呂に入れ！」

怒声は吾妻に飛んだものではなかった。洗い場で髪を洗っていた者が立ち上がるのが遅れたのだ。ほっとした時には、すでに新田は浴槽に入っていた……。チャンスは失われた……。吾妻は、官給品のタオルを手に仕方なく浴槽から離れた……。

刺客《しかく》に選ばれたのは新潟出身者で、いずれも前科のない三人だった。一人は庄司喜美雄《しょうじきみお》という極道だと分かっていたが、もう一人は知らない奴だった。

「いいか、おまえら、本当に前科はないんだな？」

東京から来たという年配の杉田という男が、念を押すように訊いてきた。「猪野組」の組長から呼び集められたはずだが、組長は東京から来た男の顔色を窺うだけで、何も言わなかった。実際に、三人に質問するのは、その杉田という男だった。

前科がないことをしつこいほど確かめるのには、それなりの理由があった。初犯の極道は地元の刑務所に入れられる可能性が高いと言われているからだ。再犯だと、どこの刑務所に流されるか判らない。仕事は新潟東刑務所の中で行なわれる。だから、上手く新潟東刑務所に回されなければ、仕事にならないのだ。

吾妻を始め、選ばれた三人は、どのみち娑婆《しゃば》ではどうにもならない食い詰めたヤクザだった。吾妻も知っている庄司は「猪野組」の二次団体「金島《かねしま》一家」の元極道で、組で法度《はっと》のヤク中で破門になったクズだった。娑婆で食い詰め、こんな仕事で起死回生を狙うしかなくなった男だ。名は知らないが、もう一人も似たようなものだろう。

だが、使い物にならないヤクザという点では吾妻も同じだった。半年前までは「富岡《とみおか》組」でいい顔だったが、組の金に手をつけて組を追われた。指を落としても復帰は認められず、かつて子分だった連中からも背を向けられた。組の金に手をつけたのは、七歳になる一人息子の手術代がどうしても必要だったからだ。生まれた時から心臓の奇形で、手術をしなければ長くはないと医師に告げられていた。その医療費が必要だった。吾妻は集金の金に手をつけ、競輪にすべてを賭けたが、あっさりその金を失った。

組を追われたヤクザが食っていく術《すべ》はない。あとは盗みか強盗でもやってのけるしか方策がなくなったところに飛び込んできたのが、この話だった。報酬は良い。上手くやってのけたら一千万。しくじっても三百はくれると言う。しかも生きながらえて懲役を済ませたら、「猪野組」でその後の面倒を見てくれるという話だった。

だが、そこまで生き延びるチャンスはないだろうと、吾妻は最初から死を覚悟していた。殺るのが並みの人間ではないからである。標的は現在新潟東刑務所に服役中の新田雄輝……。吾妻のようなチンピラでも、「新和平連合」の新田雄輝の名は知っていた。そこらのケチな組長ではなかった。「新和平連合」と言えば、関西の「河口組《かわぐち》」と並んで日本国中、その名を知らない者はないという大組織のトップだ。

その新田を殺れば、その後どんな報復を受けるか、考えるまでもない。無事に懲役を勤めたら、その後の身は保証する、と杉田という男から言われたが、生きていられるという保証はしてくれなかった。おそらく無事に懲役を終えられることはないだろう。新田が命を落とすように、彼を殺った者も同じ運命を辿《たど》る。だから、死ぬことは覚悟していた。たとえ三百万でも入れれば、息子は助かる。上手くやれば一千万……。

だが、「猪野組」がどうして「新和平連合」のトップを殺らねばならないのか、という疑問はあった。「猪野組」はテキヤの名門「大星会」の傘下だ。そして「大星会」は、現在は「新和平連合」系列に入っているのではなかったか？　同じ系列の者がトップを狙う……奇妙な話だった。だが、この疑問を口にしたからといって、きちんとした説明があるとも思えない。

「おまえらは余計なことを考えんでもいい。仕事をきちんとすることだけを考えろ！」

と怒鳴られるのがオチだろう。「大星会」はこの一、二年、跡目のゴタゴタで揉《も》めていることは分かっていたから、この「新和平連合」のトップを消す仕事も、そんなゴタゴタの一つだろうと、そう考えた吾妻だった。

「おまえら、上手く三人揃って新潟に入れればいいが、そうは上手くいかんだろう。とにかく一人でも入れればいい。上手く入れた者が新田を殺るんだ。ただ、必ず殺せ。止《とど》めを刺すことを忘れるな。一度失敗したら、二度とチャンスはないぞ」

言っていることはよく解った。なにせ刑務所の中だ。刺殺事件が起こったら大事件だろう。警護は一層厳しくなる。二度チャンスが来るはずもない。

「道具は何らかの方法で届ける。上手く新潟東刑務所に回されたら、大人しく連絡を待て。きっちりした仕事をすることが肝心なんだからな、焦《あせ》るな。いいか、本物のチャンスが来るまでは絶対に仕掛けるな。本物のチャンスを待つんだ。

何度も言うが、しくじったら二度とチャンスはねぇ。てめぇの命賭けるんだから、しっかり状況をみろ。絶対殺れる、と確信出来るまで手を出したらいかん。解ったな？」

どういう手段で情報を入手したのか、杉田という男の話に嘘はなかった。傷害でわざと逮捕された吾妻は刑が確定すると、杉田という男から聴かされていたように拘置所から新潟東刑務所に檻送《かんそう》された。新潟の初犯のヤクザが地元の刑務所に収容されるという話は本当だったのだ。

新潟東刑務所に服役してから一ヶ月、吾妻は次の指令を待った。道具が来なければ仕事は出来ないからだ。収監《しゅうかん》された時はケツの穴まで調べられたし、所持品の検査は日常のことだった。凶器を刑務所内の工場でくすねることは絶対出来ないと後に知らされた。常に監視の目が光っていた。

一ヶ月の間に、上手く新潟東刑務所にもぐりこめたのがもう一人いたことが判った。ヤク中の庄司の姿を見つけたのが、檻送されてから四週間経った頃だった。むろん目が合っても挨拶などはしない。その代わりハトは飛ばした。ハトとは伝書鳩の略で、通信だ。たとえ刑務所の中でも慣れればそれくらいの芸当は出来る。洗濯した衣服や食器を運ぶ担当、あるいは舎房に本や雑誌を届ける仕事に携わる懲役が、ガテと言われる紙片を何かに潜ませて届けてくれる。このガテで、庄司が入って来たことを知った吾妻だった。

同じ目的を持った者がもう一人いる、という心強さ。くじけそうになる気持ちがこれで癒《いや》される。だが、同時に矛盾《むじゅん》した不安も生まれた。それは自分よりも先に庄司が新田を殺ってしまうのではないか、という不安だった。先を越されてしまったら、一千万がふいになる。新田はどうしても俺が殺る……。だが、焦ったら墓穴《ぼけつ》を掘る……焦るな、チャンスを待て、という杉田という男の声が、そんな逸《はや》る吾妻の心を何とか抑え込んだ。吾妻はただひたすらチャンスを待った。

二ヶ月後、待ちに待った道具が届いた。それは差し入れを頼んだタオルと一緒に届いた。歯槽膿漏という持病が幸いして、特別に頼んだ歯ブラシが手に入ったのだ。これもハトの通信で分かったことだ。こいつはただの歯ブラシではなく、柄がセラミックという特別の凶器だった。紫色に銀箔《ぎんぱく》の柄のついた歯ブラシは、ブラシの下から引き抜くと見事なナイフが出てくる仕掛けだった。切っ先は鋭く、刺せばどこまでも刃が食い込んでいきそうな凶器だ。この道具が手に入ると、新たな自信が生まれた。

次の問題はどうやって新田雄輝に接近出来るか、だった。二ヶ月も経てば、初犯でも刑務所内部のことならたいていのことが分かるようになる。新田が第三工場で働いていることも判った。第三工場は新潟東刑務所では金属工場である。俗にサムライ工場と呼ばれている工場だ。言ってみればヤクザ者ばかりが集まっている工場ということである。

舎房は工場ごとに分かれているから、新田に接触する一番の方法は、まず同じ工場に配属されることだった。上手くいけば舎房も同じになれるかも知れない。そうなれば、チャンスはいくらでもあることになる。たとえ舎房は別でも、同じ工場で働ければ、接近の機会も出来る。つまり、サムライ工場に分類配属されれば、おのずとチャンスは巡ってくるということだ。

　だが、ヤクザ出身という吾妻でも、そう簡単にサムライ工場には近づけなかった。庄司に先を越されてはという不安もあったが、庄司も吾妻も配属されたのは、第九の木工工場であった。焦らずに待て、これが杉田という男の指示だと思い起こし、吾妻は第三工場に近づける機会を待った。

　やがて、工場を移るには懲罰を食らうしかないことも判った。配属された工場で懲罰を食らえば工場も舎房も変わるのだ。吾妻は軽い違反を繰り返し、何度かあえて辛《つら》い懲罰を食らった。

　この懲罰にもいろいろある。軽いものは叱責《しっせき》だが、この程度では工場の変更はない。さらに重い懲罰は軽屏禁《けいへいきん》である。こいつはきつい。独居に入れられるのだが、短いものは五、六日。長くなれば六十日まである。ただ独居に入っていればいいというものではない。起きている間は正座で過ごさなければならず、用便の時間もしっかり決められていて、自由はない。それでも耐えて吾妻はこのレベルの懲罰を受け続けた。

「そんな馬鹿ばかしやっていると、もらえる仮釈ももらえんぞ」

　と担当部長の刑務官から諭《さと》されたが、吾妻は最初から生きてここから出て行けるとは思っていなかった。それよりも一日でも早く新田雄輝を殺し、一千万の金を家族に遺《のこ》したかった。それまでと同じように、吾妻は小さなミスを犯しては懲罰を受け、そしてそのたびに工場が変わった。

四ヶ月目に、ついに狙っていた第三工場に配属になった。これで新田と接触の機会が増える。さすがに舎房まで同じとはいかなかったが、工場が同じなら機会は必ずやってくる……。

だが、ここで吾妻は新田が雑居房にはいないことを知らされた。新田は新潟東刑務所内でも重要人物で、特別扱いだったのだ。吾妻は知らなかったが、ヤクザでもでかい組の組長ほどになると雑居房ではなく、独居房に入れられることがあるのだ。他のヤクザ受刑者に与える影響が大きいと考えられ、そんな処遇になるのだと同房のヤクザから教えられた。新田は、それこそ全国のヤクザで知らない者のない男だったから、新潟東刑務所でも独居扱いになっていた。

だが、そのことでチャンスがすべて失われたわけではなかった。舎房は独居でも、新田は懲役として工場には出ていた。そしてチャンスがやってきたのだ。同じ工場だから、風呂の時間も同じだった。この風呂場で新田を刺殺する。

だが……吾妻は最初のこのチャンスを逸したのだった。次のチャンスはいつくるのか。

「焦るな。確実に殺れるという時まで待つんだ。下手に手を出してしくじったら、二度とチャンスは来ないと思え」

杉田という男の言葉を反芻《はんすう》しながら、吾妻は二度目のチャンスが来ることに賭けて、ひたすら新田の姿を追い求めた……。


獄中の新田雄輝に、刺客が迫っているという情報はなかった。

千人以上が収容されている新潟東刑務所内であっても、新田雄輝がどういう人物かを知らない者はいなかった。この刑務所内には圧倒的にヤクザが多く、それゆえに新田の名は刑務所内に行き渡っていた。むろん、刑務所の中で新田が特別何をしたということはない。舎房は独居房であったが、そこでも新田は大人しかったし、看守にも一目置かれる存在だった。

模範囚でもあったから、工場では計算工という実務を外れた担当の助手のような立場だった。再犯の新田は、仮釈放など望んでもおらず、満期はむろん覚悟していた。そんな新田であったが、周囲に与える畏怖《いふ》は相当のもので、同房の受刑者だけでなく、新潟東刑務所内ではヤクザでなくとも誰もが新田には一目も二目も置いていた。

官のほうも新田に厳しく当たったりはしなかった。まじめに働き、懲罰も受けることのない新田を、むしろ温かい目で見ていたと言ってもいいだろう。模範囚の新田が他の受刑者に与える影響力を考えてか、あるいは剣道五段という彼の腕前を見込んでいたからかも知れない。運動の時間、何と新田は特別許可を得て、刑務官たちに剣道の教授もしていたのだ。

模範囚だから等級も上がり、すでに一級になっていたから面会も自由で、そんなこともあって、弁護士や「イースト・パシフィック」の富田などから娑婆の情報も十分入ってきていた。

「新和平連合」の状況は弁護士から定期的に伝えられていたし、会長代行の品田才一が苦しい状況にいることも分かっていた。わずか五百強の組員しかいない「新和平連合」が関東のヤクザ組織の頂点に立っているのだから、采配《さいはい》の苦労は並大抵のものではない。代行の品田がいくら頑張ってもトラブルは起こる。だから、「イースト・パシフィック」の富田から品田に関する苦情を聴いても、それは割り引いて頭に入れてきた新田だった。

服役している間の「新和平連合」は、しばらくは品田に任せておけば良い、と新田は考えていた。だが、なにもかもがすんなり行っているわけではなかった。「新和平連合」の内部に面倒は起こっていなかったが、新しく傘下に組み入れた「大星会」ではいまだにゴタゴタが続いていた。

「大星会」は会長の八坂秀樹が刺客の銃撃で死んだ後、船木元が跡を継いでいたが、八坂のように強引でもカリスマ性があるわけでもなかったから、千人の組員を動かしていく力量にいまだ不安があった。その分、上部組織の「新和平連合」が手綱《たづな》を締めれば良いのだが、品田にはそこまでの器量はなく、品田が乗り出せば乗り出すほど傘下になった「大星会」内部は反発からかゴタゴタが続いたのだった。

それでも関西からの干渉は思ったほどは起こらず、新田は、まあ、こんなものだろう、と思っていた。むしろ不安があるとすればイタリアで静養中の浦野孝一にそれがあった。「イースト・パシフィック」代表の富田は、いつもこの「新和平連合」のバックである浦野光弘の遺児のことを案じていた。

「どうも、若は悪いものに染まった……」

と富田は浦野孝一のクスリ漬けの生活を案じていた。それでも浦野孝一は自分の事業を見事にこなしていたし、普段の生活に支障はなかったから、新田は富田ほど彼を心配しているわけではなかった。

浦野孝一の資産が「新和平連合」の後ろ盾《だて》であることは知る人ぞ知るものであったが、少なくともまだ浦野孝一に官憲の手は伸びておらず、まだ安堵《あんど》のうちだと新田は思っていたのだ。

そして新田は、新潟東刑務所で懲役の生活を送りながらも、まだ自分は獄中から采配を振るえると考えていたのだった。

だが、それは新田にしてはかなり読みの甘いものだった。彼にはすでに刺客の手が伸びていた……。

工場を変わる必要のなくなった吾妻は、再び来るチャンスをじっと待っていた。もう懲罰を食らうミスも犯さなかった。懲罰を食らって第三工場から他所《よそ》に移されてしまったらもう新田には近づけなくなる。

いっそのこと工場で殺るか、と考えもした。工場への出入りには厳重な持ち物の検査があるから例の歯ブラシは持ち込めない。その代わり、金属工場にはさまざまな道具がある。ハンダ鏝《ごて》もあるし、ねじ回しもある。上手く使えば凶器になるが、ここでも簡単に新田に近づけるわけではなかった。与えられた席を立つには担当の許可が要り、一挙一動が厳しい担当によって見張られていた。この担当の目を盗むなどということは、まず無理だった。一度は手にしたねじ回しを華奢な新田の首に突きたててやろうか、とも思ったが、それで致命傷を与えられる確信も抱けず、この無謀な攻撃は無理だと何とか自制した。

他に考えられるチャンスは、等級ごとに与えられている集会だった。この集会に、時々だが新田も顔を出していることが判ったのだ。ただ、初犯の吾妻は懲罰の連続でまだ三級にも上がれなかったから、集会に参加する資格もなく、新田の姿が拝《おが》めるのはやはり工場で働く時間だけだった。

そんな吾妻にチャンスらしい匂いが漂ってきたのは、慰問が来るという情報だった。地元の民謡歌手の公演がそれだった。民謡歌手はすでに六十歳を超えているババアだったが、それでも女は女だ。脂粉《しふん》の匂いのまったくない刑務所の中では六十でも七十でも、それは二十歳の娘っこのように迎えられる。アメリカなどのように、会場が歓声の渦《うず》になるなどということはないようであったが、それでも公演の一週間前ともなると、受刑者たちは気もそぞろになる。甘いものなど口にしたこともなかった大の男が、饅頭《まんじゆう》一つの配給に涙を流して食らいつく、そんな世界が刑務所なのだ。

女性の民謡歌手がやって来る、という情報が伝わると、吾妻は、慰問会の状況がどんなことになるのか、すでに六年刑務所にいるという先輩の懲役受刑者に訊いてみた。

「いやぁ、きちんとしたもんだよ。おかしな野次なんか飛ばしたらすごい懲罰だからな。歌聴きながらセンズリする奴もいるが、見つかったら間違いなく独居房よ。それでも内心、たまらん思いだな。なんてったって本物の女だ。薄汚ぇアンコとは違うわな。ひどいオカチメンコだってライトに照らされて舞台に出てくりゃあ、そら、女神だよ。こんないい女がこの世にいたのかって、そう思うぜ、ほんと。だから、その時期になるとよ、ちり紙の相場がやたら上がってよ」

とその受刑者は夢を見ているような口調で教えてくれた。ただ、その慰問会の会場では、各人が自由に席を取れるわけではない。各班が順番に着席するということで、ここでも吾妻は新田に簡単に近づけるわけではないことを知った。だが、会場に入る時はどうなのだろうか。やはり舎房から整列して出かけるのだろうか。

「いや、勝手は出来ねぇ。きちんと並んで行くのよ。吾妻さんは、アメリカ映画かなんかと勘違いしてんじゃないの。慰問といったってね、中身は熱湯でも表《おもて》は大人しいもんよ。まあ、瞑想《めいそう》だな。微かに漂ってくる女の匂い嗅いでさ、あとは無念無想。好きな女のことでも思い出してよ、頭ん中でセンズリさ。ま、かぶりつきの奴なんか、目ん玉飛び出すようにして舞台のばあさん見つめてるが、後ろの席じゃあどうにもなんねぇ。でも良いもんだよ、娑婆の匂いつけて来てくれるんだ、前の晩もそうだが、その夜なんか眠れねぇからさ」

とこれは別の懲役が教えてくれた。慰問公演は大講堂で催《もよお》されるが、なにせ千人からの懲役がいる刑務所である。刑に服している者すべてが一堂に集まるわけではない。公演は何回かに分けて行なわれるのだが、これも工場別に分かれている。第三工場に入れたから新田と同じ時間に公演を鑑賞出来るわけで、その点でも吾妻の苦労は実ったのだ。

整然と集まるといったところで、相当の人数が集《つど》う行事である。新田がどのへんにいるかを突き止めれば、チャンスは必ずやって来るだろうと、吾妻はその日を決行の日と心に誓った。

だが、吾妻はこのチャンスも逃した。肝心の公演が歌手の都合で延期になったのだった。

九

糖尿の悪化で入院中の玉城を見舞う手土産《てみやげ》に、杉田はドンペリを選んだ。杉田には糖尿病がどんな病《やまい》なのかその知識はない。だが、玉城が尋常でないことは解る。百キロもあるように思えた玉城の体が突然痩せた。大男であることは同じでも、外見は枯れ木のようになってしまった。

これまでは薬を飲んでいたが、これからはインシュリン注射に治療方法を変えると医師に言われ、いやいや入院した玉城だった。ヤク中が聴いたら腹を抱えて笑うだろうが、人を殴り殺すことを屁とも思わない残虐性を持つ玉城は注射が恐ろしく、これまでいくら勧《すす》められても、注射だけはご勘弁と、逃げ回ってきたのだった。

「長い話になるかも知れんからな、車、どこかへ停めて待ってろ。出る時に携帯で連絡する」

とドアを開ける和田に言い、杉田は斉藤を連れ、ドンペリの入った袋を抱えて糖尿センターのエレベーターホールに向かった。エレベーターホールには歳行った男女が四人、エレベーターを待っていた。この中に刺客がいるとは思えない……。後ろにいる斉藤がほっとした表情を見せた。

この斉藤は、今は杉田のガードを務めている。玉城が入院中だからでなく、三ヶ月前から杉田付きのガードになった。これは玉城の指示だったが、現在の杉田がそれほど危ない状況にいるからだ。

実は、玉城が考えている以上に自分は危ない綱渡りをしているのだろうと杉田自身は考えている。杉田が現在何をしているかそれを知るのは、玉城と「新和平連合」の品田だけだが、だが企みというものは必ずどこかで露見するものだ。杉田は危険を覚悟していた。だから、自分を狙う者が出てきても、それは仕方がないだろう……。

今、ドンペリを自分で抱え、斉藤に持たせないのも、ガードの斉藤がいざという時に動けるように、という配慮だった。

四人の男女は患者なのか、診察の三階で降りたが、杉田たちは七階まで上がった。六階と七階が入院患者のいるフロアーで、玉城の病室は七階にある。ナースステーションの前を通り、杉田たちはまっすぐ玉城の病室に向かった。何人かの看護師とすれ違ったが、きちんとスーツを着た杉田と斉藤に怪訝な目を向ける看護師はいない。ただ、よく見れば、斉藤の目付きは険《けわ》しく、カタギには見えない。それほど、今の斉藤は緊張している。

「おい……」

「はっ？」

「肩の力、抜け」

病室のドアは開いていた。ベッドの上に無精髭《ぶしょう》で目を閉じている玉城を見て、これが五十人の組員を持つ組長の姿かと、杉田は溜息をついた。それほどその姿は哀れなものだった。

「……おまえ、ここで待ってろ」

「は、はいっ」

斉藤が苦い笑いで応えた。

斉藤にそう命じ、杉田は一人だけ病室に入った。ドアを閉めると玉城が目を開けた。

「おう、スギか」

目を開けた玉城が嬉しそうに言った。

「すいませんね、起こしちまって」

「いいんだ、昼眠っちまうと夜寝られんからな」

むっくり起き上がった玉城の目が、杉田の手にした袋に注がれる。

「……何持ってきた？」

「ドンペリですよ。何持ってきたらいいか判らんかったんで」

玉城がちょっとがっかりしたように言った。

「ドンペリじゃあ腹の足しにならんな」

恨めしそうに溜息をつき、今度は不安そうな顔になった。

「上手くいかなかったのか？」

「上手くいったのもあるし、いかなかったのもあります。取りあえず新潟のほうは上手く進んでいます。二人、刑務所に入り込みました。後は結果を待つだけです」

「ロスのほうは駄目だったんだな？」

「あっちは駄目です。イミグレーションで、腕の墨《すみ》を見られちまったそうで、そこで入国禁止です。ですが、まあ、これは時間を掛ければいい。もう一度、誰か送り込むかと考えていますが、無理することもないと思ってます。アメリカで殺らんでも、富田は必ず日本に来ますからね。そこを狙ったほうが殺りやすいんじゃないですかね」

玉城は品田に命じられて、組から選んだ鉄砲玉を一人ロスアンゼルスに送り込んだが、イミグレーションの係官にワイシャツの袖口《そでぐち》からはみ出た刺青《いれずみ》を見られてしまい、入国を拒否されたのだ。墨を入れた者を選抜したのは幸いに杉田ではなく玉城だったから、この一件で玉城から責められることはない。これでアメリカというところがヤクザに滅法《めっぽう》厳しい国だと知った。

「そのこと、もう品田さんには報告しとるんだな？」

と玉城が心配そうに言う。

「してあります」

「何か言うとったか？」

「いや、何も」

ほっとしたように玉城は頷いた。

「諸橋はいつ殺る？　人選はしてあるのか？」

「してあります。こっちはそう難しくない。ただ、タイミングがね。出来れば新田会長を殺る日に合わせたい……どっちが先になっても、後が面倒になりますから。新潟の様子を見て、決行します。ただ、後を品田さんがきちんとやってくれんとえらいことになる」

「形勝会」は「新和平連合」の直系にして最大最強の組である。新田の代わりだとはいえ、諸橋は会長である。その会長の命を取られれば、「形勝会」はいきり立つ。それは半端《はんぱ》なことではないだろう。この騒ぎを品田は一瞬にして収めなければならない。この時期、関東八日会のトップにいる「新和平連合」が内部で混乱を起こしてはならないからだ。「新和平連合」がトップから転落すれば、会長の椅子にすがりついても意味はない。だから、ここで「形勝会」を抑えられるかが品田の腕。諸橋を殺すことは出来ても、「玉城組」では「形勝会」に対抗は出来ないのだ。

「イタリア行きはいつにするか、そっちのほうはどうだ？」

「そっちはまだでしょう、一番最後でいいんですから。品田さんは組長の体の様子を見ているんじゃないですかね。組長なしでイタリアには行きませんよ。あの人だけじゃあ、何も出来んのだから」

品田から命じられた仕事は四つある。現在、新潟東刑務所に収監されている新田雄輝を殺すことが一つ、ロスにいる「イースト・パシフィック」の代表富田勲を消すことが一つ、三つ目は「形勝会」会長の諸橋を消すこと、最後がイタリアのフィレンツェに暮らす浦野孝一の確保である。浦野孝一だけ殺さないのは、彼一人では品田には抵抗出来ないと読んでいるからだし、また「新和平連合」にとって逃すことの出来ない金蔓《かねづる》でもあるからだろう。この浦野孝一の確保は、チンピラに任すわけにはいかない。実働部隊は玉城に任せても、指揮は品田自身で執《と》ることになっている。

「解った」

と渋い顔で玉城は頷いた。それにしても、大層なことを引き受けたものだと杉田は思った。四ヶ月前、玉城に組事務所に呼び出された時のことを思い出す。

「スギ、ちょっと来てくれ」

と電話が掛かった時は、ただの愚痴《ぐち》を聴くだけだと杉田は思っていた。

「下手をすると、やばいことになるかも知れん……」

組事務所で杉田の顔を見てそう言った時の玉城の顔色は蒼白だった。長いこと玉城について来て、杉田はそんな顔になっている玉城を見たことがなかった。カッとなって、とんでもない事態を引き起こしても、いつも平然としている玉城だった。

「今から事情を話すがな、そいつを聴いたら、後はお前の判断に任す。仕事を止《や》めるわけにはいかねぇが、お前は組を辞めてもいいからな」

組を抜けてもいいとは、どういう意味だ……？　さっぱり解らなかったが、事情を聴き終え、なるほど玉城が蒼白になるのも無理のないことが解った。品田が玉城に命じたことは、半端な仕事ではなかったのだ。

「……断れんのですか」

と、その時杉田は訊いている。

「それが出来るなら、お前にこんな相談はせんよ」

玉城はそう答え、

「八坂の時にこうなると判っていればな」

と悲痛な顔で言った。杉田もそう思った。八坂を殺せと「新和平連合」の代行の椅子に座った品田に言われた時、よく考えればそれだけで終わらないだろうということも読めたはずだった。

品田の組で長いこと部屋住みをやり、上り詰めて「品田組」を引き継いで「玉城組」の組長になった玉城に、品田の命令を断れる力はなかった。玉城からその仕事を打ち明けられた杉田も同じだ。一心同体でやってきた玉城に、杉田もまた背を向けることが出来なかった。だから、今も、杉田はこれも運命なのだろうと思う。

組織のてっぺんにいる、会ったことのあまりない新田雄輝よりも、すぐ上にいる玉城のためになれれば、と思うのは人情というものだろう。品田が「新和平連合」の実権を握れば、当然、玉城も上に上り、組も「形勝会」を抜き、「新和平連合」の中でナンバーワンの位置につける。だからこれは博打だ。ただ、勝ち目がどれほどあるのか、杉田は考えないようにしてきた。

「品田さんに、来週中にはやれると、そう伝えてくれんか」

「大丈夫ですか？　もう少し時間を取ったほうがいい。ここまで来たら、何日か予定が遅れてもどうということはないでしょう」

「そうは言ってもな……」

　と玉城は溜息をついた。

「品田さんにはわしから上手く話しますよ。だから、組長はここで十分養生して体力をつけてもらわんとね。だから焦らんほうがいい。なにせ、絶対に失敗は出来ん仕事ですから」

　新田と諸橋は殺れる。「イースト・パシフィック」の富田を殺るのもそう難しくはないだろう……だが、浦野孝一を拉致して監禁し、コントロールを続けるのは、そうやさしくはないと杉田は考えている。

　なにしろ拉致するのは日本ではなく、出掛けた体験もない異国のイタリアである。事情が分からないイタリアでは、向こうの警察にも気を配らなければならない。しかもその浦野孝一にはガードがついている。一人は品田が送り込んだ者だが、もう一人いるガードは新田雄輝のガードをしていた「形勝会」出の木原《きはら》という若造だ。おそらく新田を神様のように思っている男だから、品田が因果《いんが》を含めることは出来まい。こいつも始末しなければならないが、イタリアでそれをやれるのか。向こうの官憲が出てくるような事態にさせてはならない。そんなことまで考えれば、諸々の不安が出てくる。それをすべて乗り切らねば、こちらが危ない。躓《つまず》けば、こっちがやられる。

「……選抜は出来ているのか？」

玉城がドンペリを袋から取り出して訊いてきた。実働部隊として誰をイタリアに連れて行くかは杉田に一任されている。

「なるべくうちの組員を使わんで済む方法を考えています。後のことを考えたら、うちの者は使えませんから」

「しくじった時のことを考えているのか？」

「それもあるが、いや、それだけじゃない。上手く運んだ場合でも、うちの組がやったと浦野には知らせないほうが良いでしょう。とくに富田を消すまではね」

「おまえ、そんなことを言うが、仕事を任せられるような奴がどこにいる？　今度はうちの組の者を使え。信用出来るのは組の者だけだぞ」

「逆《さか》らうわけじゃないですがね、組員だからって安心出来るもんでもないでしょう。実は、仕事、任せられそうな候補が一人いるんですよ」

「どこにいるんだ？」

「小池です」

「小池？」

「ほら、『日進精密機器』の時に手を打った男ですよ。あれなら役に立つ気がしましてね」

「だが、あいつは『大星会』の男だろう……どういうことだ」

「説明しますよ。組長も知っているでしょうが、あそこは八坂が死んでまだゴタついている。いや、ゴタついているのは八坂が会長になる前からでしたよね。六代目に三島興三《みしまこうぞう》が座った時から『片桐会《かたぎりかい》』とおかしかったわけです。八代目として船木が会長になってもまだゴタゴタしている」

「俺もそれは知っているがな……だが、『片桐会』は八坂がおおかた整理したんじゃないのか？」

「表向きはね。だが、きれいさっぱりというわけじゃない。現に、あの小池は『片桐会』の生き残りですよ。三島会長が殺されて内部で戦争になった当時、小池は上手いことに広島刑務所にいたんです。だから奴はそのゴタゴタに巻き込まれずに済んだ。だが、出所してみたら頼る『片桐会』はなくなっている。と、まあ、こんな事情で、今の小池は『大星会』の中でははぐれ者です。だから、小池をこっちに引っ張ってくることは容易《たやす》い。奴は使える男です」

「なるほどな。おまえがそう言うんなら、使えるんだろう」

玉城は思案顔になった。

「だが……品田さんがうんと言うかな」

「あの人が指揮を執るなら、ウンとは言わんでしょうな。どうせこの仕事させられるんなら、うちも覚悟決めんとまずいでしょう。しくじったら何もかもうちの責任になる。どうせ責任とらされるんなら、やりやすい形にせんとまずい。だから、わしが品田さんを説得しますよ。うちに全部任せてほしいと頼んでみます。品田さんだって、浦野孝一をその後もコントロールしようと思っているなら、『新和平連合』系列の人間を直接使わんほうがいいという理屈は解るでしょう。

もし自分の親みたいに考えてる『イースト・パシフィック』の富田を殺したのが『新和平連合』のヤクザだと知ったら、後がやり難い。ヤク中のボンボンだそうですが、あの浦野光弘の倅《せがれ》でしょう。その血ひいているんだから、追い詰められたら牙を剝《む》くかも知れん」

「確かにな。おまえの理屈は解るが……品田さんを説得出来るかな」

「小池の面見たら、面白いと思うでしょう。それに……仕事が済んだら、消えてもらえばいい。品田さんが救出した形になれば、確保も形になるでしょう。小池には可哀想だが、絵図としては上手く出来ていると思うんですがね」

と杉田は玉城の手からドンペリを取り上げ、

「今、開けますか?」

と尋ねた。

十

許可を貰い独居からテレビを見ようと集会場に向かった新田は、

「今度は嫌とは言わせませんよ、会長」

と、近藤四郎《こんどうしろう》から声を掛けられた。

近藤は横浜の「近藤組」の親分で、「関東八日会」のメンバーではなかったが、新田も知らない顔ではなかった。「近藤組」の系列の上は「新興会《しんこうかい》」で、これは「関東八日会」では要《かなめ》になっている組織である。近藤もかつては武闘派で鳴らしたヤクザだが、普段は温厚で、履歴をかさに着て威張ったりする男ではない。すでに新潟東刑務所で三年の古強者《ふるつわもの》、ここでもヤクザの懲役たちから信頼されている男だった。再犯で新田が入って以来、率先して新田の手足になってくれている。

彼の後ろに立っている男たちもいずれもが名のある極道たちで、こいつらは近藤の手足だ。そんな連中も期待に目を輝かして新田を見つめている。

「そう言われても、わしの出来るのは剣道だけで、ソフトボールは何も分からんよ」

新田は苦笑して、そう答えた。近藤はレクリエーション委員会の委員長をしている。近藤の話は何日か前にも言われていたことで、新田に、来週から始まるソフトボール大会の第三工場チームの監督になって欲しい、というものだった。

新潟東刑務所でも他の刑務所と同じでソフトボールの試合が行なわれる。各工場ごとにチームが作られて試合をする勝ち抜きのリーグ戦である。優勝決定戦は休日にやるが、チーム戦は休憩時間内に行なわれるから、一般のソフトボールの試合とは違い、ルールも短期戦に見合ったものに変えられている。

だが、近藤はそう簡単には諦めず、こう続けた。

「そりゃあ、監督ならそうかも知れませんがね、会長にお願いしたいのはチームの監督というのではないんですわ」

「じゃあ何の監督だ？」

「総監督ですよ」

「総監督？」

「うちのチームということじゃあなくて、大会の総監督をお願いしたい。こいつはみんなの総意という奴でしてね。何がなんでも引き受けていただかんと、みんなが納得せんのですわ。ひとつわしらの面倒をみてやってもらえませんか」

極道たちは、新田を大会の総監督にすれば、意気は上がるし、官のほうも一目置くから、いろんな折衝《せっしょう》がしやすくなると考えているのだった。ルールの設定や、決勝の試合での審判は刑務官たちが務めるし、たかがソフトボールの試合とはいえ、この行事は運動会よりも盛り上がる。懲役組と官の側との折衝はとても大事なのだ。官にも一目置かれている新田に総監督になってもらえば何かと助かるのだ、と近藤は言った。

「折衝係か」

「いや、総監督ですよ」

と近藤は笑う。

「そういうことなら引き受けてもいいが、わしがその役、引き受けても、折衝なんか楽にはならんよ。それほど連中は甘くない」

「だが、みんなはそう思っちゃいませんよ。新田会長が総監督になってくれれば、第三工場も鼻が高い。何とかよろしく頼みます」

「解った。だが、忘れないでいてくれよ。わしは本当にソフトボールなんかしたこともないし、ルールだってよく知らんのだから」

と新田も仕方なく笑って、この頼みを引き受けた。普段はあまりヤクザが集まることもない集会場だが、今日にかぎって人が多いのはこのソフトボール大会の打ち合わせが開かれていたからだった。

「……ところで、『星』と『別』の件、お聴きになっていますか」

近藤は刑務担当を目で追い、新田をパイプ椅子に導きながら訊いてきた。「星」とは「大星会」のここでの符牒《ふちょう》である。同じく「別」とは「別当会《べっとうかい》」の意味だ。

「いや……聴いていないが、何だ？」

近藤はちょっと怪訝な顔になった。新田ならば娑婆の動きはすべて摑んでいるはずだと思っている顔である。事実、模範囚の新田の面会は自由で、新田のもとには二日に一度は必ず弁護士や「新和平連合」の連絡係の面会があり、あらゆることがそこで伝えられる。だから新田はことヤクザ業界の動きで伝え漏れがあるとは思ってもいなかった。

それにしても、「大星会」と「別当会」との間に、いったい何があったのか？　「大星会」も「別当会」も、ともに新田が「新和平連合」の傘下に組み入れた組織である。

近藤が続けた。

「詳しい事情は知らんのですが、ちょっといざこざがあったようです。どっちも新田会長の傘下ですから、当然お耳に入っているのかと思ってました。それでお話を伺おうかと思ったんですよ」

新田は顔が赤らむ思いがした。そんなことがあったのなら、昨日来た「新和平連合」の連絡係から当然報告があっていい。だが、品田の使いは、新田にそんなことは告げてはいない。

「……この時期ですから、いざこざはまずいでしょう。だから、会長代行の品田さんも躍起《やっき》になっておられるんじゃないかと心配していたんです。だが、会長がお聴きになっていないんだから、まあ、下の者のちょっとしたトラブルですかね……要らんことをお話ししました。気にせんでください」

「いやぁ、こちらこそ教えてもらえて有り難い。面会の数だけ多くても情報が欠けるのは困る。いや、いい話をしてもらった」

「それでは、こっちのこと、よろしく頼みます」

と近藤はバットを振るしぐさをし、笑顔に戻って頭を下げた。

どんな細《こま》かい問題でも報告するようにと、品田に言い置いて刑務所に入った新田だが、品田はトラブルも篩《ふるい》にかけて報告しているようだ、とあらためて思った。これから「新和平連合」からの報告も疑ってかからねばならない。

新田は近藤から離れ、テレビの前の椅子に座った。集会場は新聞を読んだりテレビを観たりすることが出来る結構な娯楽施設だが、テレビ番組はＮＨＫの大河ドラマやニュースなどに限られている。この大河ドラマを半分ほど観たところで声が掛かった。

「……新田会長ですか？」

横に立つ男を見上げて、

「ああ、そうだが」

と応えた。どこに顔を出してもヤクザがいれば必ず挨拶される新田だから、声が掛かっても別に奇異にも思わなかった。男は直立したまま緊張からか動かない。痩せた顔色の悪い男だったが、これまで会ったことはない。

「新田だが、何か用か？」

「自分は……吾妻といいます」

「総監督の件なら、さっき近藤さんに了解したと答えたよ」

と笑みを見せ、新田の視線はまたテレビ画面に戻った。

「……すみません、お命頂《いただ》きます……！」

男の体が被《かぶ》さってきた途端、左胸に鋭い痛みを感じた。

「何をする……！」

新田は男の腕を取り、捻《ひね》るようにして立ち上がった。蒼白の男の手に何かが握られていた。先端の尖《とが》った歯ブラシの柄のようなもので、半ばまでが血塗られている。激しい痛みに新田は、そのまま、また椅子に腰を落とした。

「死んで……もらいます！」

再び突き掛かってくる男の腹を蹴り飛ばした。男が思わぬ蹴りに仰《の》け反《ぞ》った。何が起こったかに気づいた近藤と、傍にいた懲役が、

「この野郎、何しやがるっ！」

と一斉に立ち直った男に飛び掛かって行った。

新田は痛みに歯を食いしばり、胸を見た。舎房衣に小さな穴が開き、そこから血が鼓動に合わせるように噴出していた。

「……貴様、会長に何を……！」

近藤が押さえつけた男に馬乗りになり、怒りの形相《ぎょうそう》で拳《こぶし》を振るっているのが見えた。騒ぎに警護担当の刑務官たちがそんな近藤の所に走り寄る。

次第に朦朧《もうろう》となる意識の中で、狙われても不思議はない、という思いとは別に、誰がヒットマンを送り込んできたのか、という疑念が湧いた。品田にも気をつけろと言わなければならない……そして新田は意識を失った。

十一

「形勝会」会長の諸橋健の暗殺は、新潟東刑務所内で吾妻が新田を襲った時刻に三十分遅れて決行された。

「玉城組」から選抜されたヒットマンは赤木譲二《あかぎじょうじ》以下三名。赤木は「玉城組」で副幹事長を務める三十五歳のヤクザらしい男だった。他の二名も「玉城組」では中堅の若衆《わかしゅう》で、玉城というよりも杉田が常から信頼している男たちである。同じ「新和平連合」の系列だから、もちろん全員が諸橋の顔を知っていたし、その行動範囲も把握していた。

赤木たちは朝から諸橋を尾行し、夕刻から諸橋の住居を張った。

その日、諸橋は麻布《あざぶ》飯倉の「新和平連合」の本部から「形勝会」の組事務所のある五反田《ごたんだ》を廻り、午後五時過ぎ、ガードの運転する車で早々と代官山《だいかんやま》にある自宅マンションに戻った。夕食は銀座辺りで摂《と》るはずだったが、この日は風邪《かぜ》気味で、「別当会」の会長との会食予定をキャンセルして早めに帰宅したのだった。初期段階の風邪だから、医者に掛からなくても市販の風邪薬を飲み、熱い風呂に長く浸《つ》かれば治ると考えての帰宅だった。

代官山のマンションに着くと、車を地下の駐車場に入れ、そこで諸橋は車を降りた。

「ここでいい、おまえはこのまま家に帰れ」

と言って、諸橋は地下駐車場から一人でエレベーターホールに入った。

抗争時ならともかく、普段ガードは運転手代わりの中谷《なかや》しか連れて歩くことのない諸橋だった。そもそも諸橋の風邪はこの中谷から貰ったもので、彼を早く家に帰したいという思いもあって駐車場から帰したのだった。実際、車を運転中も中谷はひどい咳《せき》をしていた。これ以上ひどい菌をもらっては堪《たま》らない。

この中型のマンションにはエレベーターが二基あるが、地下駐車場からは一基しか動いていない。エレベーターの扉に「修理中」の張り紙があるのに気づき、諸橋は舌を打った。こうなると一階まで階段を上らなくてはならない。建物が古くなったからか、このマンションではよくエレベーターが故障する。二月《ふたつき》に一度はどちらかのエレベーターが修理をしているのだ。

諸橋はここに家族四人で住んでいる。上の男の子はもう大学を卒業して外食産業に就職、下の娘は短大でまだ家にいるが、すでに婚約していて来年には片付く。夫婦二人になったらもう少し小さくてもいいから新しいマンションに越してもいいな、と諸橋は考えていた。老朽化したマンションで、こう階段を頻繁《ひんぱん》に上らされるのはかなわない。

男たちがいるのに気がついたのは、洟《はな》をすすりながら階段を中ほどまで上がった時だった。ギクリとしたが、その男たちが見たことのある「玉城組」の連中なので諸橋はまた違う意味で驚いた。

「おまえら、玉城のところの者だな……？　どうした、何かあったのか？」

諸橋は彼らが何か緊急の連絡でもしに来たのかと思った。それにしても「形勝会」の者でないのがおかしい。

「何があった？」

返事の代わりにドスが襲ってきた。小男の諸橋だが、外見とは違い彼は空手の黒帯だった。流派は糸東《しとう》流。段位は二段。咄嗟《とっさ》に男の一人が突いてきたドスを体を開いて避《よ》けた。

「貴様、何をするっ！」

地下のフロアーまで倒れそうになりながら退《さ》がり、諸橋は唖然《あぜん》として三人の男たちを見上げた。一人はドスを持ち、もう一人がチャカを握っている。チャカのほうはバカでかいリボルバーだった。もう一人、年長の男はただ蒼白な顔で二人の手下の動きを見守っている。こいつは、たしか、副幹事長の赤木という男ではなかったか……。

「……おまえら、誰に言われて……品田は知っているのか！」

返事はなかった。

諸橋は手に何も持っていなかった。体は自然に戦う体勢になっている。すぐに発砲してこないということは、おそらく居住者に銃声を聴かれたくないからだろう、と意外に冷静に諸橋は情勢を読んだ。

背広を脱ぎ、左手に巻きつけるのと同時に、前に迫った男がドスを突いてきた。焦っているのか男の突きは腰が入っていなかった。本当に殺す気があるなら腕だけで突いては駄目なのだ。体ごとぶつかるように突かなければ身構えている相手は刺せない。

諸橋は背広を巻きつけた左腕でその刃先を内から外に払い、右足で相手の左足の腿《もも》をしたたかに蹴り込んだ。昔に身につけた本能的な動きである。この蹴りは見事に決まって男が倒れる。まだ階段の上にいた年長の男が叫ぶ。

「もたもたするな！　早くやれ！」

もう一人の男が発砲した。距離は二メートルもないのに初弾は外れた。二発目の発砲音を背中で聴き、諸橋は駐車場に逃げ込んだ。幸い二発目も当たらなかった。内から鉄製の扉のノブを押さえ、彼らが駐車場に入ってくるのを懸命に防いだ。だが、この諸橋の努力は無駄だった。懸命に押さえているのに相手のほうが力があるのか、ノブは手の中で廻っていく。

諸橋は諦めてノブから手を離すと、駐車場の出口めがけて走り出した。出口にたどり着く前に居住者の車が一台入って来た。これで助かった、と思った。目撃者のいるところで発砲はしないだろう。だが、この判断は甘かった。三人は目撃者のことなど何も考えずに追って来た。

出口の勾配《こうばい》が諸橋の命取りになった。上り坂のため、ガク引きで撃つ弾丸はすべて諸橋の足元に集中した。普通ならその跳弾《ちょうだん》は諸橋の膝の辺りをかすめて飛び去る。勾配だったために跳弾は上に跳ねた。三度発砲が続き、二発は外れたが、諸橋は最後の跳弾を食らった。コンクリートの上を跳ねた弾丸は諸橋の背中の真ん中に当たり、肋骨《ろっこつ》に当たると腹の中を跳ね回って、臓器を存分に引き裂いた。諸橋は、すぐには死ななかった。うつ伏せに倒れ、それでも何とか逃げようと、コンクリートの上を二メートルほど這った。

「玉城組」の者がなぜ俺を殺るのだ……？　なぜ「大星会」ではないのか？　薄れる意識の中で疑問が駆け巡った。

「早く、止めだ！」

という声が聴こえ、最後の弾丸がうつ伏せに倒れた諸橋の後頭部に撃ち込まれた。

諸橋が射殺されたという情報は、居住者が警察に通報した三十分後に「新和平連合」の事務所に入った。この情報に「新和平連合」も「形勝会」も上を下への騒ぎになった。事態を予測していたから、ここからの品田の動きは速かった。

「がたがたするな！」

と、品田は刺客がどこの者かもわからないのにいきり立つ「形勝会」に、軽率に動くな、という厳重な指示を出した。

「いいか、ここで騒げば関東の組織全体が激動を起こす。妄動《もうどう》は慎《つつし》め。どんなことがあっても騒ぎを封じ込めろ。これが新田会長の指示だ」

と品田はここで新田の名を使った。新田という名は品田をうんざりさせるほどの権威があった。

同時に、品田は「玉城組」を使って、刺客は「大星会」組員だという噂を流させた。この噂は真実味を持ってすぐに「関東八日会」の各組織に伝わった。

ここで窮地に立ったのは「大星会」の新会長船木元だった。信頼出来る情報もなく、確認もなされない間に「新和平連合」側から怒りの呼び出しを受けた。すぐに「新和平連合」本部に顔を出せ、という要求である。

旧「片桐会」の人間が会長代行をしていた中村を射殺した過去があったから、「大星会」側の対応はどうしても及び腰になる。午後八時過ぎになって会長の船木は幹部三名を連れ、飯倉片町にある「新和平連合」の組事務所に向かった。急遽《きゅうきょ》、「大星会」側の事情を説明するためだった。

この船木の訪問より一時間前、「新和平連合」組事務所にはもう一つの驚愕する知らせが飛び込んでいた。それは新潟東刑務所内で新田が何者かに刺されたという知らせであった。

だが、この知らせはどこでどう間違ったか、新田が刺されてすでに死亡したと伝えられた。「新和平連合」は震撼《しんかん》し、新田と会長の諸橋を失った「形勝会」は騒然となった。ついで無力感になすすべを失った。ただ、一人だけ意気上がる者がいた。会長代行の品田である。

「ここが正念場だ。しっかりせんか！　うろたえてどうする！　『新和平連合』がこの先も『関東八日会』の頂点でいられるかどうかは、今のおまえたちに掛かっている！　騒乱を起こすな、整然として喪《も》に服せ。この先、何をするかはこの俺が喪が明けてから決める！　俺の指示に従わん者は破門だと思って行動しろ！」

新田を失って騒乱となった各組が、これで一丸となった。品田はこれで「新和平連合」を支配出来た、と理解した。新田が死んだという誤報が、意図以上の効果をあげた一瞬だった。後に新田の死が間違いであったことが判明しても、頭としてうろたえずに厳しい指示を出した品田は、指導者として間違いなく認知されるだろう。錯綜《さくそう》する情報の中、必要な指令を出し終えると、品田は三十分だけ、と幹部に告げ、一人会長室に籠《こも》った。

品田はがらんとした広い会長室の窓辺に立ち、眼下の街を眺めながら笑い続けた。

「大星会」の船木元がやって来た。会長室に入れたのは船木一人である。

「船木さん、えらいことになりましたよ」

と品田に言われ、船木はまず死んだ「形勝会」会長諸橋の悔《く》やみを述べた。船木も事件の報告を受けて以来、情報収集に懸命な時を過ごしていた。だが、「大星会」の組員が行動したという確証はいまだなかった。さらに、新潟東刑務所で服役中の新田が殺されたという情報も確認していない。噂だけが飛び交《か》っている状態だった。船木は、

「うちでも調査していますが、何も確認できておらんのです。『大星会』の叛乱《はんらん》分子が諸橋さんを殺ったと、そんなことが言われているようですが、私が調べた限り、まだ確認されてはおりません」

悔やみを述べはしたが、船木は頑《がん》として実行犯が「大星会」の組員であることを認めなかった。ここからが品田の芝居どころだった。

「……船木さんよ、あんた判断が甘い。これは『新和平連合』と『大星会』だけの問題じゃないだろう。関東の組織全体の問題だ。いいかね、あんたは自分のところの責任だと確

認されていないと、そこばかりにこだわっているが、実は『大星会』組員がうちの諸橋を殺ったかどうかが問題じゃあないいんだ。こういう事件が関東の組織内で起こったという現実が問題なんだよ。

そして実際に実行犯は『大星会』組員だと囁《ささや》かれている。たとえこれが噂であっても、そんな噂が流れるということが問題なんだ。そこが解らんようでは困るんだ。考えてもみろ。うちはな、中村前代行も、おたくの組員に殺られている。あんたの指導不足と、『関東八日会』でもこれは問題になるよ。あんたの責任は、どう転んでも免《まぬが》れん」

と船木を追い詰めた後、品田は言った。

「ここからが、あんたをここに呼んだ理由だ。いいか、よく聴け。『新和平連合』だけのことで言えば、これはただでは済まん事態だと思う。だが、関東の組織全体の視野に立てば、また見方も違う。『関東八日会』のメンバーの中で揉め事が起こって喜ぶのは関西だ。つまり、わしらが一番大事に護《まも》っていかんとならんのは結束だよ。

あんたの所とうちが揉めて、一番のダメージを負うのはどこでもない、うちとあんたの組だ。だから、船木さんよ、わしが『新和平連合』を率《ひき》いている間は、この問題は不問にする。だからあんたもわしの意図をよく汲《く》んでこの事態に対処してもらわんとならん」

意外な品田の言葉に、船木はここで牙を抜かれた。

「そりゃあ、これからあんたの立場も大変だと思うがね、それはわしも努力する。あんた一人の責任問題にはせん。わたしはね、あんたには何があっても『大星会』を率いてもらうつもりでいるんだ。『大星会』内部のごたごたは、あんただけじゃない、このわたしの責任ということにもなるんだ。だから、肝《きも》に銘じろ。何が何でも『大星会』に問題を起こしてはならんとな。必要な援護は、この品田がする。その代わり、今後はわしの指示に従ってもらわんと困るよ」

言ってみれば飴《あめ》と鞭《むち》だが、何事にも深慮な船木が、窮地だったからか、この品田の言葉に嵌《はま》った一瞬だった。

「今後も、よろしくご指導をお願いします」

事実の調査は続けるが、事態を穏便《おんびん》に済ますと確約する品田の軍門に、こうして「大星会」の船木は降《くだ》ったのだった。

船木が帰って行くと、一人、品田は考えた。

事は絵図以上に上手く進んでいるが、どこかに手抜かりがあるのではないか……？

「新和平連合」の組織が魂を抜かれたようになっている短い時間の中で、至急やっておかねばならないことは何か？

当初、新田暗殺成功の報せが入ったが、後で死亡が重傷に変わっている。新田が無事だと判れば、幹部たちはいずれ落ち着きを取り戻す……それからでは遅い。その前にやってしまわなければならないことは新体制作りだ。混乱の内に、一挙に「新和平連合」をこの手に掌握するのだ。

品田はがらんとした会長室の窓辺に立ち、声なく笑った。緒戦《しょせん》は勝ち戦《いくさ》だ。だが……まだ万全の態勢ではない。絵図通りに進んではいるが、計画が成功しているのはわずかに諸橋殺しだけだった。

入ってきた二回目の報告では、会長の新田の死はまだ確認されていないのだ。そしてロスにいる「イースト・パシフィック」の代表の富田殺害は米国入管で入国を拒否され失敗した。これも早急に処理しなければならない。最後の一手、浦野光弘の遺児・浦野孝一の確保もまだ手がつけられないままでいる。やっておかなければならないことは、まだまだある……。

品田はデスクに戻り、新田の容態を探りに新潟に飛んだ杉田の携帯に電話を掛けた。玉城が退院出来なければ杉田を使うしかない。玉城の懐《ふところがたな》刀と言われる杉田は確かに使える。

「……わたしだ……そっちが済んだら、すぐ本部に来い。イタリア行きの件だ。出来たら小池という男も連れて来い」

受話器を置くと、品田は幹部を呼び、新田のその後の容態を至急調べろ、と指示を出した。

第二章　制裁

一

高男《たかお》ちゃんが見下ろしている……。裕美《ひろみ》にはそれが幻覚なのだということが解っていた。だが、解っていても、懐《なつ》かしいその幻覚を拒否する力が裕美にはなかった。

「……高男ちゃん……！」

裕美はベッドの上になんとか身を起こした。とたんに部屋が斜めに傾《かし》ぎ、漆喰《しっくい》の壁も彼女を押しつぶすように迫ってきたが、なんとか恐怖を抑え込んだ。やっと高男ちゃんがわたしに会いに来てくれたんだ……その喜びのほうがずっと大きかった。

「……ああ、高男ちゃん……！」

裕美はベッドを降り、高男に両手を差し出した。肘が当たってベッドサイドの電気スタンドを倒したが、そんなことも気にならなかった。部屋も家具もすべてが歪み、揺れているのに、高男だけは少しも動かない。ただ微笑み、誘うように腕を差し出している。今の高男は幸せそうだ。いつもみたいに怖い顔もしていない……。

覆いかぶさってくるような漆喰壁を両腕で押さえ、裕美はすすり泣きながら優しい高男の笑顔を見つめた。涙がとめどなく頬を伝う。

「……ごめん……高男ちゃん……怒っているよね……」

目の前に立つ高男は笑顔のまま首を振った。怒ってはいないのだ。でも、本当は怒っていることが解っていた。怒られても仕方がなかった。やらなければならないことをやらず、これまでただ快楽の中を漂ってきたのだ。与えられる薬に溺《おぼ》れ、人間であることすら捨てて、ただ快楽の肉になって生きてきたのだ。

「……忘れてなんかいないよ……でも……出来なかった……」

「いいんだ、わかっている」

そう言ってくれたような気がした。本当に解ってくれたのだろうか。そんなはずないよね、軽蔑してるんだ、きっとそう、と裕美は呟いた。

浦野孝一を殺す機会はいくらでもあった。その気になれば寝ているところをキッチンにある包丁で刺すことも出来たし、屋上に上がる時に階段から突き落とすことも出来たかも知れない。どちらもやれなかったのは、そんなことをしたらもう生きていくことが出来なくなると思ったからだった。人間として生きるという意味ではむろんない。快楽の肉塊として生きるという意味だ。もうそんな生き方しか出来なかった……。薬なしでは生きていけないと思った……。

裕美は高男に抱かれようと、よろめきながら壁を伝って進んだ。

「……仕方なかった……出来なかったの……許して……」

「いいんだ、気にするな。だけど、おまえ、どうしちまったんだ？　そんなに痩せちまってよ」

と高男が言ったように思えた。裕美は漆喰壁に腕を掛けたまま、自分の体を見下ろした。高男の言うとおりだった。小さい乳房の胸は肋骨《ろっこつ》が見えた。その下の腹は平らで骨盤が飛び出している。腿《もも》も細い。まるで骸骨……。

「おまえ、病気か？」

と心配そうにまた高男が言う。裕美は左手で胸を覆い、高男を見上げた。

「ううん、病気じゃない。病気なんかじゃないよ」

そうだった。高男と別れたときのわたしはころころと太っていた。丸い顔、丸い目、丸い小さな可愛いと言ってくれた鼻……あの頃のわたしは、小さな赤ん坊のようなぽちゃぽちゃした女だった……。それが証拠に、わたしを自分の女にした浦野孝一は、

「可愛い子豚だな、おまえは」

と言っていた。だけど、今のわたしは鶏《とり》がらのように痩せている……。でも、病気なん

かじゃない。食べないから痩せているだけ。昔のように何でも食べれば、またすぐポチャ子になるよ。本当だよ、高男ちゃんは、ぽちゃぽちゃしたわたしが好きなんだものね。

一歩踏み出すと、微笑む高男も一歩退がっていく。

「……わたしがこんなになったから、もう嫌いなの？」

痩せてしまったから嫌いになったんじゃない……やっぱり、そうなんだ、浦野孝一を殺さなかったから怒っているんだ、と思った。

高男が怒っていてもそれは仕方がなかった。直接ではなかったにしても、高男を殺したのが「新和平連合」というヤクザの組織だということは判っていたのだ。そして「新和平連合」というヤクザのバックに浦野孝一という男がいたことも。もちろん簡単に判ったわけじゃない。いくつかの偶然が重なって判ったことだ。「新和平連合」と浦野孝一との関係は、高男ちゃんだって知らなかったんだろうと思う。こうやって、浦野孝一と暮らしてみて初めて判ったことなのだから。

あの日、高男ちゃんは、上からの命令で「新和平連合」のトップを殺しに行って、そのまま姿を消してしまった。わたしには高男ちゃんが逆に殺されてしまったことが分かっていた。だからわたしは「新和平連合」という組織の、一番偉い人を殺そうと思った。高男ちゃんが死んでしまったのに、わたしだけがどうして生きていられるの。

だけど、やっと突き止めた「新和平連合」の新田という会長は姿を隠していて、偶然辿《たど》り着いたのが浦野孝一だった。驚いたことに、浦野孝一という男はその頃勤めていた銀座のクラブのお得意さんだった。しかもいつもノー・ネクタイの浦野孝一は、有名なＩＴ企業のオーナーだった。もちろんお店でもトップのお客さんだった浦野という若い人が、そんな暴力団と関係しているなんて誰一人知らなかったと思う。

　わたしだってすぐに気づいたわけじゃない。浦野孝一はお店にヤクザなんか連れて来なかったし、彼には暴力の匂いもなかった。「新和平連合」との関係に気づいたのは、いつのことだったのだろう。

「新和平連合」のある事務所の近くをうろついていた時に見たヤクザの一人が、お店にやって来た時だったのかも知れない。いいえ、違う。浦野孝一がお店から帰る時に乗って行く車と、そのヤクザの乗る車が一緒だと気がついた時からだ。その車はそこらを走ってい る車じゃなかったから気がついたのだ。マイバッハ……ベンツよりもずっと高い車で、東京でもそんな車はそう走っていなかったから、どこかで見た、と思ったのだ。そして運転手も同じだった……。それからわたしは浦野孝一に接近したのだ。

　わたしはお店を辞めて浦野孝一をつけまわした。そして思い切って彼の会社の募集に応募した。通っていた店のホステスが真面目ななりで就職試験を受けにやって来たことに、面接にいた浦野孝一は驚いて、そして興味を持ったのだろう。銀座のホステスが何で自分の会社の入社試験に来ているのか？　普通は、どうせ採用されっこないそんな試験を受けるホステスなんていないもの。でも、わたしは、ホステスはアルバイトで、昼はそれほど有名ではないけれど、ちゃんとしたデパートに勤めていたから、堂々と胸を張って転職だと言うことが出来たのだ。

浦野孝一の歓心を買ったことはすぐ判った。その証拠に、試験でそれほど出来たと思えないのにわたしは合格して、秘書課に配属となった。もっとも面白半分に採用したのだから最初からまともな秘書として使う気もなかったのに違いない。わたしは社長秘書の肩書きを貰い、なんのことはない彼の住まいでお手伝いさんのような仕事をさせられた。そして当然のように夜の仕事も……。

わたしが浦野孝一をすぐ殺さなかったのは、怖かったからじゃない。本当に、この若い人があの「新和平連合」という暴力団と関係があるのか、まだ判らなかったからだ。浦野孝一は普段はおとなしい、暴力とはまったく無縁の、ただの若い男だった。そして彼は麻薬を好んだ。マリファナ、コカインを常に持っていて、夜はたいていコカインを吸ってわたしを抱いた。

そして、わたしが薬に溺れるまでたいした時間はかからなかった。浦野孝一はマリファナとコカイン以外は使わなかったけれど、なぜかわたしにはいろんな薬を与えたのだ。覚せい剤もやったしクラックもやった。一番多かったのはＬＳＤ。小指の爪くらいの紙を舌の下に入れておくだけで、わたしは半狂乱になった。浦野孝一は幻覚に惑乱するわたしの様子がきっと面白かったのだと思う。

「おい、そこで踊ってみろ」

　とか、

「さあ、お前は虫だ、蚯蚓《みみず》になったんだ、這ってみろ」

などと言い、わたしは本当にそんな気持ちになった。そして……恐ろしいことに、そんなことをさせられる生活が、わたしには嫌《いや》ではなかった……。

「行かないで……」

　壁を伝い、よろめきながら進んだ。誰が開けたのか、ベランダの扉が開いていた。冷たい風が裕美を包む。裕美は裸だったが、不思議に寒くはなかった。なんとかベランダに出た。両腕を伸ばしても高男に触れることは出来なかった。

「どうして、どうして逃げるの……行かないで」

　高男はベランダの手摺《てすり》を越えていた。手摺の向こうは空中……。ここはフィレンツェの古いビルの四階だ。下には真ん中に花壇がある中庭がある。今、裕美のいるのは四階だから、高男は宙に浮いているはずだった。それでも、不思議には思わなかった。ただ、高男の体は軽いのだなぁ、と思った。私の体はもっと軽い……。ここに来た当時はこんなに痩せてはいなかったけど、今はもう四十キロもないのだから、私の体も浮いていられるのよね。

「こっちに来いよ」

と高男が囁《ささや》くように言う。

「うん。行く。一緒に行く……」

裕美は、微笑む高男に導かれるように手摺に両手を掛けた……。

裕美がベッドから降り立った時、「形勝会」の組員木原純一《じゅんいち》は同じビルの三階にいた。ちょうど四階の寝室の真下だった。彼は四階の物音にすでに気づいていた。彼の役目は飯《いい》島《じま》裕美の監視役である。

何かが倒れる音に、ベッドの上で日本の漫画本を読んでいた木原は飛び上がった。四階に今いるのは飯島裕美だけのはずだ。通常は若の浦野孝一が一緒に住んでいるが、四日前から若は秘書のジュゼッペを連れ、新設されたローマの事務所に行っている。ここにはもう一人、「玉城組」から派遣されている松庸一《まつよういち》という男がガードとしているが、こいつは若が留守なのを幸い、外に作ったイタリア女の所にしけこんでいる。

木原はベッドの下に腕を伸ばし、もしもの時のためにとグロック19を手に取った。十六発の実包が装填《そうてん》されてある信頼出来るチャカだ。

四階の床はすべて寄せ木細工のフローリングだから、絨毯《じゅうたん》が敷かれていない場所だと厚い床でも下の階にわずかだが物音が伝わる。だが、それだけではなく、物音に関してはこの三階と四階の間には特別の仕掛けがあった。それはクスリ中毒の女のために、若から指示されて取り付けた装置だった。幼児の状態を、離れた場所の母親に知らせる簡単な電子器具である。通常は幼児の鳴き声を母親に知らせるマイクだが、浦野孝一は自分の留守中に不安を感じてか、そんな器具を木原に取り付けさせたのだった。だから女の動きはその電子機器によって増幅され、階下の木原の耳に伝わる仕掛けになっていた。

女の呟きが聞こえ、スタンドが倒れる音が木原の耳を打った。木原がチャカを手に取って飛び起きたのは、まず侵入者を警戒してのことだった。とはいえ、外部の者がこの十六世紀に建造された四階建てのビルの最上階に侵入することは至難である。歴史のあるこの文化財のようなビルは浦野孝一が購入してから何度も改造が繰り返され、基本的に各階に行くには一基あるエレベーターを使うしか方法がなかった。もちろん非常時のために階段がついているが、これも各階にある錠《じょう》が下ろされた鉄扉《てっぴ》を開けなければならず、たとえ合鍵があっても不用意に開錠すれば非常ベルが鳴り響く。漫画本を読んではいたが、耳ざとい木原にエレベーターの昇り降りする音は聞こえなかったし、非常ベルも鳴りはしなかった。

木原は階上の動きを伝える小型のスピーカーに耳を寄せた。微《かす》かに女の呟きが聞こえる。だが、それは微弱で、女が寝室から出てしまったことを木原に伝えた。次に聞こえたのは扉が開く軋んだ音だった。軋む扉は居間から廊下へ出る扉ではない。そんな扉はひとつしかない。居間からベランダに出る扉だけなのを木原は知っていた。

女はベランダに出たのだろうか。木原が知るかぎり、女が一人でベランダに出たことは一度もない。あの女はいつも半裸の姿でいて、寒いのが苦手なのだ。だから、何か普段と違うことでも起こらなければ、女が好んでベランダなんかに出るわけがない。

木原が女の護衛役についた頃は買い物など、ずいぶんと外出した女も、この半年、まったく外出することはなくなっていたし、それよりもほとんど寝室から出ることもなくなっていたのだ。四六時中寝室に閉じこもり、ただひたすら薬にどっぷり漬かっている日々だった。だからボスの浦野孝一も、留守中のことが心配で、寝室の物音が木原にも聞こえるように、赤ん坊に使うような装置を取り付けさせたのだろう。

木原はチャカをベルトに差すと舌を打ち、エレベーターホールに向かった。


東京の「新和平連合」二次団体、「形勝会」から派遣されている木原は、最初から飯島裕美のお守《も》りのためにフィレンツェに呼び寄せられたわけではなかった。もともとは新田雄輝会長の部屋住みで会長のボディガードをしていたが、会長の新田が現在刑務所生活中ということもあり、新田の命で浦野孝一のボディガードとしてフィレンツェに派遣された。

三年間新田会長のボディガードをしていたから、木原は下級組員が知らない新田雄輝会長と浦野孝一の関係も熟知していた。そんな立場もあって新田会長から直々《じきじき》に浦野孝一のボディガードを命じられたのである。

だが、聞いたこともなかったイタリアのフィレンツェに派遣されてみると、待っていた役目は新田の話とはちがって浦野孝一のガードではなく、彼が囲っている女のガードだった。

女は飯島裕美という日本人のヤク中で、どこにでもいる小娘なのでちょっと驚いた。浦野孝一は年間何百億も売り上げのあるIT企業のオーナーだったから、その気になればどんなまぶい女でも囲えるはずなのに、正直、何でこんな小娘を、と思った。女は浦野孝一の秘書だったと兄貴分の松庸一から聞かされた。

「女もな、いろいろ漁《あさ》ってみれば、ああいう何でもねぇのに落ち着くのよ。若のことだ、そりゃあ金髪から何からいろんな女を侍《はべ》らしていたと思うがな。ほら、釣りと同じよ。鮒《ふな》に始まり鮒に終わるって言うだろう。やっぱり最後は日本の女だってことだ。そして、どうってことのねぇ芋娘《いもむすめ》が一番面白い、ってことになるんじゃねぇか。

それに、おまえは知らんだろうが、最初からヤク中だったわけじゃあねぇ。こっちに来た頃は、ぽちゃっとした可愛い娘だったよ。薬漬けで何も食わねぇから今みてぇに鶏がらになった。だから今じゃあ、若もてあまして、どうにかしてぇんじゃねぇか。ま、そろそろお払い箱だろうよ」

と松は笑った。そして木原は、若の留守を狙って、クスリで何も分からなくなっている飯島裕美を松が犯していることを知っていた。

そんな女のお守り役を務めて一年近くになる。当初はクサったが、一年も傍についているとそれなりに情も移った。名前は裕美だということも知ったし、三重の出だということも知った。最初の頃は買い物だの散歩だのと外にも出ていたが、薬の種類と量が増えると体を動かすことを嫌うようになり、外出もめったにしなくなった。

「少しは外の空気を吸ったほうが良いんじゃありませんか」

と寝室から出ようとしなくなった女に声を掛けたこともある。木原にとってその裕美という女がうんざりするお守りの相手だけでなくなったのは、ボスの留守中に起こった事件からだった。

ボスの浦野孝一がやはり数日間フィレンツェを離れていたある日、女が混ぜ物の多い薬を使い凄い発作を起こしたのだ。その時も木原の他はローマに出掛けていて、木原は片言のイタリア語で医師を呼んだ。幸いすぐ医師を呼んだために大事にはならなかった。それから介抱の数日、木原はほとんどの時間をこの女と過ごした。目を離したら幻覚に暮らす女は何をするか判らなかったからだ。

女は木原を昔の恋人と思い込んでいた。そいつが飯島高男だということを知り、木原は驚いた。木原は新田会長のガードであったから、「大星会布施《ふせ》組」組員の飯島高男がヒットマンとして新田を襲ったことを知っていたのだ。その飯島の女が浦野孝一の女になっている……。若はそのことを知っているのだろうか、と思ったが、それを浦野に告げる気は木原にはなかった。そんなことをしたら、女がすぐに始末されるだろうと、そう考えたからだった。

「高男ちゃん……」

と女は木原をそう呼び、哀願されて、木原はついに女を抱いた。松庸一は半狂乱になる女を楽しんでいたらしかったが、木原に抱かれた女は狂乱に陥《おちい》ることもなく、いつも優しかった。

「高男ちゃん、高男ちゃん、許して……」

といつも木原に抱かれるたびに裕美は泣いた。木原はそんな女を哀れに思い、そして好きになった。だから、若の目を盗み先輩格の松が裕美を抱きにいくのが悔《くや》しくてならなかった。だが松は「玉城組」から来ているとはいえ幹部で、木原が対抗出来る相手ではなかった。

木原はエレベーターを使って四階に上がった。速度の遅いエレベーターの扉がやっと開くと、木原はまっすぐベランダに走った。女がベランダの石造りの手摺に乗り出していた。

「何をしてるんだ！」

抱き留めた。間一髪のタイミングだった。一秒でも遅れていたら、女は中庭に落ちていた。

「……ああ、高男ちゃん……！」

まだ幻覚の中なのだろう、女は木原を飯島高男と間違えていた。ひしと抱きつかれ、

「また薬か……少し控えんとまずいなぁ」

と溜息をついた。こんなに痩せてしまったのも薬のせいなのだ。こんな姿になれば、間もなく若にも捨てられるのだろう。木原は軽々と裕美を抱き、寝室のベッドまで運んだ。

だが、とろんとした目の女は木原の首にまわした手を離そうとはしなかった。

「行かないで。どこにも行かないで」

昔の男の名を呼ぶ女が哀れだった。

「ああ、解った、どこにも行かない。しばらく傍についていてやるよ」

三階に戻って早く寝たかったが、木原は諦めて裕美に添い寝する形でベッドに横になった。

その時、セットされている警報が鳴った。木原はベッドの上に飛び起きた。不思議だったが、パニックにはならず、初めて聴く警報ベルの意味を考えた。なぜ警報が鳴っているのか？　セキュリティーのセンサーは玄関扉、裏階段の各階にある防火扉に取り付けられてある。解除のコードナンバーを知っているのはここに住んでいる者だけだ。そして今、

この館には自分と裕美しかいない……。

初めてパニックが襲ってきた。ベッドから飛び降り、エレベーターホールまで走った。今のような緊急事態のために作ったわけではないのだろうが、エレベーターホールと居住区域の間には防火シャッターがある。木原はシャッターが下りるボタンを押し、再び寝室に走った。

「起きろ！　目を覚ますんだ！」

と裕美の頰を張り、肩を摑んで揺り起こした。クローゼットに走るとワンピースを取って、ぼんやりベッドの上に起き上がった裕美に放り、

「逃げるんだ！　急いで服を着ろ！」

今度はキッチンに走る。防火シャッターが下りるガラガラという音に混じって、エレベーターが動き出す電気音が聞こえてきた。誰だか判らないが、セキュリティーの解除番号を知らない者が、今、エレベーターで昇って来る。キッチンの壁には懐中電灯と裏階段の鍵が掛かっているはずだった。だが、懐中電灯はあったが鍵はなかった。ふたたび寝室に戻ると、

「早く服を着ろ！　頼むからしっかりしてくれ！」

と裕美に叫び、廊下に飛び出した。シャッターは完全に下りている。だが、そのシャッターには錠はない。防火の扉で、別にこんな時のセキュリティーのために設置されている

ものではないのだ。四階まで上がって来れば、手で防火シャッターは簡単に持ち上げられる。それを防ぐ手立てはないのか？　あるのかも知れないが、思いつかない。

裕美はまだぼんやりした表情でベッドの上に座っている。チャカを背中のベルトに差し替えると、寝室に戻り裕美を抱き上げた。耳元で囁く。

「いいか、逃げるんだ。悪い奴がここにやって来る！　おとなしくしてくれよ、声を出すな……」

頷いた。理解したのだ。木原は裏階段に飛び出した。ただしここにはロックされた防火扉がある。常に鍵が掛けられていて、開けることは出来なかった。

「ここにいるんだ。声を出したら駄目だぞ。俺が戻って来るまで絶対に音をたてるな」

裕美が頷いた。木原は裕美を抱きしめ、

「待っていろ」

と言い残して、居住区に戻った。廊下に飛び込むのと防火シャッターが誰かに持ち上げられるのが同時だった。木原は背中のグロックを引き抜いた。

松が防火シャッターを潜って入って来た。

「おいおい、俺だよ。セキュリティーのナンバーを忘れたんだ。驚かしちまったな」

と、松が笑った。

木原はほっとしてチャカをまた背中のベルトに差しなおした。だが、次の瞬間、松が一人ではないことに気がついた。防火シャッターを支えている者がもう一人いた。いや、一人と思ったが、そうではなかった。シャッターを潜ってきた男は二人もいた。そいつらは見たことのない中年男だった。

二

木原はリノリウムの床に倒れていた。覚醒すると突然激しい痛みが襲ってきた。ガードとして鍛えられてきた木原はこんな状態に、どう対処したらいいのかを知っていた。敵に覚醒したことを知られてはならないのだ。だから、呻いたり、すぐ目を開けるような失敗は犯さなかった。まず、目を閉じたまま、自分が今どんな状態にあるのかを確かめた。両腕は後ろ手に縛られている。縛っているものはロープではなく、ワイヤーのようなものだ。感触でしかわからないが、足は自由らしい。鼻骨を叩き折られているためか、鼻孔からの呼吸が苦しい。

薄く開けた瞼《まぶた》の間から椅子に座っている男の革靴が見える。靴は汚れていて、フィレンツェを歩く男の靴ではない。日本製の短靴……。倒れている場所はキッチンだ。つまりは徹底的にしばかれた場所から移動はしていない。ということは、松と一緒に入って来た男の一人が、まだキッチンで俺を見下ろしていることになる。

危険な状態であることは判っていたが、どうしてこうなったかは判らなかった。松が連れて来た男たちは「玉城組」の組員ではなかった。木原は「形勝会」の組員だから「玉城組」の組員すべての顔を知っているわけではないが、それでも大抵《たいてい》の顔は知っている。松の連れ二人の中に知った顔は一人もなかった。いったい、どこの男たちなのだ？

俺としたことが、とんでもないドジをしたもんだ、と木原は舌を打ちたい思いだった。なんで松のほかに男たちがいることに気がつかなかったのか。木原は松を見て気が抜け、手にしていたチャカを馬鹿みたいに後ろのベルトに差してしまったのだ。男たちがいると気づいても、松がいたため、すぐにチャカを抜かなかった。ドジその一だ。ドジその二は、男たちが近づいてくるまでボケッとしていたことだ。男たちは木原に近づくと、突然、二人がかりで木原を拘束《こうそく》した。チャカを取り上げられるまで、木原はただ呆然としていた。

「松さん……！」

と、彼が何とか言うのを待っていたのだ。男たちが、松のダチだと思っていた油断だった。

「何の真似だ！」

二人が刑事なんかではなくヤクザだということは判った。だが、どこの組の者が、何でイタリアのフィレンツェに現われたのか、それが判らなかった。

フィレンツェにいても日本の情報が届かないわけではないから、木原も「新和平連合」と「大星会」との間がごたごたしているのは知っている。「形勝会」では会長の諸橋が殺《や》られ、新潟東刑務所では服役中の新田会長が誰かに刺されたという情報も入っていた。新田のガードだった木原には、とくに新田会長が瀕死《ひんし》の重傷を負ったことが堪《こた》えた。だから、「新和平連合」の中は大変なことになっているだろうと思う。だが、組こそ違え、松も同じ「新和平連合」系列の男だ。それがどうしておかしな野郎たちを案内して来るのだ？　俺が知らないだけで、野郎たちも「新和平連合」系列の組の者なのだろうか？　現に、俺が奴らにしばかれていても、松は助けようともせず、どこかに消えた……。

いったい、どうなっているのだ？

寝室のほうから裕美が泣き叫んでいる。知らない男は二人だから、そのうちの一人は寝室にいて、裕美を犯しているのだろう……。無念さに歯を食いしばった。唇が裂けているのか、激しい痛みが口元に走る。

今、木原の体は横向きに、くの字の形で横たわっている。男からの距離は一メートルほどもない。木原は後ろ手に力を入れた。角度からして、背中に回された手は見えないはずだ。ワイヤーらしきものが手首に食い込む。皮膚が裂けているのか痛みが凄い。それでもワイヤーがいくらか延びたような気がした。木原はすぐ傍にいる男に気づかれないように、痛みを堪《こら》えてまた手首に力を入れた。

松と一緒に浦野孝一の住居に侵入したのは、「小池組」の組長補佐・羽間義弘《はざまよしひろ》と細川憲次《ほそかわけんじ》の二人だった。

彼らは組長の小池と他二名の仲間と一緒に日本からローマに着いた。小池たちがローマで後から来る「新和平連合」系列の男を待ち、二人だけがフィレンツェに向かった。すべてがこの仕事にかかっている、と小池に言われた。

二人の仕事はまずフィレンツェにいる抵抗勢力の排除だった。抵抗勢力と言っても相手は一人だ。フィレンツェには浦野孝一のガードが二人いるが、一人は味方だ。こいつが羽間と細川の手引きをしてくれる。敵はもう一人のガードだけだ。こいつは新田という「新和平連合」の会長のガードをしていた「形勝会」の組員だから手強いだろう。チャカを持っているという情報も入っている。そんな相手に対して、羽間と細川は道具を持っていない。だが、チャカはフィレンツェでもう一人のガードから渡される、と聴いていた。

仕事は浦野孝一が帰宅するところを拘束、拉致するのだが、二人の任務はそれ以前にこのガードを拘束し、浦野孝一の住まいを占拠する。そして組長以下、二人の仲間が到着するのを待つことだった。

別働隊として車でローマからフィレンツェにやって来た羽間と細川は、フィレンツェの鉄道駅で松という「玉城組」から派遣されているガードに会った。

聴いていたとおり、この男から二丁のチャカを渡され、車の中でその二丁のチャカの使い方を教えられた。チャカは小池の組で保有している安物のトカレフなどではなく、イタリア製のベレッタだった。装弾数十三発という優《すぐ》れものだ。羽間も細川も、さすがは「新和平連合」だと感心した。その代わり、なるべく使うな、とローマで小池から釘を刺された。

「フィレンツェにはガードが二人いる。一人は松といって、おまえらを建物の中に入れてくれるこっちの仲間だ。もう一人、『形勝会』から来ているガードがいて、こいつは木原という。おまえたちが始末するのはこっちのほうだ。もう一人、浦野の女がいるが、これは別に用心することもないだろう。

この二人の始末だが、これはわしらが着いてからでいい。重要なのは、そこの確保だ。木原というのをおとなしくさせるんだ。女とその木原をフィレンツェで殺っては駄目だ。フィレンツェから車で連れ出し、どこか人目のつかんところで殺れ。だから、痛めつけるのはほどほどにしておけ。歩けなくしたら、後が面倒だろう。担《かつ》いで運びたかったら、話は別だがな」

というローマでの説明で、小池は笑った。つまり現地の警察が出て来るようなことはするな、ということだった。羽間たちは地図を調べ、ローマとフィレンツェの間にある山中でガードと女の始末をしようと考えた。

松という「玉城組」の組員がいてくれたお陰で、住居の制圧はあっけないほど上手くいった。そこにいたガードの木原という男は、松がいることに安心して羽間たちの接近を簡単に許した。極上のチャカを使う必要もなかった。

小池から、殺さなければ何をしても良いと言われていたから、二人は木原というガードを半殺しにしばきあげた。仲間だった男がしばかれるのが堪《たま》らなかったのか、手引きした「玉城組」の松はイタリア女の所へ消えてしまった。羽間と細川は抵抗する力もなくなった女を代わる代わる犯した。

翌日の昼に組長の小池以下小池組の組員がフィレンツェに入った。これでフィレンツェには小池組組員が揃うことになった。

「這い上がるか、くたばるか、今度の仕事が正念場だ」

と小池が組事務所で言ったように、ここで浦野という男の拘束に失敗したらもう「小池組」が生き残るすべはないと羽間たちも覚悟を決めていた。その代わり、成功すれば「小池組」は「大星会」から「新和平連合」の系列に替わり、組長の小池は「新和平連合」の幹部になると羽間たちは聴かされている。そして、仕事は絵図通りに進んでいた。

午後四時、松が話したように、ローマの事務所に行っていたという浦野が秘書の運転するアウディA8で帰館した。イタリア人の秘書はすでに松と同じように「新和平連合」から来た男の側についていたから、浦野の拘束は簡単だった。

その夜半、羽間と細川は普段木原たちが使っているベンツにガードと女を乗せ、山間部に向かって出発した。ガードと女を始末するためだった。

木原は裕美とともにベンツのトランクに乗せられていた。二人とも後ろ手にワイヤーで縛られていたが、歩かせるのに容易だと思ったからか、足は縛られていなかった。

「泣くな、しっかりしろ……」

木原は泣き続ける裕美を励ましつづけていた。彼らが自分たちを殺すのだろうと思っていたが、不思議と絶望感はなかった。自分たちを裏切った松への憎悪が木原の気力を支えていたのだ。

絶望と疲労からか、やがて裕美は泣き止んだ。ぐったりとして何を囁いても答える気力もなくなっているような裕美だったが、一つだけ木原にとって嬉しいこともあった。それは裕美が長時間麻薬から遠ざかっていたことだった。禁断症状もなく、裕美はまともだった。

「おい、しっかりしろ！　俺の言うことが解るか？」

狭いトランクの中で横たわる木原は、体中の激痛を堪えて裕美に囁いた。裕美がうなずくのが判った。

「これから俺が、あんたのワイヤーを外す。苦しいだろうが、俺と背中合わせになれ」

何が出来るという自信などなかったが、後ろ手に縛られたまま殺される気はなかった。たとえ拳の一発でも松の顔面に叩き込んでから死にたかった。

「あんたのワイヤーを外したら、あんたの手は自由になるだろ？　そしたら、今度は俺のワイヤーを外せ」

「……解った……」

細いかすれた声で裕美が答えた。いいじゃあねぇか、裕美はまともだ……木原は嬉しくなった。裕美が何とか向きを変え、二人は背中を合わせるような形になった。揺れる中に腕が触れた。温かい肌だ。何とか助けてやりたいという激しい思いに胸が詰まる。

「もう少し、下にずれることが出来ないか？」

裕美の体が少し下がった。手が裕美のワイヤーに触れた。思った通り、手首を縛っているのはただの針金だった。ワイヤーは手首に食い込んで皮膚を裂き、激痛をもたらしているが、拘束の道具としては適当ではない。こういうことに慣れていないのか、奴らは本物の拘束具を使わなかった……。

希望が大きく膨《ふく》らんだ。とはいえ、ワイヤーは想像していたものより太い。痛みを堪えて手首を捻ったために、木原のワイヤーは僅かだが緩《ゆる》んでいるように思える。木原の指が裕美のワイヤーの先端に掛かった。裂けたところから流れる血で、指先が滑《すべ》る。たかがワイヤーだと思っていたが、そう簡単に捻り戻すことは出来なかった。

車が左右に揺れる。坂道を蛇行《だこう》しているのか。車が山間部に入ったということだ、と木原は思った。俺たちをどこへ運ぼうとしているのか？　痺《しび》れた指先では無理だ。太いワイヤーは血で滑り、予想と違って少しも緩まなかった。

「待ってろ」

木原は裕美から離れ、体を捻った。ベンツのトランクには工具が積んであるはずだった。その中にはペンチのようなものもあるだろう。その工具を使えば、ワイヤーは外せるはずだ。だが、工具は床下だ。タイヤの脇に入っているのではないか？

「……下から、工具を出したいんだ。体の下のボードを開けないと取り出せない。俺たちの体重が掛かっているから、ボードが動かせないんだ。なるべく体を向こうに寄せてくれ」

裕美が転がるようにして体を後部シートのほうに寄せた。泣き止んだ裕美は嬉しいことにもうしっかりしている。木原も裕美の背に被《かぶ》さるように体を寄せて、床のボードの端に指先を掛けた。ボードはしなって浮いたが、わずかの隙間しか出来なかった。後ろ手の、不自由な格好では工具は取り出せそうになかった。木原は狭いトランクの中で何度か体の位置を変えた。ベンツＳ５００のトランクは、イタリアのフィアットなんかと比べてかなり広い。側面に頭と肩を預け、両腕を出来る限り体から離して床板に手首を伸ばした。床板が少し浮いた。

「こっちに体をずらして、手が入るかやってみてくれ。俺が床板を上げているから」

「解った」

裕美が体をずらして床板の隙間に手首を入れる。裕美の体重が床板に掛かり、木原の指先はちぎれそうに痛んだ。

「あ……あった……ズックみたいなもの……」

「引き出せるか？」

「やってみる……」

「よし、頑張れ」

木原は渾身《こんしん》の力で床板を引き上げた。

三

「そこで停めろ」

細川は羽間にそう言われて、ベンツを山道の端に寄せて停めた。

高速道路《アウストラーダ》を降りてからもう三十分近くも山道を走って来た。辺りは漆黒《しっこく》の闇だ。山道の左右は畑だろう。昨日の午前中に高速道路から見た景色では、かなり勾配《こうばい》のある丘陵の田園地帯だった気がする。その先に森があったはずだが、いくら走っても林も森もなく、黒々とした畑が続くばかりだった。

「ここじゃあ、まずいでしょう」

と細川は助手席の羽間に言った。

「確かにな。穴でも掘らんと、すぐに見つかるな」

手間を掛ける気はなかったから、穴を掘るためのシャベルなどは用意してこなかった。殺した後、死体はそのまま放り出しておくつもりでいた。

羽間は車を降りて、煙草を取り出した。外は夜の寒気でかなり寒かった。このまま走って、本当に山林のようなものがあるのだろうか。細川も降りて来て、羽間に並んだ。二人で一服した。

トランクを見て、細川が訊いた。

「空気、大丈夫ですかね？」

別にガードと女が酸欠で死ぬことを案じたわけではない。ただ死んでしまうと、死体を自分たちで取り出して森か林の中に運ばなくてはならない。そんなことは面倒だった。自分たちで歩かせて、ここがいいと思うところで殺るほうが楽だ。

「息が出来ないってか……一時間くらいなら大丈夫だろう」

「もう二時間は走ってますよ」

二人はトランクに近づいた。

くわえ煙草のまま、羽間が言った。両手は寒いのでズボンのポケットに入れている。痛めつけ、ワイヤーで縛り上げた二人が抵抗するとは考えていない。心配なのは、トランクの中で窒息死されたら面倒だ、という思いだけだった。

「開けてみろ」

細川が頷き、トランクを開けた。ウッ、という声で細川が跳び退がった。そのまま顔を押さえてよろめいた。

「どうした？」

と言った瞬間、黒い影がトランクから飛び出して来た。

羽間は慌てて後ろに退がり、腰のベルトに差したチャカに手を掛けた。抜き出す前に何かで顔面を叩かれた。鉄のような硬い物だった。衝撃によろめきながら、それでも羽間は後ろに退がってチャカを握った。

黒い影がぶつかるように飛び掛かって来た。また殴られた。二度目は額のわきを殴られ、三度目は腹を突かれた。堪らず膝をついた羽間の頭に、何度も重量のある物が振り下ろされた。安全装置の掛かったままのベレッタが、羽間の手からだらしなく落ちた。後頭部に何かを食らった羽間は昏倒《こんとう》して山道に転がった。

一方、細川は両目を押さえたまま、よろよろと歩いていた。何かで目を払われ、細川の両目はまったく視力を失っていた。トランクを開けた瞬間、何かで目を横殴りに払われたのだった。細川は知らなかったが、それは針金の先端だった。角ばった針金の先端が両目を切り裂いたのだった。両目から噴き出す血を掌で押さえ、細川は一歩でもベンツから離れようと歩いていた。その後頭部に鉄の塊が打ち下ろされた。

「死ねっ！」

細川の後頭部を襲ったのは、木原が手にしたジャッキだった。鉄製の工具は木原にとって最良のウェポンになっていた。木原はうつ伏せに倒れた細川の頭蓋に何度も鉄の工具を打ち下ろした。

木原は呆然と立ち尽くしていた。トランクから這い出して来た裕美が木原にしがみついてきた。恐怖のためか、あるいは寒さのためか、彼女はがたがた震えていた。

「……死んだの？」

「死んだかも知れんな」

と木原は答えた。路上に倒れた男たちはぴくりとも動かない。荒い呼吸で、木原は右手に持っていたジャッキを放り、左手の四本の指に巻きつけていたワイヤーをほどいた。先端が五センチほど伸びていて、それが男の両目を瞼《まぶた》ごと切り裂いたのだ。

何とかほどいたワイヤーを投げ捨て、男の傍にしゃがんだ。男の腰から拳銃を取り上げる。背広の懐から財布も抜き取った。

もう一方の男に近づく。こちらもうつ伏せに倒れたまま動かない。顔の下にある黒い物は血溜まりのようだった。こっちは伸びた手に拳銃を握っている。こいつはチャカを扱い慣れていなかったのだろう、セイフティーを解除するのを忘れたから発砲出来なかったのだ。もう一人と同じようにチャカと財布を取り上げた。

「手を貸してくれないか。こいつらをどかす。このままだと車を動かせない。あんたは足を持ってくれ」

木原と裕美は、二人の男たちを畑まで引きずっていった。

「車に乗るんだ」

運転席に座ると、車内灯を点け、まず二つの拳銃を調べた。どちらもベレッタだった。次に取り上げた二つの財布を調べた。リラとドル紙幣、かなりの額だった。そして二人とも日本の国際免許証を持っていた。車を借りるのに必要だったのだろう。これで男たちの名前が判った。羽間義弘と細川憲次……。職業などの記載はないが、極道ということは判っている。だが、どこの組なのかは判らない。紙幣と免許証をズボンのポケットに捻じ込み、二つの拳銃をベルトに差した。

「待っててくれ」

車を降りるともう一度男たちに近づいた。手前の男のポケットから煙草を見つけると、そいつを持って車に戻った。煙草は日本のマイルドセブンだった。二本くわえ、火を点けると、一本を助手席の裕美に渡した。

「……ひどい手……手当てしなくちゃ」

手首を見た。ひどい傷だった。二ミリほどの幅で皮膚が裂けている。だが出血は止まっている。

「大丈夫だ、もう痛くないから」

裕美がかすれた声で訊いてきた。

「これから……どうするの？」

「……フィレンツェに戻る……」

「どうして？」

恐怖の顔でまた訊いてきた。

「俺は……ガードだ。若を助けなければならないんだ」

「そんなこと……止めて！　無理よ！」

裕美が叫ぶように言った。

煙草の煙を思い切り吸い込んだ。煙草を吸ったせいか、気分は落ち着いていた。今はチャカを二丁持っている。最新のベレッタだ。マガジンには十分な弾丸が詰まっている。相手は松を入れて四人。ジュゼッペを加えたら五人か。奴らも十分な道具を持っている。だが、俺が戻って来るとは考えていない……。

「……向こうに着いたら、車はドゥオモの傍に置く。あんたは車で待っていろよ。一時間経《た》っても俺が戻って来なかったら、そのまま逃げろ。警察に飛び込んでもいいし、このままローマに逃げてもいい。若の会社に行けば向こうで何とかしてくれる」

木原はポケットから紙幣を取り出して、半分を裕美の手に握らせた。

「駄目、殺される」

「いや、殺られはしない。知ってるだろう、あそこには非常口があるんだ」

木原はポケットから鍵の束を取り出して裕美に見せた。

「奴らはこいつを取り上げるのを忘れていた。非常階段を上がれば、奴らに近づける」

「お願い、このままローマに逃げよう」

木原は微笑んで、裕美の頰に指を這わせた。

「いや、それは出来ないんだ。俺は会長から、若のガードを命じられたんだよ。それが仕事なんだ。俺はヤクザだからな、死ぬのは怖くない」

「……高男ちゃんも、同じことを言った……」

「高男ちゃんて……いつも、言ってる男だな……あんたの彼氏か……死んだのか？」

裕美が頷いた。

「俺は大丈夫だ、殺られはしない」

木原は笑ってイグニッションを捻った。

四

元警視庁刑事部警視長だった志村幸三《しむらこうぞう》の葬儀は、世田谷《せたがや》にある志村の自宅で執《と》り行なわれた。退官後十二年経っているにもかかわらず、この葬儀には、近隣の住人のほかに三十名ほどの警察関係者が集まっていた。

すでに焼香を済ませ、玄関先で次々と現われる弔問客を迎えていた警視庁公安部の青山《あおやま》は、さすが志村だ、と思った。警察というところは不思議なところで、通常は退官してしまうとかつての同僚との交流は途絶えてしまう。現役ならいざ知らず、普通なら退官して十年以上経つ男のために、これほどの警察関係者が集まってくることはない。たとえ元警視総監でも、これほどの弔問はないだろう。

それだけ志村の人望が厚かったということだ。弔問客の内にはやはりすでに退官している元警視庁副総監であった清水光一郎《しみずこういちろう》や、今では最高検察庁次長検事にまで上り詰めた村《むら》田《た》の姿も見えた。もっとも彼らがこの席にいることに、それほどの驚きはなかった。志村は極秘プロジェクトであった『極道狩り作戦』を事実上指揮した男であり、今、この葬儀を手伝っているのは、気をつけて見れば、ほとんどがその時のスタッフなのだった。それでも、所轄署の署長クラスの男が献身的に働く姿に疑念を持つ者はいないはずだ。彼らが

『極道狩り作戦』のスタッフだと知る者はわずかに元副総監の清水と最高検察庁の次長検事である村田くらいのものだろう。他にも何人も警察関係者がいるが、彼らは『極道狩り作戦』に関して、今でもその存在を知らない。

焼香の最後の段階になって、青山はある婦人に目を留めた。近隣の住人に見えなくもないその喪服の女性は、あの有川涼子《ありかわりょうこ》だった。

一年ほど前に見た彼女とはかなり容貌が違って見えた。抜きん出た美貌を、醜悪にまで変えてみせた有川涼子だったが、今日の彼女は地味ながら人目を惹《ひ》いてもおかしくない美貌に戻っていた。それでも昔の容貌とはまったく違ってはいる。葬儀を手伝っている内野《うちの》や池田《いけだ》たちも、すでに有川涼子に気づいているようだ。

「……お元気そうですね……」

焼香を終えて、人目につかないように帰ろうとする彼女に、青山は小さく目礼しながら声を掛けた。

「ご無沙汰しています……」

周囲に素早く目を配りながら彼女が答えた。

「……事務所の開設のことは、内野くんから聴いていますよ」

内野は『極道狩り作戦』の元スタッフで、現在、八王子《はちおうじ》警察署の署長に栄転している。

青山はこの内野克之《かつゆき》にその後の有川涼子の監視を命じていた。八王子で「救済の会・竜《たつ》の子《こ》」という人身売買救済機関を運営するかたわら、その後も独自に『極道狩り作戦』を続行していた彼女を、とにかく今は監視下に置いておくことが、亡き岡崎竜一《おかざきりゅういち》に対する供養だと思っているからだ。

その有川涼子が「救済の会」を閉じて、本郷《ほんごう》の近くに弁護士事務所を開いたと、内野から報告を受けたのが二週間ほど前のことだった。

「そうでした、青山さんにもちゃんとお礼をしなくてはいけないのですよね。お花を贈ってくださったのですから。すみません」

と涼子が微笑した。たしかに、ささやかだが青山は事務所開設の祝いに生花を贈っておいた。だが、その事務所を青山は、まだ訪れてはいない。

「本郷のほうは上野《うえの》の池田くんに頼みました。何かあったら遠慮なく池田くんに言うとい い」

本庁にいた池田雄二《ゆうじ》は現在は本郷から遠くない上野署の署長だ。いわば有川涼子の監視役を八王子署の内野から受け継いだ格好である。

「有り難うございますと、やっぱりお礼を言わなくてはいけないのかしら」

と涼子がめずらしく砕けた口調で囁いた。以前の顔とは違うが、笑うと、不思議なことに昔の容貌に見えてしまう。

「顔を変えても駄目ですよ。貴女《あなた》は、やっぱり目立つ……時間があるんだったら、ちょっと話が出来ませんかね」

と青山は訊いてみた。有川涼子を今でもつけ狙うヤクザは多い。暴力団関係者の間では、彼女は伝説の女性だろう。正体が判れば何が起こっても不思議ではない。

「今日でなくては駄目かしら？　連れがいるんです」

と涼子が目顔で通りのほうを示した。

「なるほど。いや、別に今日でなくてもいいですよ。ただ、話しておきたいことがある」

「だったら一度、事務所を覗いてくださいな。たいていは大人しく事務所にいますよ。事務所はまだ開店休業、地裁に行く用もないですから」

と涼子がまた微笑した。青山は何人かの弔問客が、そんな涼子を盗み見していることに気づいた。

「分かりました。時間を作って寄らせてもらいましょう。ただ、用心はして欲しい。昔の貴女を知らない者でも、今の貴女は十二分に男の関心を惹く。また、元の美人に戻ってしまった……」

と青山は俯《うつむ》いたまま、自分が感じた不安を告げた。

「お世辞でしょうけど、心に刻んでおきます」

と涼子は頭を下げその場から立ち去った。

「……青山につかまりましたね……」神木《かみき》が言った。バンの中には神木剛《ごう》と助手席に稲垣《いながき》が乗っている。どちらも警察出身、稲垣正志《まさし》は元マル暴の刑事、神木は元公安部員。現在は二人とも、涼子のチームに加わっている。どうしても志村の弔問に行く、という涼子の護衛についてきた二人だった。

「ええ。人目を惹くから注意しなさいと言われちゃった。そんなに目立つかなぁ」

と涼子は不思議そうに言う。

神木は後部シートにおさまった涼子をバックミラーで眺め、バンをゆっくりスタートさせた。そして、青山がそんなことを言うのも無理はないな、と思った。今度の整形は上手すぎたのか、今の涼子は美しい。以前の顔とはたしかに違うが、青山の言う通り、中年の男性が振り向くほどの美貌である。

執刀したのは街の整形外科医ではない。スタッフの一人、無免許医師の三輪章雄《みわあきお》だ。東大医学部中退のこの男は、並みの外科医よりずっと腕が良い。涼子の昔の写真を見て、それなりに苦労したのだろうが、願望もあって美しい顔を造ってしまったのだろう。

「確かにね、私だって十年若けりゃあその気になる。でも、元の顔とはぜんぜん違うんだから、それほど気にせんでもいいでしょう」

と稲垣が笑って言った。有川涼子が八王子の「救済の会」をたたんで法律事務所を開く

と決めた時に、

「ちょっと危ないんじゃあないかねぇ」

と一番心配したのが稲垣だったが、いざそれをやってしまうと、

「要するに、一番危ないのは『新和平連合』の関係者でしょう。だが、『新和平連合』は新田雄輝との関係があるから、奴が生きている間はうちの会長には手は出さない。それ以外の連中は、まず心配せんで良いと思いますよ。なにせもう十五年以上経っているんだ、よほどの偶然でも重ならんかぎり、会長の素性がばれることはない」

と、今では取り越し苦労だと割り切っているようだった。

ここで稲垣が、「新和平連合」は手を出さないだろう、と言うのにはわけがある。涼子たちが「新和平連合」を叩いたのはまぎれもない事実だが、「新和平連合」の会長である新田雄輝の裁判で、涼子は新田に不利な証言はしなかったのだ。それよりも彼女は新田の弁護士に協力して、新田の刑を軽くするべく動いてきた。何で新田の肩を持つのだというスタッフの疑問に、涼子はその時、こう答えている。

「新田は、あの時、私たちを殺そうと思えば殺すことも出来たのですよ。でも、あの人は、私が止めてくださいと頼んだら、それに応《こた》えてくれたの。私はそのことをちゃんと覚えているだけ。私の目的は新田雄輝という男を獄に繋《つな》ぐことではなくて、『新和平連合』という集団を壊滅出来ればそれでいい。もちろん壊滅なんて出来ませんけどね、その力を

少しでも弱めることが出来れば、それで良いの。そして、それは、ある程度成功したのだと、私は思っている」

この新田と有川涼子たちの対決の場にはいなかった神木だが、新田が涼子たちを殺さなかったのは、すでに周囲を固めていた警察を畏《おそ》れてのことではなかったのだろうと思っていた。神木の知るかぎり、新田は警察を畏れたり、あるいは己《おのれ》の命を惜しむタイプの極道ではなかったはずだからだ。新田が涼子や稲垣たちを手に掛けなかったのは、そのことに大した価値がない、と思ったからだろう。

事実、獄に繋がれた新田は、「新和平連合」を中心とした系列の組に、有川涼子たちへの報復を禁じた。稲垣の、少なくとも「新和平連合」側からの報復はないだろうという判断は、ここを根拠としている。

亡き志村が指揮した当時まで遡《さかのぼ》れば、「新和平連合」以外にも危険の種《たね》はあるが、それは稲垣も口にしたように十五年前のことで、おそらく姿かたちを変えた有川涼子に危険は及ばないだろうと、神木も考えていた。

「……その新田ですがね……」

と稲垣が続けた。

「野村《のむら》という弁護士を、会長はよく知っているんですか？」

「よく、というほどでもないわね。会ったのは五、六回。新田雄輝の公判前に打ち合わせしたたけ。あ、そうそう、公判にも一度弁護側の証人で行ったか……」

「で、会うんですか？」

とこれは神木が訊いた。

「ええ。先方がうちに来るの。あちらが忙しすぎて、こっちに何か良い話を持ってきてくれるといいんだけど」

稲垣が溜息をついた。

「会長、そいつはないよ。あんたがヤクザの弁護士なんかになったら、こりゃあ昔の仲間が黙っちゃあいない」

「それはないでしょう。あの人たちは、わたしのしようとしていたことを邪魔しているのよ、監視までつけて」

「だから、通常の刑事事件の弁護士ならいいんですよ。極道の弁護なんかやったら、いずれ弁護士資格も剝奪《はくだつ》になる」

と稲垣がまくしたてた。神木は苦笑いで二人のやりとりを聴いていた。どちらにも一理ある。監視は、やんわりとだが、たしかに今もある。その指揮を執っているのは警視庁公安部の青山だ。あなたたちがそんなことをするからだと、ヤクザ弁護士に転向したら、青山たちは腰を抜かすだろう。ちょっとそんな顔も見てみたい気はしたが、有川涼子がヤクザ弁護士になったら、亡き岡崎が泣く。そして有川涼子は、岡崎が涙することなど絶対にしない。半ば本気で涼子の冗談を受け止めている稲垣は、そんな二人の関係に気づいていない。

有川涼子の胸の中は、今でもまだ岡崎で一杯だ。岡崎が考えそうなことを彼女は考え、そしてそれを実行する。だが、彼女はたしかに「新和平連合」会長の新田の弁護に一役買った。これだけは紛《まぎ》れもない事実である。奇妙なことだと思っているのは、神木も稲垣と同じだった。

「野村弁護士はヤクザではないわよ」

「だが、世間では、ヤクザ弁護士と言われている」

と言い合いはまだ続いていた。

「困ったわねぇ、稲垣さんだってうちの窮状は知っているでしょう。開店休業でみんな欠伸《あくび》しているのよ」

みんなとは八王子の「救済の会」で働いていたスタッフだ。稲垣もむろんその中にいる。

「だからって、新田の弁護士なんかとつるむのはどうかと私は言ってるんですよ。『新和平連合』の仕事、貰うわけにはいかんでしょうが」

具体的に「新和平連合」という名を出されては、有川涼子の抵抗もそこまでだった。

「はいはい、解りました。野村弁護士がどんないいお話を持ってきても受けないようにいたします」

「じゃあ、会うことは会うんですな?」

「それは、仕方がないでしょう。今から断れないわ」

「いつ会うんです?」

「今日の三時」

「今日のですか」

「ええ、そう」

稲垣は絶句したように追及を止めた。なだめるように涼子が言った。

「心配だったら、稲垣さん、立ち会ってよ」

「いや、いいですよ、私は。ヤクザ弁護士なんかに会いたくない」

「そんな旋毛《つむじ》を曲げなくてもいいじゃない、稲垣さんらしくないわ」

「嫌ですね。私はこう見えても元マル暴の刑事ですよ。ヤクザ弁護士は天敵だ。私らが苦労して逮捕したものを悪知恵で娑婆《しゃば》に送り返す、そんな輩《やから》と手なんぞ握りたくない」

稲垣も面白がって反抗して見せる。

「じゃあ、神木さんは? 同席してくれる?」

「止めておきましょう。私も元警察官だ」

呆れたように涼子が言った。

「なによ、貴方《あなた》は公安じゃない。稲垣さんふうに言えば、ヤクザは敵ではないでしょう？」

「いや、敵です、貴女と同じようにね。義兄《あに》はヤクザと戦って死んだ……」

と神木は答えた。言ってはいけない台詞だった。神木の義兄、伝説の岡崎竜一……『極道狩り』チームを率いて、岡崎は戦い、そして第四次作戦の中、涼子を助けるために壮絶な死を遂げ《と》たのだ。涼子は事務所に着くまでもう一言も話さなかった。

五

運転手の肩越しに見える白い建物が新潟東刑務所だった。一度だけだが宮城刑務所を訪れたことのある涼子は、刑務所というものは古めかしいレンガ造りの高い塀《へい》に大きな鉄門というようなイメージを抱いていたから、その建物にはなんとなく違和感があった。千人という犯罪者を収容している施設なのに、さほどの圧迫感がないのだ。大きなはずの鉄門もそれらしくない小さな門扉だった。

タクシーを降りると、門の脇にある守衛所に行き、そこにいた守衛に身分と用件を告げると、すぐに入所の案内をしてくれた。涼子は微かな不安を抱きながら中に入った。刑務所に入るという不安ではむろんない。自分がわざわざ新潟まで足を運び、「新和平連合」

の会長と二人だけで会うということに対する運命の流れに、微かだが不安があったのだった。

「本当に私が同行しないほうが良いのですね？」

と、東京では野村弁護士から念を押された。

「大丈夫です、一人で参ります。新田さんも、そんなご意向のようでしたから」

と、その時、涼子はそう答えた。新潟まで悪いが来てもらえないか、と新田が刑務所の中から直接電話をしてきたのだった。

涼子は、意外なことにヤクザの新田が模範囚で電話を掛ける自由があることを、その時初めて知った。もちろん刑務所から掛けている電話だから、好きなことを長時間掛けられるわけではない。

新田からは詳しい事情は会ってから話すと言われたが、知りたいことがあったら野村弁護士から聴くようにとも言われた。そんなこともあって「新和平連合」の情勢は、おおかた新田の顧問弁護士から聴きだしていた。

現在の「新和平連合」は会長代行の品田が実権を持ち、切り回していること。「形勝会」会長の諸橋健が何者かに射殺されたこと、実行犯はまだ挙がっていないこと。そして新田が驚いたことに刑務所内で刺され、瀕死の重傷を負ったことなどである。

「形勝会」の会長が射殺されたことはマスコミでも都内での銃撃事件として取り上げられ

ていたから、涼子もよく知っている。だが、品田という新田の会長代行がすでに「新和平連合」の実権を握っているという野村の話は貴重だった。ヤクザ業界の動きに詳しいスタッフの元マル暴刑事の稲垣でさえ、まだそこまでは摑んでいなかったからだ。一番驚いたのは、電話してきた新田が刑務所内で刺された、ということだった。この情報も、涼子の所では摑んでいないものだったのだ。

弁護士の野村とは、新田の公判時に何度か会っている。巷間《こうかん》、ヤクザ弁護士としてマスコミで取り上げられた男だが、涼子に悪い印象はなかった。四十になったかという細面《ほそおもて》の、むしろ律儀《りちぎ》な、嫌味のない人物に思えた。

「弁護士は野村というのだが、信頼できると思っています」

と新田が言った通り、野村弁護士は涼子が訊くことにためらうことなく何でも答えてくれた。その中には警察に知られたら困るような事柄もあったのが意外だった。

「……今の『新和平連合』は、おそらく有川先生が知っておられるものと違うと思いますよ。現在、『新和平連合』を仕切っているのは間違いなく品田代行です。いや、その代行というのも近々替わると思いますが。新田会長が会長職を禅譲《ぜんじょう》する形になるんじゃあないですかね」

と野村は言った。あのカリスマ性を持った新田が会長を降りる……これは涼子や稲垣たちには信じられないことだった。死んでしまったのならともかく、新田なしで「新和平連

合」がやっていけるとはとても思えない。涼子が思ったことを口にすると、

「こう言うと顧問弁護士としてもおかしいですが、私もそう思いますよ。新田会長はあの業界では大物ですからね。ただ、『新和平連合』には私以外にも、もう二名顧問弁護士がいますが、彼らはそうは思っていないようです。要するに、人を見る目というのも、それぞれ違うということなのでしょうね」

野村弁護士は、まもなく自分は顧問弁護士から外れるだろうというニュアンスを込めて、そう自分の感想を述べた。

「新田会長が有川先生一人で来ていただきたいと言ったのなら、そのほうが良いでしょう。刑務所側の対応もそのほうが良いかも知れない。なにせ、私は彼らに受けが悪いですからね。いつも会長に代わって注文ばかりつけている悪徳弁護士ですから」

と野村は笑い、なぜ新田が涼子と面談したいのか、その理由を簡単に説明してくれた。

「『新和平連合』の中身が変貌しつつあることは、今、お話しした通りです。現在はほぼ完全に品田才一体制にあると言っていいでしょう。

有川先生がお知りになりたいのは、『新和平連合』のバックのことでしょうね。ここで隠しても仕方がないでしょうし、これは新田会長から言われておりますからみんなお話ししますが、確かに『新和平連合』にはバックにいろんな組織がついています。そこが他の暴力団と違うところだと言ってもいいでしょう。

ご存知かどうか、『新和平連合』は懸命に合法的なシノギをしようとしている組織なのですよ。まあ、顧問弁護士の自分がそう申し上げても信じてもらえないと思いますが、わたしも『新和平連合』が合法的な組織に変われるよう尽力しているつもりなのです。

もうひとつ、これもご存知かどうか……新田会長にはどうしても護らなければならない人がいるのですね。その人物は、浦野光弘という『新和平連合』の前身である『和平連合』を作った男の遺児です。浦野孝一氏のことですが、この方はヤクザではないですよ。『UK』というネット系のれっきとした企業経営者ですが、新田会長はこの方のことを一番心配しておられます。

有川先生と話がしたいと言われているのは、その件ではないかと、私は想像しています。詳しくは新田会長が話されると思いますから、そのことについては、ここでは控えさせてもらいます。いや、新田会長と品田代行との間で、まだ表面だった確執はありませんがね。それが表面に出たら『新和平連合』は大変なことになりますから。だから新田会長は刑務所の中で、現在の情勢を静観しておられます。

だが、これまでのように新田会長が品田代行を全面的に信頼しているわけではないでしょう。これは私の、そう、私見ですが。ですから現在、『新和平連合』は新田会長の采配から少しずつ離れていっているように思えます。いずれ両者の確執は表面に少しずつ出てくるんじゃないですかね。それを案じて、新田会長は有川先生に会いたいと、そう言われているように、私は勝手に解釈しているのですが」

この野村の言葉を涼子が納得したわけではなかった。公判で、涼子はたしかに野村弁護士に協力した。成功したとも思えなかったが、少なくとも野村も新田も、涼子の思いがけない協力で量刑が軽減されたと思っている。神木や稲垣は今でも新田をまったく信じていないが、新田が涼子たちへの報復を、「新和平連合」系列の暴力組織に禁じたことは事実だったのだ。

「……今お話しした浦野孝一氏のことですが、彼は自分の会社を部下に預け、この二年、ヨーロッパで静養されていました。まだ若いのですが、子供のころからあまり体が丈夫ではなかったと、私は聴いております。そんなことで、イタリアのフィレンツェで、この二年静養されておったのですが……これも、有川先生だけにお話ししていることで、他言はなさらないようにお願いいたします。その浦野孝一氏の消息が一週間ほど前から途絶えた……新田会長は、たぶんその件で有川先生のお力を借りようとされているのだと、私は思います」

浦野孝一のことは知っていた。二年前、日本から姿を消した、という情報も摑んでいる。だが、フィレンツェで暮らしていたことまで、涼子は摑んでいなかった。この件は新田にとって世間に漏れたら困ることだろう。それなのに、事情を説明しろ、と新田は顧問弁護士に指示している……。

「消息が途絶えた、というのは、どういう意味でしょう？」

「文字通り、一週間ほど前から音信不通になっているのです」

「そこに、事件性があるということですか？」

「そう考えてもらっていいと思います」

「新和平連合」の中でいったい何が起こっているのか？　刑務所に繋がれている会長の新田と代行の品田との間に確執が出来ているということは判る。だが、事はそんな単純なことでないように涼子は思った。そこに、浦野孝一の失踪《しっそう》事件が発生したということか。

「『新和平連合』でも捜索していますが、進展はないようです。『新和平連合』では品田代行がすぐにフィレンツェに飛びましたが、捜索ははかばかしくない。まあ、彼らは捜索の専門家ではありませんから、これは仕方がないことですが」

　イタリアは誘拐では名だたる国である。マフィアの誘拐に対抗して、資産家はボディガードを私費で雇わなければならないくらいなのだ。浦野孝一の失踪も、そんな類《たぐい》の事件なのだろうか？

「……イタリアの警察には捜索の届けを出したのでしょうか？」

「それはしていないと思いますね」

「それでは、現地で専門家を雇うとか、そういったことはされていないのですか？」

「それは、もちろんやっていると思います。だが、結果はまだ出ていない。すでにイタリアを出たとか、ロシア圏に向かったとか、いろんな噂があるようですが、いずれも噂の域を出ていないようです。それにご存知の通り、場所がヨーロッパですから、移動は簡単です。陸続きですから、国境通過も容易《たやす》い。これが、現在、新田会長がいちばん心配されてることだと思います。ということで、とにかく新田会長に会っていただきたい。私からもお願いいたします」

と、野村は涼子に頭を下げたのだった。

強化プラスティックの仕切りの向こうに刑務官と現われた新田雄輝は、涼子の記憶よりもかなり痩せていた。瀕死の重傷を負ったということだから、元気なはずもなかったが、やはり顔色も蒼白い。

面会室に入って来た新田は、涼子を見ると驚いた顔になった。わたしの顔が記憶していたものと違ったからだろう、と涼子は思った。

「わざわざ申し訳ない」

新田は驚きを一瞬で隠し、仕切りの向こうに腰を下ろすと、嬉しそうな笑みを見せた。

「……お体のほうはもうよろしいのですか？」

「もう大丈夫です」

と新田は答えた。野村弁護士の説明では、セラミックの刃物で心臓を狙って刺された、ということだった。一命をとりとめたのは、刃先が肋骨に当たり滑ったため、心臓にダメージがなかったのだと言う。

「……化粧だけではないんですね……きれいになられたんで、ちょっと驚いた」

新田は無遠慮なほどしっかりと涼子の顔を見つめた。困惑して、涼子は言った。

「まあ、こんなところでお上手ですか。自分では、期待したほど変わっていないと思いますけど」

「それにしても、思い切ったことをした……これはほめ言葉です、誤解せんでください」

「新田さんなら理解していただけると思いますけど、顔を知られて困ることもあるのです」

「なるほど、そういうことですか。それなら、解らんでもない……うちの幹部は、もう先生の顔を知っていますしね。そのことで言えば……実は、わしは、先生の本当の顔を知っているんです」

「私の、昔の顔を、ですか？」

「そう。最初に会った時の顔ではない、もっと以前のね。だが、残念なことに実物ではない、写真です」

「写真を？」

「そう、苦労して手に入れた。大事な話があるんで、こんなことを話していてはいかんのだが……」

　と新田は照れたように笑い、

「不愉快に思われたら困るが、先生のことはずいぶん調べさせてもらいましたよ。弁護士の野村に頼んで、調べてもらった」

　調べられても、仕方がないだろう。こうして新田が刑務所暮らしをしているのも、私たちとの対決の結果なのだ。新田にしてみれば、わけの判らない集団に盗聴器まで仕掛けられて追い詰められたのだ。その相手がどんな集団なのか調べるのは当然なのだ、と涼子は思った。

「それで、いろんなことが解りましたか?」

「いや、それほどでもない。まあ、通り一遍《いっぺん》のことです。先生が地検におられたことも解ったし、『救済の会』という人身売買に関する仕事をされていたことも知っています。そして履歴に空白の期間があることもね。ただ、こいつはそこらの探偵を使っても判らない」

　と、新田は笑った。涼子が黙っていると、

「……先月、弁護士事務所を開かれたことも知っていますよ。花でも贈らせてもらおうかと思ったが、これは野村に言われて止めました。弁護士先生がヤクザから花を贈られて喜ぶはずがないからね」

薄い皮膚が張りついたような顔が、いっそう優しくなった。今の表情を見たら、誰もこの男が日本の暴力団のトップにいる人物だとは思わないだろう。だが、この顔は必要とあらば瞬時にして野獣に変わることを涼子は知っていた。

「野村先生からいろんなことを伺ってきましたが、わたしがここに来たのは旧交を温めるだけではないのですよね」

　と涼子は苦笑して訊いた。

「それでもいいが、そんなことでは、来てもらえないでしょう」

　と新田は微笑んで言った。

「用件を伺っていいですか」

　涼子は面会室の戸口に立つ刑務官に目を走らせて尋ねた。刑務官は特別二人の会話に興味を示してはいないようだった。もっとも、立ち会いが任務だから、いつも聴いてはいないという顔をしているのかも知れない。

「解りました。実は、先生の助力が欲しい。それで来ていただいた」

「わたしの助けですか。わたしにはそんな力なんてありませんよ」

「そんなことはないでしょう。先生のお陰で、わしらはひどい目に遭《あ》わされた」

　そう言われてしまっては、返す言葉もない。

「わたしが出来るようなことでしょうか」

「そう思っていますよ」

「他の方では駄目なのですね？」

「そう。ほかの人間に頼むことが出来ないんでね」

「どういう意味でしょうか」

「お恥ずかしいが、今のわしには、信頼できる人間が少ない。野村から聴いてもらっていると思いますが、今のわしは、危《あや》ういところにいると思っています」

「また命を狙われるとか、そういう意味でしょうか？」

「いや、そうではない。そっちのほうの危険はもうないでしょう。こっちも用心しているし、第一、刑務所のほうだって二度とあんなことは起こってもらいたくないですから、わしのことでは、十分警護もしてもらっていますよ。たぶん、ここにいるのが一番安全なんじゃないですかね。わしの言うのは、浦野孝一のことですよ。浦野孝一のことは野村から聴いてくれていますね？」

「簡単な説明をしていただきました。前会長、浦野光弘氏のお子さんですね」

「そうです。親代わりの人間は他にいますが、浦野孝一はわしが親と思っている人の子供です。わしには彼を護る義務がある」

皮肉な運命だと、改めて涼子は思った。新田が親という浦野光弘は『極道狩り』の第一次作戦で涼子たちが追い詰めた男だった。直接に涼子たちが手を下したわけではないが、死の原因を作ったのはまぎれもなく涼子たち『極道狩り』のメンバーだった。だから、浦野孝一を遺児にしたのは涼子たちだとも言える。

記憶を振り払うようにして訊いた。

「野村先生から、浦野孝一氏が失踪したというお話を伺いました。イタリアで療養生活をされていると聞きましたが……わたしに何をしろとおっしゃるのでしょうか」

「先生に、その浦野孝一の捜索を頼みたい。ただ、すぐというわけではないですが」

予期していた言葉で、その返答も用意してきていた。涼子は笑って答えた。

「それは、無理ですよ。わたしはそういったことの専門家ではありません。イタリアの警察には届けていないのでしょうか？」

「これは想像してもらいたいが、警察に関与して欲しくない事情もありますからね」

言っている意味は解る。浦野孝一は野村弁護士が説明したように、たしかに合法的な企業の経営者だが、「新和平連合」のまぎれもないバックでもある。官憲に探られれば困る事柄はいくらでもあるはずだ。だから、極力警察の介入を避ける……。

「ただ、どこにいるか、見つけ出せばいいのですか？」

「そう。そしてもし危険な状態にいるのだったら、救出してほしい。だが、今すぐというわけではないんです。もう少し、こっちで確認しておきたいこともあるんでね。ただ、その時が来たら先生に協力してもらえるか、それを今、聴いておきたい」

「困りましたね。いろんな意味で、それは私に適任な仕事ではありませんよ。新田さんは、どこかで私のことを誤解してしまったようですね」

「誤解なんかしていない」

新田が続けた。

「わしには時間が有り余るほどあるんですよ、今は独居ですから。だから、よく考えた。先生が驚くだろうということも、嫌がることも十分考えたんですよ。たしかに先生にとっては迷惑な話だ。常識的に考えたら、ヤクザなんかの頼みを引き受けるわけがないわね。だが、先生ならそれをやってもらえると思った」

「どうして私がそんなことが出来ると考えたのかしら。私はただの弁護士ですよ。警察出身でもないし、人の捜索に関して何も知らないわ」

「だから言ったでしょう。不快だと思うが、先生のことは時間を掛けて調べさせてもらったと」

「何を調べたとおっしゃるの？」

「先生にはなかなかのチームがあるでしょう」

「『救済の会』のスタッフのことですか？」

「そう。あの人たちはただの事務員ではない」

「それでは……何だとおっしゃるの？」

「先生は検察庁出だが、先生のところには警察関係者が二人いる……驚かされるテクニックを持ったスタッフもいる。貴女は忘れているんじゃないですか。うちは貴女のスタッフに、さんざんな目に遭わされた。人身売買の救済事業に盗聴の専門家は要らんでしょう。つまり、先生はわしの『新和平連合』をターゲットにされた……何でそんなことをしたのかも、先生のバックにどんな組織がついているのかも知りません。

だが、そんなことはもうどうでもいいんです。先生がどんな活動をされてきたかも、今はどうでもいい。とにかくわしの力になってくれればそれでいい。もちろん無料《ただ》で働いてくれとは言いませんよ。必要な経費はいくらでも出すし、十分な報酬を支払う」

「やはり誤解ですね。たしかに警察を退職したスタッフはいますよ。人身売買救済の仕事にはある程度の危険はつきものですから」

そこまで言って涼子は笑い出した。

「……でも、貴方にそんなことを言っても駄目ね。だったら何で『新和平連合』に盗聴器を仕掛けたんだと言われますね」

「まあ、そういうことですね。うちは人身売買に手は出しておらんから。ただ、ヤクザのわしから依頼された仕事をするのは、たしかにいろんな意味で具合が悪いというのは、わしにも解る。だが、さっきも言ったが、今のわしには信頼できる人間が限られているんです。信頼しとるのは弁護士の野村と、あと何人かいるが、そいつらを動かせば、わしがここから何をしているか、判ってしまう。また、そんなチームをここにいては作れない。どうでしょう、何でそんなことを頼んでくるんだと不思議に思われるかも知らんが、わしをまた助けてもらえんでしょうか。今も言ったが、謝礼はいくらでもしますよ。みみっちいことはしません」

涼子が面白そうに訊いた。

「どんな謝礼でもいいのですか?」

「いいですよ」

「お金で私のスタッフは動きませんよ」

「千万単位でも動かんのですか……」

「ええ、動きません」

「それじゃあ、引き受けてもらえる条件は何です?」

涼子がずばりと言った。

「『新和平連合』の解散」

新田は苦笑して、それから溜息をついた。

「解散ですか……悪い冗談だ」

「ええ、そう。『新和平連合』を解散してくださるなら、このお話、受けます。どうですか? 野村先生がおっしゃっていました、『新和平連合』は正業を懸命に増やしている珍しい暴力団だと。私もある意味では、そうだなと思います」

新田が皮肉っぽく笑った。

「世間では、それをヤクザのマフィア化だと言う」

「たしかにそうも言われています。でも、法に触れない仕事をするのは良いことですよ。正業に見せかけて不法行為をするからマフィアの事業になってしまう。でも、おたくが持っている多くの会社はまともな仕事をしているでしょう？　外食産業にも進出されているじゃありませんか。ですから、そちらを伸ばしていくことは夢物語ではないでしょう。他の暴力団には出来ないかも知れませんが、『新和平連合』なら出来るんじゃないですか？　『新和平連合』には、それこそ凄いバックがあるでしょう？　それに、現在すでにすごい数の企業を持っている。『新和平連合』を解散しても、他の組織のように食べていけなくなることはないのではありませんか？　何もヤクザの看板を掲《かか》げなくても生きていけるじゃありませんか。冗談のように聴こえるかも知れませんが、私が条件に出した解散だって、そう難しいことではないと思いますよ」

「……思い切ったことを言う人だな……ヤクザにヤクザを辞めろと言う」

「この条件を呑んでくださったら、お仕事、引き受けます。これで、どうでしょうね。正直に言いますと、どこまで出来るか自信があるわけではありませんが、新田さんの満足のいくように全力を尽くします」

「……困った条件だ……まいったね」

「それはそうでしょうね」

と、涼子も苦笑した。野獣に牙を抜けと言って、解りましたと答えるわけがない。牙を抜かれれば野獣は死ぬ。

「いや、そうじゃない。知らんのだと思うが、どの道、わしは引退です。つまり間もなく『新和平連合』は品田のものになる。品田とは、わしの代行をしている男ですがね。『新和平連合』が品田のものになれば、わしには実権がなくなる。つまり、わしの意思で『新和平連合』の解散は決められない。

ここで約束するのは簡単だが、そいつは実現不可能な空の約束手形みたいなもんだ。先生も正直に話してくれているのでしょう、だからわしも正直に話している。『新和平連合』を解散させるという約束は出来ない……その代わり……」

「……その代わりに、何です？」

沈黙する新田に涼子は尋ねた。

「そうだね……その努力はしてみてもいい。それからもう一つ約束する。わしはこの先どうなるか判りませんが、多分、娑婆に戻ってもまともな人間にはなれんと思っている。きっとヤクザ者のままくたばるんでしょう。だが……わしが生きている間は、あんたを護る。少なくとも極道に手は出させない。これは身命に誓って約束する」

と、新田は笑いながら言ったのだった。

六

榊千絵《さかきちえ》が本郷三丁目の菓子店から買ってきたみたらし団子を頬張り、稲垣が言った。

「本当に新田が解散なんかすると思っているんですか、会長は」

「……いいえ、思っていないわ……」

「それじゃあ、何でそんな仕事を引き受けるようなことを言ったんです」

「でもね、新田は、努力してみるって、言ったの」

と涼子が気弱な顔で答える。

傍で聴いている神木は、こんな困惑顔の涼子を見たことがなかった。

「そんな努力なんかするわけがないでしょう。新田はそんなに甘くないですよ。あいつはヤクザの中のヤクザだ。わたしは、何で会長がうかうかとそんな話に乗るのか解らんね」

と、ここを先途《せんど》と稲垣が突っ込んだ。

たしかに稲垣が言うように、神木にも涼子が何を考えているのか解らなかった。言ってみれば、彼女が言っていることは、自分が叩いたヤクザ組織に救いの手を差し伸べるような話だ。神木の知る有川涼子という女は、ヤクザを心底憎んでいるはずである。

「神木さん、浦野を捜し出すなんてことは、『新和平連合』を救済するってことでしょうが。ねえ、そう思われるでしょう？」

と、稲垣は神木に同意を求めるように訊いてきた。

「まあ、そういうことになりますね」

神木は苦笑して頷いた。

「……でも、新田は、普通なら公表出来ない事情まで打ち明けて頼んでいるのよ……」

自問自答するように言う涼子の声は弱々しい。これも普段の涼子にはないことだった。普段の涼子は、いつも毅然《きぜん》と自信を持って指示を出す。何かを決断するとき、躊躇《ちゅうちょ》がないのが有川涼子という女だ。そんな彼女が、今日はどこかおかしい。

「たしかに、『新和平連合』の内部がそこまでがたがたになっているとは、私も知らなかったですがね……だが、新田を信じちゃあ、いけませんよ」

と稲垣が愚痴《ぐち》る。

「……今の説明に、解らないところもありますがね……」

と神木は涼子に向き直った。

「どこが解らないの？」

涼子が訊き返す。

「……浦野孝一が失踪したのはイタリアだ。そもそも浦野がイタリアに隠れたということは、そこに特別の何かがあったからでしょう。楽しそうなところだからと考えてフィレンツェを選んだのではない。つまり、コネクションがあったからフィレンツェに潜伏を決めたはずだ」

「ええ、多分、そうだと思います」

「コネクションというのは、向こうのマフィアか、それに近い業者か……そんなところでしょう。ローマに事務所を置いているというが、それが理由でフィレンツェにいるわけではないんじゃないか。連絡や指示なら、それこそ浦野孝一がやっているのはネットの配信会社だから、場所を選ぶ必要もない。そこで『新和平連合』だが、あそこは東欧に手を伸ばしている。つまりヨーロッパに進出しようとしている組織だ。だから、浦野はヨーロッパ、つまりイタリアに逃げた……つまり、そんな世界にコネクションがあるからイタリアに住んだ。

だったら、そいつら絡《がら》みの誘拐事件だと見るのが順当な見方でしょう。資産額は見当もつかないという金持ちなんだから、どこから狙われても不思議じゃない。現実的な見方で言えば、そんな誘拐事件に対してうちがどう捜索したらいいんです？　新田が何を考えたか知らんが、日本国内ならともかく、たとえその気があっても、うちの戦力でヨーロッパのマフィアを相手には出来ない」

「それは違うと思うの。新田は、まずヨーロッパの組織と連絡を取って、イタリアの組織が動いたのか、それはもう調べたの」

「そう言ったのですか？」

「ええ、それに近いニュアンスのことを言ったわ。品田という代行がすぐイタリアに飛んだってね。今もそっちに手を廻しているとも言った……これは、神木さんが言った、向こうの組織という意味。でも、良い結果は出ていない。つまり、少なくともイタリアの組織にそんな動きはない、ということなんでしょう」

「なるほどね。組織が絡んでなければ、自分で逃げたか。警察にも捜索願は出していないのでしたね……？」

「ええ、警察の介入は避けたいのでしょう。でも、最終的にはそれをしなければならないかも知れないと、その覚悟はあるみたい。いずれにせよ、もっと詳しいデータを持って野村先生が来るから、そこでいろんなことが判ると思う」

神木は、涼子が「新和平連合」のお抱え弁護士を先生と呼ぶのがおかしかった。業界用語で何でもお互いに先生と呼び合うらしいが、そいつは代議士と同じだ。傍で聴くと馬鹿らしく聴こえる。もし今の涼子を岡崎が見たら、何と言うだろうか、と神木は思った。自分が大きな犠牲を払って倒したヤクザ組織を、選《よ》りによって涼子が救済しようとしている……ヤクザ弁護士と手を組んで。

団子を食べ終えた稲垣が、溜息をついて言った。

「……この話の中で、興味が持てるのは一つだけですね。新田と品田の対立の構図は面白い。そこを突いてみる、というのなら、この話、乗ってもいいが、どうです、会長？　ひょっとしたら、そこらへんを考えて会長はこの話に乗ったんじゃないんですか？　それなら解るが」

苦笑して涼子は首を振った。

「残念だけど違うわ。わたしは、お二人が怒るように、ただ新田を助けようと思った……」

「馬鹿なことを。あんな男を助けてどうするんです？　今でこそ塀の中だが、それでもやつはまだまだヤクザのトップですよ」

「解ったわ、お二人は私を助けてくれないのね」

神木は笑って言った。

「だったら、稲垣さんだってこうして反対なんかしませんよ。一緒に働こうとしているから反対している。こっちもそれは同じ」

「だったら、助けてくれるの？」

子供のように目を輝かしてそう言う涼子を見て、この人は本当は可愛い人なのだな、と神木は思った。だが、涼子に無謀なことをさせようとしているものが何なのか、まだ神木にはそれが判らない。新田というヤクザに借りがあると、そう考えているのか？　たぶん、そうなのだろう。だが、それだけでなく、特別な感情でも抱いているのか……。稲垣が苦い顔で言う。

「……会長を、一人でマフィアの巣窟《そうくつ》になんか行かせられんでしょう。危なっかしくて見ちゃあおれん。と言っても、私は行きたくないねぇ、イタリアなんかには。だいいち言葉が解らんしね、行ったところで何も出来ん」

事務所のデスクで三人のやりとりに耳をすませていた榊喜一《きいち》が大声で言った。

「稲垣さんが嫌なら、僕が行きますよ」

弟の発言に、隣りに座っていた千絵が、

「駄目よ、喜一は。あんたは司法試験の勉強をするの。また落ちたら承知しないからね」

姉が言うように、喜一は今年の試験にあっさり落ちていた。電子工学は天才でも、法律にはまったく才能がないらしい。涼子の助手として働くのだと受験勉強に励んだが、はや挫折感に陥っているようだ。稲垣が言った。

「……向こうに行っても、私らにやれることはたいしてないな。イタリア国内に留《とど》まっているかすら判らない状況なんでしょう。警察なら、出国したのかそうでないのか出入国の管理機関で確かめられますが、われわれでは調べようがないですからね。さらに付け加えるなら、浦野という男がどんな人物なのかも、こちらには知識がない。個人的な動機で姿を隠したのかも知れないし、手のつけようがないですわな」

「とにかく、野村先生が来るのを待って。そこで手に入るデータを見てから決めてくださいな。それならいいでしょう？　何も情報がないうちに決めなくても。もし本当に手がつけられないものだったら、私だってやりますとは言いませんから」

一時間後、野村弁護士が涼子の事務所に現われた。彼は一人ではなかった。屈強な男を二人連れていた。榊千絵と弟の喜一は、その男たちが事務所に入って来るのを見て蒼白になった。この姉と弟は、ヤクザのために他人に言えない苦労と戦ってきている。亡父の借金で姉の千絵は暴力団の手で風俗に売られ、弟の喜一はその姉を救うため、学業を捨て風俗店などの店に勤めて、やっと姉にめぐり会えた過去を持つのだ。「新和平連合」お抱えの弁護士が来ることは知っていたが、彼がヤクザを連れて来ることまでは知らなかったのだ。

「……突然、大勢で押しかけて申し訳ありません」

顔色を変える榊たちを見て、野村は頭を下げた。

「この者たちは『新和平連合』傘下の組員です。事情説明に連れてきました」

応接室に入ると、野村はそう男たちを一同に紹介した。二人の中で年嵩《としかさ》の男が頭を下げた。

「……自分は武田真《たけだまこと》といいます。『形勝会』で会長補佐を務めさせてもらっています」

きちんとしたシングルのスーツ姿だが、他の二人と同じように、見る者が見ればヤクザと判る風貌の男である。だが、きりっとしていて知性が窺える。歳は四十代の前半……。

「解りました。お座りになってください……私どものスタッフを紹介させていただきます。こちらがうちの顧問の神木氏です、こちらは私の相談役の稲垣さん」

今日の涼子の両サイドには、彼女を護るように神木と稲垣が控えている。野村が若いほうを紹介した。

「こちらは木原といいます。いずれも新田会長が手塩にかけて育てた男たちで、現在の新田会長が非常に信頼している人たちです」

若いが、武田と同じように深々と頭を下げた。こちらは誰にやられたのか、顔は痣《あざ》だらけだった。まるでボクサーのように、腫《は》れた瞼にはテープが貼られている。だが、その男が有川涼子を不思議そうに見つめた。涼子が微笑して言った。

「木原さんは、よく存じ上げています。新田会長のお宅で何度も会っていますものね」

木原というヤクザがあっという顔になった。涼子が神木と稲垣に言った。

「この方は、新田会長の付き人。だから、何度もお会いしてるの」

神木は、なるほど、と思った。「新和平連合」を探るために、かつて有川涼子は家政婦となって新田のマンションに潜入している。だから二人が顔を合わせていてもおかしくないのだ。だが、涼子の顔は当時とは違う。だから新田の部屋住みだった木原でもすぐには涼子の素性が判らなかったのだろう。

「……家政婦です……驚いたでしょう」

木原と呼ばれたヤクザがまだ怪訝《けげん》な顔で頷く。得心していない、という顔つきだ。

野村たちがソファーに座るのを待って、千絵が用意した茶菓子を運んで来た。だが、千絵の彼らを見る顔は強張《こわば》っている。この男たちにではないが、千絵は「新和平連合」の男たちに囚《とら》われ拷問《ごうもん》されているのだ。平静な気持ちで彼らに対処しろというほうが無理だ、と神木は思った。

千絵が茶を配り終えるのを待って、野村が口を切った。

「今日は有川先生に浦野孝一氏捜索について、私どもが知っている情報をすべてお伝えし、今後の方針を相談させていただくつもりで伺いましたが、昨夜フィレンツェから帰国したこの木原くんが新しい情報を得て戻りましたので、それで連れて来た次第です。木原くんは、この一年ほどフィレンツェで浦野氏の護衛をしていたのです」

神木は強張った表情の若者を見つめた。だが、この傷だらけの顔は何だ？　ガードをしていたという男が負傷しているというのは、浦野の失踪と何か関係があるのだろうか。神木は初めて浦野孝一の失踪事件に興味を持った。

「……その前に、皆さんに現在の『新和平連合』の状況を説明させていただいたほうが良いと思いますので……有川先生はもうよくご存知と思いますが、現在の『新和平連合』内は微妙な状況になっています。たとえば、われわれがこうして動いていることを、現在の『新和平連合』上層部は知りません。われわれは隠密裏《り》に動いております。ここにいる武田氏は『形勝会』の会長補佐で、『新和平連合』でも幹部ですが、今日ここに武田氏が来ていることも『新和平連合』では知られておりません。そうだね？」

と、野村が確認するように武田に訊いた。

「そうです。ここには自分の一存で来ています。また、この木原が帰国していることも、知っているのは自分と他に数名です。もちろん新田会長は知っておられますが、『新和平連合』本部には報《しら》せておりません」

これもまた興味深い話だった。稲垣は新田と品田の対立がチャンスだと言ったが、面白い展開になってきた、と神木もそう思った。

「これはこの前お話ししたと思いますが、浦野氏に関しては、もちろん失踪ということが判った時点で『新和平連合』としても捜索を始めています。品田会長代行もすぐフィレンツェに飛びましたし、私以外の弁護士も品田代行に同行しました。だが、これは以前にもお話ししたように、現在もまったく進展しておりません」

「一つ、質問させてもらって良いですかね」

と稲垣が口を挟んだ。

「どうぞ」

「うちの会長から聴きましたが、向こうの警察には捜索の届けはまだ出していないんですね？」

「それは出していません」

「では、捜索というのは、どこがしているんです？」

「これから詳しい事情を話すつもりでおりますが、『新和平連合』にはヨーロッパにも伝手《つ》《て》がいろいろあります。イタリア国内の誘拐事件の場合は、なまじ警察などよりも、そちらの伝手のほうが情報収集しやすいのです。だが、そちらからはまだそれらしい情報はなかったわけです」

「なるほど」

「ただ、ここからが、これから話すことの核心部分なのですが……進展しないのも当然だということも最近判ったのですよ。後になって、品田代行がイタリアに飛んだのが浦野氏捜索のためだけでないことが判明しているのです。詳しく話すと長くなりますから要点だけを説明させてもらいますが、われわれは……これは、私やここにいる武田氏、そして新田会長もですが、品田代行がどこまで本気で浦野氏を捜索したのか疑念を持ちました。

品田氏はイタリアだけでなく、ついでと言っては語弊《ごへい》があるかもしれませんが、スカンジナビアや他の国にも足を延ばしているのです。これはおそらく『新和平連合』が立ち上げる新事業に関係したものだと思われますが、この新事業に新田会長は許可を出しておりませんそんなこともあって、品田代行はローマとフィレンツェに行くついでにこれらのところを回ったのでしょうが、これは会の幹部会で決められた日程ではない。新田会長の知らないところで行なわれている仕事と、私は見ていました。

まあ、それらの事情で、現在の『新和平連合』は新田会長の指揮下から離れつつある。もう指揮系統が一本ではないのです。そこで、われわれが新田会長の要請で独自に浦野氏捜索に動いた、というのがこれまでの出来事と理解していただきたい」

「解りました、続けてください」

と涼子が先を促《うなが》した。

「……実は、私がイタリアへ向から前に、こちらの武田氏の所に重大な情報が入っていましてね……」

「どんな情報です？」

涼子の問いかけに、野村に代わって武田というヤクザが答えた。

「自分から説明します。実は、若が……これは浦野孝一氏のことですが、浦野氏が消えたことについて、その直後に木原から自分宛に電話があったのです。その電話は自分ではなくて、組の者が出たんですが、その時には訳が判らん電話の内容で、自分のほうの対応がかなり遅れたんです……」

この武田の話は、一同が驚くべきものだった。

「若が襲われた時に、実はこいつは現場にいましてね……」

木原というボディーガードが、実は浦野孝一が拉致されるその場にいたと言うのだった。

「……この木原は、実は、若が可愛がっている女性のガードを現地でやっておったんです。そして、若はイタリア人の護衛兼秘書を連れて出張中でした。その留守中に、こいつとその女性が襲われた。

襲ったのは日本人なんですが、実はここでちょっと複雑な事情がありました。手引きしたのが、こいつと同じように若のガードに派遣されていた『新和平連合』の人間だったんです。そいつは『新和平連合』系列の『玉城組』から派遣されていた松という男なんですが、こいつが住居の鍵を開けて男たちを中に入れた……あとは、お前から説明しろ、その時のことを話せ」

武田に代わって、木原が事情を話し始めた。

「解りました、自分から説明します。襲われたのは若が戻る前の夜です。自分が寝ようとしていた時刻で、松はイタリア女のところに出掛けていて留守でした。まず、そこへ松に連れられた男が二人入って来た。武田さんが話したように、こいつは日本人でした……みっともない話ですが、俺はそいつらに捕まってしまったんです。松が一緒だったんで、油断しとった……」

松という男の手引きで侵入した男たちは、木原とそこにいた女性をまず拘束した。翌日、他に四名の男たちがローマからやって来て、合流。そしてその日の午後、ローマから戻って来た浦野孝一とその秘書が、待ち構えていた男たちに拘束された……。

「……俺と裕美は、裕美というのは若の愛人ですが、俺たちはその夜、二人の男に車で連れ出されました。奴らは邪魔な俺たちを山の中で始末しようとしたんです。ですけど、俺たちは何とか殺されるところをまぬがれた……夜の山道でしたが、そこで抵抗して上手く逃げたんです。それで、俺たちはまたフィレンツェに戻りました」

絶体絶命のところから木原は女性を連れてフィレンツェに戻った。拘束されている浦野孝一をどうしても救出しようと思ったのだという。だが、戻った時には、フィレンツェの浦野孝一の館には誰もいなかったのだと木原は言った。

「むろん松もいない……で、俺は日本に電話しました。だが、訳がわからんかった……なにしろ仲間の松がそいつらに加わっておったから、『新和平連合』の中がどうなっとるのか、俺には判らなかったんです。それで、考えて、武田さんに電話をいれました。他には話せんことだと、そう思ったんです。他の者は信用出来ん気がしたんです」

武田が言葉を継いだ。

「こいつの判断は良かったんです。今の『新和平連合』では、話せんこともありますから。ただ、自分はこの木原の連絡を直接受けなかったもので、対応が遅れました。いや、直接聴いておっても、すぐには対応出来んかったと思います。手引きした松は顔もよう知っとる男ですし、『玉城組』はうちの二次団体で、今の品田代行の組ですから。そこの松が若を拉致するはずがないですから。

だが、こっちから木原に連絡すると、木原は間違いなく松は襲ってきた連中を手引きしたと言う。そんなこともありまして、自分が事情を調べたわけです。それで今日まで時間を食った……新田会長にはすぐ報告しましたが、会長もすぐには信じなかった。品田の組がそんなことに一枚嚙むはずがないと、笑われてしまったくらいです」

武田が苦笑した。何度もフィレンツェの木原に国際電話を掛けて事情を聴き、詳しい事情を新田に報告、それでやっと新田は弁護士の野村に事情を伝えろと指示したという。

「事がことですから、滅多なことは出来ません。本来ならすぐ品田代行に報告して対応するのですが、なにしろ松の名が出て来たので、こっちも動けんようになりました。それで野村先生を追って自分もフィレンツェに飛んだわけです」

武田が到着するまで、木原は一人でフィレンツェの浦野孝一の住まいに待機していたという。女性のほうは万が一のことを考えて、フィレンツェのホテルに匿《かくま》っていたと木原が話した。

「……消えてしまった連中が、その後どうなったか、そちらのほうはどうなのです？　そちらも捜索はしたのでしょう？」

黙って聴いていた神木が武田に訊いた。

「いや、しておりません。というより、何をしたらいいのかも判らんかったのです。わかっておるのは、連中が日本人だったということだけです。ただ、ひとつ……木原は偉いことをやってましてね。こいつは拉致されて殺されそうになった時、そいつらを逆に半殺しにして日本の免許証を取り上げているんです。それで、二人だけだが名前が判った。そいつらは羽間と細川というんですが、自分はこいつを連れて日本に着くとすぐ、どこの男たちか調べた。木原が言ったのですが、そいつらは間違いなく極道だったそうですから、それなら調べられる。ただ、まだどこの極道か判っていないのですが、こいつは、いずれ判ると思いますよ」

稲垣が訊いた。

「……松という『玉城組』の男はどうです？　そいつの行方も捜したんだね？」

武田が答えた。

「そっちは日本を発《た》つ前に調べました。今のところ、『玉城組』の所には戻っていないし、むろん噂にも名は出てません。品田代行がイタリアに行ってますが、会ったという話もないし、『新和平連合』でも松のことは誰も知らんでしょう」

「……それでは、野村先生も貴方も、この失踪劇に品田という代行が嚙んでいると、そう考えているわけですか？」

「自分は……今では、そう考えています」

と武田が答え、野村も、

「そうとしか考えられないでしょうね」

と頷いた。涼子が訊く。

「野村先生もイタリアに行かれたとおっしゃいましたが、そこでは品田代行と会っているのでしょうか？」

「いや、会うはずでしたが、実際には会えませんでした。いるはずの品田がスカンジナビアのほうに行ってしまっていたんです」

初めて神木が野村弁護士に訊いた。

「品田にとって、浦野孝一氏を拉致するメリットは何です？　それらしい動機があるんですか？」

「ちょっと考えられないことですが……動機がまったくないわけではありませんよ。この前、ちょっとだけ有川先生にお話ししましたが、『新和平連合』は現在ヨーロッパでの新事業を考えています。向こうで新規事業を立ち上げるのですが、この一件で、品田代行と新田会長の意見が違うんです。

そして、この新規事業に関して、実は浦野氏も賛成していません。ですから、品田代行としては困った立場にいたのだと思います。新規事業は『新和平連合』だけでは出来ません。どうしても浦野氏の資金協力が要る話ですから」

稲垣が訊いた。

「……その新規事業というのは何ですか？　それは説明出来ない事柄ですか？」

「それは……ここではご勘弁いただきたい……新田会長から説明しろと言われていれば話せますが、まだ私には守秘義務がありそうですから」

「ここまで話して、先生も口が堅いね」

と稲垣が苦笑した。

「それなら、浦野孝一氏の企業についてなら説明してもらえますか」

と、今度は神木が尋ねた。

「そちらは構いません。と言っても、私は浦野氏の顧問弁護士ではないので、何もかも知っているわけではないのですが」

「浦野氏の合法事業はネットの配信会社でしたね？」

「その通りです。『UK』というネットの会社で、もちろん日本企業ですが、支社がロンドン、ローマ、パリ、ニューヨーク、ロスアンゼルスと何ヶ所かあります。

現在は療養目的でフィレンツェに住んでいたわけで、浦野氏はオーナーではありますが、二年前から社長は別の人物になっています。ちなみに『UK』の社員は『新和平連合』とはまったく関係がありません……そこで働いている社員たちも、オーナーと『新和平連合』に繋がりがあるとは誰も知らないでしょう」

「最近の暴力団がフロントを使ってやっている企業みたいなもんですか」

辛辣《しんらつ》な口調で稲垣が訊く。

「それとはかなり違いますよ。まず『UK』にはフロントなどという人間は一人もいない。どこから見ても健全な企業です。ただ、オーナーがあの浦野光弘のご子息というだけで、浦野孝一氏はヤクザではないですから」

「だが『新和平連合』とは資金的なつながりがあるでしょう？　違いますか？」

と訊く神木に、野村は苦い顔で答えた。

「『UK』はありません。あるのはあくまで浦野孝一氏との関係だけです。たとえばヨーロッパに今回、品田が立ち上げようとしている新規の企業に『UK』は何も関係していません。ただ、浦野氏個人からの資金導入を品田は考えているのでしょう。なにしろ浦野氏の資産はゼロがいくつあるかわからないほどですから。

……詭弁《きべん》のようですが、浦野孝一氏はただの資産家ですよ。資金の流れをたどると、『新和平連合』が出てくるが、浦野氏にしたら他の一般事業への投資と違わない感覚なのだろうと思いますね。もっとも、前にも言いましたが、私は浦野孝一氏の顧問弁護士ではないですから、彼のことは解らない。『新和平連合』のことは解っていますがね」

「一般事業への投資と感覚的に変わらない？　冗談言っては困る。暴力団に金流して、投資じゃあ済まんでしょう。ヤクザのスポンサーなら、浦野という男もやっぱりヤクザでしょうが。ヤクザが一般企業の社長に納まっているだけですな」

と野村の説明に稲垣が嗤《わら》うように言った。

「辛辣ですね」

「その代わり、うちらで協力出来ることもありますよ」

「何ですか？」

「おたくでは時間が掛かっているようだが、例の羽間と細川でしたか、その男たちの素性ならすぐ判る。一時間もあれば、どこの組のヤクザかすぐ突き止めてあげますよ」

稲垣がそう言って茶菓子に手を伸ばした。

七

嫌な予感が現実のものになりつつある……。この予感は、松がローマに着いて、

「……おまえは、日本に戻ってしばらく身を隠していろ……」

と杉田に言われた時に感じたものだ。だが、嫌な感じはしたが、その時はまだ危険な匂いはしなかった。心待ちにしていた帰国が叶《かな》ったことと、一応、自分は功労者の立場にい

ると、そう思っていた。雲行きが怪しくなってきたのは、帰国すると同時に五反田のアパートの一室に閉じ込められてからだ。

（何で俺がこうして身を隠していなければならんのだ？）

と頭に来たが、まあ、その理屈は解った。「小池組」のカスたちが下手を打って、殺すはずの木原と女を逃がしてしまったことが原因である。カスたちは、殺すはずが反対に瀕死の重傷を負わされ、いまだに逃げた木原の行方は判らない……。もし木原が帰国でもして「新和平連合」にことの真相を報告したら、真っ先に名前が出てくるのが俺の名だ、というわけだ。

で、杉田は俺に身を隠せと言った……。理屈は解るが、面白くない話だった。下手を打ったのは「小池組」のガキで、自分ではないのだ。クソガキのお陰で、俺までこうして軟禁されている。「小池組」の馬鹿どもはローマの病院から出られないらしいが、あんなカスどもはくたばればいい……。

松は吸っていたまだ長い煙草を、吸殻で山になったウーロン茶の空き缶の中に捨てると、缶ビールを飲みながら窓辺のカーテンの隙間から外を見た。車が停まったような気がしたが、路地の灯火の中には、何も見えない……。気のせいだったか……。

杉田からの知らせでは、この軟禁状態も今日で終《しま》いだと聴かされている。「玉城組」からの迎えが間もなく来るはずで、車が迎えに来たら、やっとここを出られる。そうしたら、好きなことが出来る。松はまず六本木に繰り出そうと考えていた。まずは、酒と女だ。帰国してからずっとアパートの一間から出られなかった松は、欲求不満も限界の状態だった。

「部屋から一歩も出るな。品田代行が戻るまでは危ない。おまえが日本にいるってことが判ったら、『形勝会』が黙っちゃいねぇ。この理屈は解るだろう。てめぇたちがドジ踏んだからこういうことになる」

と杉田は言ったが、ドジを踏んだのは「小池組」の羽間と細川というガキで、松には責任はなかった。要するに、フィレンツェでガードの木原を殺し損《そこ》なった責任を俺に被《かぶ》せやがった、と松は憤懣《ふんまん》の思いでいた。

逃げた木原は、松が「小池組」の連中を手引きしたことを知っている、その木原が生きている以上、お前は身を隠していろ、というのが杉田の理屈であったが、ふざけるな、と言えるものなら言ってみたかった。糞《くそ》みたいな「小池組」なんかを使うからドジを踏む。その「小池組」を引っ張って来たのは俺ではなくててめぇだろうが、と松は叫びたかった。

「……品田代行がヨーロッパから戻って動いてくれるまでは、ここから一歩も出たならん。いいな？　『形勝会』に見つかったら、間違いなく殺られる。そう思って我慢しろ。代行が戻るまでは、わしらは何も出来んのだからな」

「それじゃあ、木原の野郎が姿を現わしたんですか？」

「そいつはまだ判らん。判らんが、生きていることは確かだろう。生きていればやることは一つだろうが。奴は『形勝会』に何があったかぶちまける。さしあたって『形勝会』がやるのはおまえを見つけ出すことだろう。生き証人ってわけだ。だから『形勝会』は何が何でもおまえを捕まえる気でいる……捕まったら、ただじゃあ済まん。だから、品田代行が事を収めるまで、おまえは姿を隠しているんだ」

松はぞっとした。将来はともかく、今の「形勝会」は武闘派として「新和平連合」中核の組である。「玉城組」などではとても歯向かえない。そいつらから血眼《ちまなこ》で追われる、ということは、半分死んだようなものだ。杉田は、その原因を作ったのはお前だ、と言いたそうな顔をしているが、被害者は俺なのだ、と松は歯軋りする思いでいたのだ。

松は昔からこの杉田という男が好きではなかった。喧嘩も満足に出来ない男が偉そうに、といつも思っていた。

杉田が組長の補佐になれたのは、アゴが達者なことと、絵図を描くのが上手いからだった。そしてもう一つ、杉田は何と組長の中学の一年先輩だったのだ。そんな学生時代の関係があったから、組長の玉城は杉田に対してどこか遠慮しているところがある。また一方、杉田のほうはそれをいいことに好き放題をしている。頭に来るが、杉田と自分では確かに立場に相当の差はある。杉田は組長補佐になり、自分はイタリアはフィレンツェくんだりまで飛ばされてしまったのだ。

そんな杉田から、

「いいか、おまえの役目は重い。おまえがしくじったら、『玉城組』は終わりだ。すべてがおまえの仕事にかかっているんだ。その代わり、この仕事が上手くいったら、『玉城組』は『新和平連合』で第一の組になる。そうよ、『形勝会』の上に立つ。『新和平連合』全体がわしらのものになるんだ。だから、上手くやれ。頼むぞ」

と言われた時は、正直、チャンスだと思った。この仕事さえ勤めれば、日本に帰ることが出来る。若と呼ばれるわがままなガキのお守りなんかもううんざりだ。そんな役から卒業できるのなら、何でもやるぜ、と松は思った。そして命じられた役目を無事やり終えた。それにもかかわらず、結果はどうだ？　責任を俺一人に被せやがった。てめぇは何だ、下手な絵図を描きやがって……。

松は万年床にひっくり返ってまた新しい煙草を取り出した。久しぶりで吸う日本の煙草すら不味《まず》い。こうやって閉じ込めておくなら、女の一人ぐらい送り込め。それくらいのことをしても罰は当たらんだろうが。松はそう毒づいて煙を勢いよく吐き出した。染《し》みのある漆喰の天井に上って行く煙草の煙を目で追いながら、湧き起こる不安に堪《たま》らず、また起き上がる。本当に迎えの車は来るのか……。

「心配するな。代行が戻って来たからもう心配は要らん。明日からは組に戻れる。組長もおまえのことは心配してたぞ。明日の晩は遊ばせてやるからな、安心して一晩待て」

ローマにいる杉田はそう電話で伝えてきたが、野郎を信用して本当にいいのか……そこが気になる。それにしても、大層な企みだとは思った。しばらく前までは鉄壁の結束だった「新和平連合」が、今はおかしなことになっている。

品田が会長代行になって、品田の出身である「玉城組」は、やった、やったと喜んだものだが、その品田がここまでやるとは思いもしなかった。刑務所行きになっても新田会長の権威はびくともしなかったし、まさか品田が、その会長を袖《そで》にするとは考えられないことだったのだ。だが、現実に、今の「新和平連合」は品田の支配下にあるという。

品田が代行から正式に会長になるとフィレンツェで聴いた時には松も舞い上がった。これでうざったい若のお守りから解放されると手を打って喜んだが、後がいけない。おかしなことに巻き込まれ、とんでもない責任まで背負わされて、今はこのザマだ。そして、間もなく組に戻れると言われているが……嫌な予感はますます色濃くなってくる。考えたくないから、脇へどけておいたが……この予感とは、消される、ということだ。出来が良いとは思わない自分の脳みそだが、それでもやばいところに自分がいることぐらいは判る。

代行がすべて丸く収めてくれるというが、一番手っ取り早い事態の収拾は、この俺を消すことじゃねぇのか？　俺さえいなくなれば、「形勝会」の木原が何を言おうと、杉田は知らぬ存ぜぬで通すことが出来る。それなら逃げ出せばいい、と言われても、それも出来ない。逃げたところで行くあてもなく、絵図通りに進んだ場合の褒賞《ほうしょう》を捨てることになる。どっちつかずで悩んだすえ、今、松は迎えを待っている……。

ドンという車のドアが閉まる音で、松は飛ぶように立ち上がって窓から外を覗いた。街灯の明かりの中にクラウンが一台停まっている。間違いなく組の車だった。やっと来てくれた！　松は鴨居《かもい》から吊るしたジャケットを羽織り、イタリアから持ってきた手荷物を手に取った。やっぱり選択は間違ってなかったのだと思った。たとえ逃げてもヤクザとしてやってはいけなかっただろう。だが、組に残っていれば功労者だ。

松はくわえていた煙草を空き缶に押し込んで、ドアが開くのを笑顔で待った。

「……すまんな、松……そんな顔でわしを見るな……」

と山本《やまもと》が笑った。山本が笑うと並んでいるほかの二人も笑う。卓袱台《ちゃぶだい》を囲んで笑っている三人は、みんな同じ釜の飯を食った仲間だった。年長の山本は、今は杉田の次の位置にいる「玉城組」の幹事長。ほかの二人もそれぞれ幹部級になっている。フィレンツェに飛ばされていた松だけが役のないただの若中《わかなか》。

「まあ、飲め。たった一晩延びただけでよ、その面《つら》はねぇだろ。明日はよ、おまえのためにパーッとやってやるから元気だせ。さあ、グッとやれ」

と兄貴分の山本に言われ、松は山本たちが持ってきてくれた焼酎《しょうちゅう》のウーロン割りに口をつけた。差し入れに、たかが焼酎というのに、なにやら今の自分の位置を感じて、ささくれだった気持ちがいっそう尖ったものになったが、せいぜい出来るのは恨《うら》めしげな目で仲間を見つめることぐらいだった。これも差し入れだという蛸《たこ》の燻製《くんせい》を一つ口に放り込み、ウーロンハイをまた喉に流し込んで、松は訊いた。

「それで、山本さんはもう品田代行に話してくれたのか？」

「ああ、話した話した。そこでおまえのことを頼んだのよ。『形勝会』のほうにナシつけてくれってな。だから、明日には堂々と出歩けるようになる。だからよ、そんなに情けない面するな。さあ、もう一杯やれ」

と山本がまた笑った。松はグラスをまた空けて山本を見つめた。何でこいつらはこんなに楽しそうなのだ？　松は相変わらず笑顔の山本から他の男たちに視線を移した。こいつらも山本と同じように大口を開けて笑っている。だが、何がそんなに可笑《おか》しい？

「……おまえら、何がそんなに可笑しいんだよ……？」

松は二人の仲間に訊いてみた。

「俺のことが……そんなに可笑しいか？」

二人から笑みが消えた。瞳は冷たいものに変わっていた。

「お前……ら……」

唇が痺れ、仲間の顔が歪んで見えた。山本が、覗き込むように自分を見つめている。松は山本の卓袱台の上に置かれた手を見た。それも歪んで見えたが、彼が自分のグラスから一口もウーロンハイを飲んでいないことに気がついた。

「……貴様……ら……俺に……！」

立ち上がろうとした体がグラリと揺れた。立て直そうと思ったが、そのまま床に倒れた。見上げると、すでに男たちが立ち上がっていた。

「……貴様ら……き、さ、ま……ら」

舌が廻らなかった。体もいうことをきいてくれなかった。何をされたかが判った。ウーロンハイに薬を混ぜやがった……！　なんでそんなことをする？　口封じ……。仲間のこいつらが、俺を殺すか……！

「効いたな……」

体はいうことをきかないが、目は見えるし話も聴こえた。

「ここで服脱がせますか？」

「ああ、ここでやれ。向こうは狭いだろう」

一人が奥へ消えた。風呂に湯をはる音が聴こえてきた。西野《にしの》という野郎に服を脱がされた。シャツ、ズボン、パンツまで脱がされ、松は床の上に全裸にされた。

「なに……し……や……が……る……！」

何一つ抵抗できなかった。二人の男に風呂場に運ばれた。

「中に入れろ」

山本が二人に言った。担がれて、浴槽の中に落とされた。湯が熱いのか冷たいのか感覚がなくなっていた。首も廻らず、まだ動く目だけで山本を見上げた。涙がその目から溢《あふ》れ落ち、頬を伝った。泣かれるのが辛いのだろうか、山本が太い息をついて言った。

「……すまんな……わしを恨むな。組が生き残るにはよ、こうするしかねぇんだ。おまえ、組のためにな、組のために死ぬんだからよ、根性見せろや」

根性見せるために死ねるか。必死に暴れた。だが、体は動いていなかった。耐えられない睡魔が襲ってきた。瞬《まばた》きが遅くなる。

「切れ」

と言う山本の声が聞こえる。懸命に目を開けた。西野の手にはやたら大きく見える西洋剃刀《かみそり》が握られていた。手首を持ち上げられ、そして切られた。不思議と、痛くはなかった。西野が噴き出す血を避けようと飛び退《さ》がる。

「……剃刀は、風呂の中に入れておけ……そうすれば指紋も残らんからな」

山本がそう言うのが聞こえた。そうか、奴らは俺が自殺したように見せたいのか……。松は憤怒《ふんぬ》の思いで山本を見上げた。

「わしを恨むな、成仏《じょうぶつ》せいよ、なあ、松よ」

と山本が笑いながら手を合わせた。

八

瀬島幸吉は机に手をついて立ち上がり、副社長になった羽柴が連れて来た小池に叫ぶように言った。

「そんなことは許さない！　社員たちを返してくれ！」

社長室のソファーに座る小池は、そんな叫びに動じもしなかった。

「まあまあ、そう興奮しなさんな。血圧があがるがな。あの人たちはあんたのようには考えてはおらんよ。向こうじゃあ、良い金もろうて、ええ家に住んで、大事にされて、何の不満もありゃあせんわ」

小池が嗤うと、羽柴も大きくうなずいた。

「拉致だ、拉致だと騒ぐのは、社長、あんただけでしょう。人聞きの悪いことを言ってもらいたくないですね。拉致なんかではなくて、派遣ですよ。それに、ここにいたってあいつらは別に良い思いもしていない。技術開発に対して、社長は今までいったい、いくら彼らに払ってきました？　古くから働いているからって、ほんのちょっぴり賞与をはずんだだけでしょう。本人たちがおとなしく働いてきたのをいいことに、会社だけが儲けてきたんだ。

だから、あいつらはむしろ喜んでいますよ。あっちで二、三年勤めれば、億という金がもらえるんだ。何で社長だけがそういきり立つんですかね。それに、これはきちんと会議にもかけて決めたことですよ」

「私は、そんなことは聴いていない」

「それは、社長が会議に出ていなかったからでしょう。何なら議事録をご覧《らん》になったらいい。技術者派遣は、ちゃんとした決議ですよ」

蒼白になった瀬島は力が抜けたように椅子に腰を下ろした。今や「日進精密機器」は完全にこの男たちのものになっている。役員たちも、ほとんどがいろんな理由で外され、実権はこの羽柴という男が握った。親戚筋が持っていた株も、すでに大半、名義が変わっている。

社長としてまだ自分の名が残っているのは、「日進精密機器」にはまだ瀬島ならという得意先もあり、瀬島がいなくなれば業績も落ちる。だが、本当の理由は別にあるのだろう。つまり、警察の目が及ばないための道具になるのだ。だから、こいつらは自分をまだ社長の椅子に座らせている。

「どこで何を耳にしたのか知りませんが、彼らのことは何も心配することはないんだ。その件に関しては私が責任を取りますよ」

と、羽柴は小池を見て、肩をすくめた。

会社が盗《と》られたのはまだ諦めがつく。許すことが出来ないのは技術者たちを拉致したこ
とだ、と瀬島は羽柴を睨みつけた。彼らの海外連行……社員たちだけはなんとしてでも連れ戻さなければならない。これはまだ社長として名の残っている自分の責務なのだ。

「……あいつらが喜んでいるわけがない……騙《だま》されて連れて行かれたんだ……その証拠に、留守家族は……」

すかさず羽柴が言った。

「誰の留守家族です？　面白いことを言いますね。文句を言っている家族がいるんですか？　そんなのがいるんなら、名前を教えてもらいたい」

「それは……」

瀬島は詰まった。詰まったが、社員の褒賞旅行だと夫たちをヨーロッパに連れて行った後、この男たちが留守家族に何をしたか、瀬島は知っていた。家族も技師たちと同じようにどこかへ連れて行かれたのだ。夫が帰って来ないが、どこにいるのか、と瀬島を訪ねて来た技師の家族はすでにどこかに消えている。

「社長、頼みますから、おかしなことを言わないでくださいな。社長の頭がおかしくなったなんてことが世間に知れたら、それこそ会社の名に傷がつく」

煙草をくゆらせていた小池が笑って言った。

「……社長さん、羽柴を責めるんは筋違いやな。こいつはよう働いてるがな。あんたがち

まちまやっとった時より、会社の業績、上がっとるやないかい。わしらが会社食い物にしとると言うても、誰も信じはせんがな。前よりええ会社になっとるのに、難癖つけるほうがおかしいわね。これがほんまのヤクザやったら、とうに偽装倒産でもしとるわ。そのほうが手っ取り早く銭が稼げるんじゃ。仰山株《ぎょうさん》ふやして、『日進精密機器』の業績はうなぎのぼりだ。感謝されても、恨まれる筋合いはないわな。頭冷やしてもらわんと困るな、瀬島さんよ」

「……出る所に出れば……」

思わず瀬島はそう口にした。

「ほう、面白いことを言う。出る所というのは、警察のことかい。構わんで、警察へ駆込んでみいや。亜矢子も喜ぶやろ」

瀬島は無力感に唇を噛んだ。瀬島が何も出来ずにここまで来たのは亜矢子のためだった。その亜矢子から、瀬島は何度も諫《いさ》められている。警察に届けよう、弁護士に相談しよう、と亜矢子は泣きながら何度も瀬島を説得しようとしたのだ。だが、瀬島はそれを受け入れなかった。亜矢子と子供さえ無事ならば、会社などどうなっても良かった。会社など取られても惜しくはない。どうせ自分の腕一つでやってきた会社だった。失えば、また創《つく》ればいい。だが、亜矢子と生まれてきた子供は違う。失ったら二度と手に入れることの出来ない宝だった。

だが、手に入れたと思ったのは間違いだったのかも知れない、と今、瀬島は思っている。小池という男はまだ亜矢子を自分の妻だと思っているのだ。会社の株と引き換えに、亜矢子の前から姿を消すと誓った言葉はまったくの出まかせだった。

「子供に会いに来てどこが悪い」

と、その後もタイミングを計《はか》ったように小池は瀬島と亜矢子の前に姿を見せた。話が違う、と言っても、軽くいなされた。

「そう毛嫌いせんかていいでしょう。健介はわしの息子や。息子の成長をたまに見に来るくらいの権利はわしにもあるんと違うかね」

と、小池は瀬島と亜矢子に言った。

「そんなことなら、私の株を返してほしい」

これも無駄な抵抗だった。小池に移った瀬島の株は、今では何人かの手に渡り、見知らぬ名前の男が「日進精密機器」の大株主に納まっている。株は当初、偽造された瀬島の借金の返済として小池に渡された形になっていて、強奪されたという証明は難しい。しかも現在の名義は善意の第三者であるから、まず取り戻せない。そして「日進精密機器」を手に入れた小池は、羽柴をコントロールしてヨーロッパで新事業を始めると言い出した。

経営の実権はすでに小池が送り込んできた羽柴が握っていたから、名目社長の瀬島にはなす術がなくなっていた。しかも、皮肉なことに製品の海外への輸出実績も伸びていた。

羽柴が専務として動き始めて伸びた実績が、きわどい商売だと瀬島が気づいた時には、もう引き返せないところまで進んでいたのだ。瀬島は自社の製品がココム規制の枠をはみ出していることを知った。東欧に新企業を立ち上げる、という話を羽柴が持ち込んできた時には、もう瀬島は抵抗する力を失っていた。

「社長が私の商売を危惧《きぐ》されているから、向こうに会社を作ったんじゃあないですか。ココムが心配なら、製品じゃあなくて技術者を送り込めばいいんです。向こうでは合法なんだから、うちが心配する必要がなくなる。旨《うま》い企画だから出資者は出てきてます。これから『日進精密機器』は世界の企業になっていく。最初はスカンジナビア辺りから始めますがね、今にえらいことになりますよ。これから増資もどんどんしますし、新株も発行する。なんなら株を公開してもいい」

こうして副社長に就任した羽柴は、瀬島が聴いたこともない企業と手を組んだ。新会社に褒賞旅行と称して技術者を送り込んだのが三ヶ月前だった。そしてその技術者たちは予定の日が過ぎても帰国しなかったのだった。

恐ろしいことはそれだけではなかった。褒賞旅行がそのまま新会社への派遣となった技術者の家庭は、それこそ狐につままれたように困惑した。瀬島は小池がその技術者たちの家庭にまで手を伸ばしていることに気づかなかった。不審を抱く留守家庭に乗り込んだ小池たちは、技術者たちが会社の金に手をつけていた、と偽造の借用書を見せ、家族に返済を迫り、その返済のために技術者たちは海外で働くことになったのだ、と言ったのだ。瀬島はその事実に気づき、羽柴と小池を責めた。

「海外進出を決めた今になって、技術者派遣は出来ませんとは提携企業に言えんでしょう。資金はうちではなくて提携先のほうが大きいんですよ。相手はうちの技術を見込んで資金繰りをしてくれたことを忘れちゃあいけません。社長は私のやり方が強引と言うかも知れないが、これをやり遂げなければ会社が危ないんだ。半端《はんぱ》な事業ではないのですから、こちらも形振《なりふ》り構わずやらんとね。受け入れ先だって怒りだす。

とにかくここは私の一存でやらせてもらいます。業績がそれで下がったら、何を言われてもいいですがね。私を支持するのは株主で、あんたじゃあない」

株主はほとんどが羽柴の仲間になっていたから、瀬島には反論する武器がなくなっていた。そして悪い予感の通り、瀬島はやり返す術もなく、

「……あんたもそろそろ引退かねぇ。これまであんたにもきちんきちんと給料を払ってきたが、こう不平不満が多くては株主も困るやろ。ええ退職金出すから、この羽柴に社長の椅子譲ってやれや。あんたはその金で亜矢子の面倒みたったれ。そんなところで手打ちやな」

と小池に言われるまでになっていたのだ。

「……それが不満やったら、警察でもどこでも駆け込んだらええ。その代わり、覚悟はせ

んとな。何もかも捨てる覚悟が出来たら、そうせいや。いや、生まれた子はどないもせんよ。ただ、生まれとうなかったと、いずれやや子が言うかも知れんが。それくらいの礼はさせてもらうで」

これは亜矢子と生まれてきた子供に報復を加えると言っているのと同じだった。技術者たちを救うか、亜矢子と子供を救うか……瀬島はただ憤怒を呑み込むしか方策がなかった。

そして瀬島にはまだ知らないことがあった。偽造した借用書を手に技術者の家庭に乗り込んだ「小池組」の組員たちは、借金の形に、留守家族に手をつけたのだった。いくらかでも金になるものを彼らは見逃さなかった。娘がいれば風俗や飯場《はんば》に売り、売り物にならない息子や年寄りは、その臓器に目をつけた。ヤクザの中でも「小池組」は、凄まじく貪欲な、蛭《ひる》のような集団だった。

「なあ、瀬島さんよ、悪いことは言わんから、羽柴の言うこときけや。社長の手当かてちゃんと出したると、こいつも言うとるんだ。駄々《だだ》っ子みたいなことせんと、会社はこいつに任せることだな。大人しくしとったら、亜矢子も社長夫人として暮らせるがな。わしらにうじゃうじゃ言うとらんで、早《は》よ籍入れてやれ。そっちのほうがよっぽど大事なことと違うんかね」

と、言い、

「せいぜい長生きしたれや。健介が社長になれるようにな」

と小池は笑ってソファーから立ち上がった。

九

会議のテーブルには珍しく、涼子のスタッフが全員顔を揃えていた。新しく開かれた法律事務所の事務全般を見ることになった榊千絵、その隣りに法律を勉強している弟の榊喜一が並び、続いてこの法律事務所の調査を受け持つ稲垣に三輪章雄……この三輪は涼子の顔を治した無免許医師だが、この事務所では稲垣とコンビを組んで調査を担当している。ただし、法律事務所としては開店休業だから、暇な時間は山谷《さんや》のドヤ辺りで金がなくて医者にかかれない労務者の診察治療などを涼子に隠れてしていると、神木は稲垣から聴いた。


夕刊をテーブルに置いた涼子が稲垣に訊いた。

「この自殺体というのが松なのね？」

「本庁にも確かめましたよ。断定は出来ないが、まず間違いないですね」

と稲垣が答える。

「やっぱり、松は帰国していたのね……それで、殺されたのは、いつのこと？」

「発見されたのは今朝の八時頃ですかね。自殺体と書かれているが、殺されたのは、多分、昨夜でしょう。アパートの住人が水が流れる音で眠れないと管理会社に連絡したらしい」

夕刊紙では、ただ風呂場で自殺らしい男性が発見されたと出ているだけだが、氏名が松庸一だと知った稲垣が本庁で情報を取ってきたのだった。

「……風呂につけて、手首を切って、それで自殺に見せかけようとしたんでしょうが、鑑識が見たらこんな小細工はすぐにばれる。まあ、こいつは間違いなく口封じでしょうな」

「殺したのは、それじゃあ『玉城組』ということ？」

「たぶん、そうでしょう。この前の、野村弁護士たちの話でいけば、松がゲロしちまったら『玉城組』は抗弁出来なくなりますからね。そこまでいったら、品田だってどうにも出来ないでしょう。せっかく手にした地位もパーだ。そいつを考えたら、人ひとり消すぐらいなんでもない。品田の指示で、実行犯は、まあ『玉城組』というところですか……それでは、次はこいつだ……」

稲垣がコピーした書類を全員に配った。

「こいつらは、ガードの木原が半殺しにした二人です……取り上げた免許証の名前は、羽間義弘……細川憲次……どっちも『小池組』の組員です」

コピーされた書類は、稲垣が警視庁にあるデータベースから取り寄せたものである。もちろん正規に申請して取り寄せたものではない。退職した稲垣に警視庁のデータを覗く力などありはしない。現役の頃の繋がりを辿《たど》って、強引に入手したものだ。稲垣にそれほどの恩義があるのか、あるいは何かをネタに脅されたのか、稲垣はまだ警視庁に相当の顔が利《き》く。

警視庁のデータベースには全国の暴力組織、その組員総数だけでなく、主な組員の素性まで調査されて入っている。最近では正規の組員以外の企業舎弟の氏名まで判る。昔は印刷物か、あるいは手書きで資料が保管されていたが、コンピュータというものが発明、使用されるようになってからは、資料の数は膨大なものになっている。このデータベースを覗けばたいていのことは判るのだ。羽間義弘も細川憲次も、幸いにこのデータベースに載っていた。

それにしても……と神木は感嘆の思いで一同の顔を見た。配られた資料を手に取るスタッフは普段と違ってその瞳を輝かせているのだ。それがここのスタッフのDNAだと言ってしまえば話は簡単だが、千絵などはそれこそ死にたくなるような体験までしているのだ。それなのに、この生き生きとした顔は、どうだろう、普段は見られないものだ。

「『小池組』は、『大星会』の四次団体ですよ。言ってみれば、ゴミのような組だね。組員も十名ぐらいですかな」

「そんな小さな組が『新和平連合』のバックの浦野孝一を拉致したというの？　ちょっと

考えられないわね……浦野孝一には『新和平連合』がついていることを知らなければ別だけど」

と呟いて涼子が稲垣を見つめる。神木が言った。

「バックにどこかがついているんでしょう。『小池組』程度の組が出来る仕事じゃあない」

「神木さんの言うとおり。『小池組』だけじゃあ、こんなでかいヤマははれんわね。だからバックに『玉城組』が出てくるわけだ」

と稲垣が顎を撫《な》でる。

「松庸一はどうなの？　彼は『新和平連合』傘下の『玉城組』の組員よね。つまり、『小池組』と『玉城組』がどこかでくっついた……こういうことね？」

「まず、そんなところだろうと思いますね」

「では、何でくっついたのかしら？　それぞれの上部団体は『新和平連合』と『大星会』……どちらも同じ系列だけど、必ずしも上手くいっているわけではない……ここ二年くらい、ぎくしゃくしている……ねぇ、稲垣さん、『玉城組』というのはどんな組だったかしら」

「『新和平連合』の二次団体。今の代行をしている品田の出身母体だ。現在の組長は玉城誠也、組員は約五十名……『小池組』なんかよりずっとでかい」

稲垣は資料を見ずに答えている。この稲垣の頭には警視庁のデータの何分の一かのものが詰まっているのだ。

「組長の玉城の他には？」

「組長補佐に杉田というのがいる。こいつが今の『玉城組』を一人で切り回していると見ていいですね。こいつは組長の幼友達で、なかなかのやり手だそうですよ」

「松が出てきたということから考えると、そこがバックだということでいいかしら？」

「臭いね。限りなく黒」

「『玉城組』が品田の意を汲《く》んで浦野孝一の拉致に動いた、この仮定もいいわね？」

涼子の視線を受けて、神木が答えた。

「松という男が殺されたことから見れば、そう考えていいでしょうね」

「でも、『玉城組』が出てくる関連で言えば、それは松だけよ。実行犯は『小池組』の羽間と細川……」

「この二人は、フィレンツェで木原を始末しようとして、現在、まだローマ辺りの病院にいる、と。だんだん絵図が出来てきたが、問題はどこでどうして『玉城組』と『小池組』がどんな形でくっついたか……『小池組』が実行犯なんだから、浦野孝一もここらに近い所にいるか……」

「品田の指示で『玉城組』が動いたのなら、浦野の居場所は、『小池組』というより『玉城組』の近くにいるという仮定のほうが説得力がありそうだけど」

「『玉城組』は、一応『新和平連合』の系列ですよ。『玉城組』が『新和平連合』から飛び出すっていうのなら解るがね、そこまでやるかね。やるには相当の覚悟がいる。刑務所だといっても、まだ新田がいるんだ。新田の力はまだ隠然《いんぜん》とあるんでしょう。何で浦野孝一が拉致されたか、その動機がはっきりせんとね……浦野が殺されているということも、考えておかんと」

「殺して、どこが得をするの？　黒幕が仮に品田だとしたら、殺して良いことなんか何もないでしょう？　浦野孝一が『新和平連合』の資金的なバックなんだから。浦野を失ったら、『新和平連合』はやっていけないわ」

「それでは拉致して、何をする気か……神木さん、何かありますかね？」

稲垣が話を神木に振った。

「さあね。だが、拉致して浦野の資産を狙うことは出来る」

「それは出来ますね。でも、そんな乱暴なことをしなくても、今までだって『新和平連合』は浦野孝一のバックで動いていたのよ。品田体制になって、浦野が手を引くとか、そんなことでもあったのかしら」

稲垣が言った。

「品田は欧州進出を狙っているんでしょう？　それで大層な金が要る。その資金を浦野が蹴った、という図式はどうです？」

「あり得るわね。当たりかも知れない」

「『新和平連合』はヨーロッパ進出を狙っているんですか?」

　と千絵が涼子に訊いた。

「ええ、それは以前から。そして品田は、スカンジナビアで新しい何かを立ち上げようとしているの。だから、人脈や資金が要る。その人脈も資金も品田にはないから、浦野を頼らなければならない。つまり、品田は浦野孝一をコントロールしなければ、本当の意味で『新和平連合』のトップには立てないの。野村弁護士の話では、品田の新規事業を新田会長は応諾していないと言っていたのよ。だから品田と新田の間がぎくしゃくし始めた……」

「だったらやっぱり『玉城組』を探るほうがいいんじゃないですか。それ、やりましょうよ」

　と手を上げたのは榊喜一だった。稲垣が渋い顔で言った。

「駄目だよ、また盗聴器つけるってのは駄目だ。わたしらの顔は『新和平連合』の連中に知れ渡っているんだからな。喜一がうろうろしただけでやられるよ。あんたらが危ない目に遭うのはもうごめんだ」

「どうしてです? 一番手っ取り早いでしょう? 『玉城組』が『新和平連合』系列で危ないんなら、『小池組』でもいいですよ。組の回線いじれば結構良いとこ探れるんじゃあないですか？」

涼子が笑って、

「いざとなったらそんなこともするかも知れないわね。でも、今はまだそこまでやらなくてもいいでしょう。それでなくても青山さんの目が光っているのよ。派手に動いたらすぐあの人たちに判ってしまう」

それは涼子の言うとおりだと神木は思った。「新和平連合」に八王子の「救済の会」を襲われた一件から、涼子が何をしてきたかを知った青山たち旧『極道狩り』のチームは、今もまだ涼子の動きを気にしているのだ。

「ねえ、神木さん、私たち、どこから手をつけたらいいのかしら。何か意見を言って」

神木が答える前に、稲垣が溜息混じりで言う。

「……せっかく『新和平連合』の中がごたごたしているのに、惜しいねぇ。『形勝会』と『玉城組』を煽《あお》って抗争に持ち込めれば面白いんだがねぇ」

「それは駄目。新田が約束したのよ、いずれ解散させるって。浦野さえこっちで捜し出せば、貸しを作れるのよ」

神木が訊いた。

「……こんな時、義兄《あに》の岡崎が生きていたら、何をします……？」

このメンバーの中で岡崎竜一を知っているのは神木と涼子だけだった。だが、誰もがその伝説は知っている。全員の目が涼子を注視し、言葉を待っている……。

「そうね……チーフなら、私たちが考えもつかないことをするでしょう……」

追憶の表情になった涼子が続けた。

「チーフには怖いものがなかったの。だから、一人で敵地に乗り込んで行くようなことも平気でやった……だから、私たちも平気だったの……無謀に見えても、絶対に負けないって、誰もが信じていたから。でも、そうね、もしここにチーフがいたら、そんな危ないことは止めておけって言うでしょう。お前たちには無理だから、手を出したら駄目だって、きっとそう言うでしょうね」

と涼子は微笑んだ。

「そうでしょうね、岡崎ならそう言って会長には何もさせんでしょう」

神木はそう言って頷いた。

「……だが、諦めることもしないはずだ」

「ええ、多分」

神木が笑って言った。

「と言うことは、やっぱり私の出番だということですね。『小池組』は、私がやるしかないようだ」

「……私がやるって、何をするつもりなの？」

「喜一くんが今言ったでしょう、手っ取り早く片付ける」

「どうするの？」

「『小池組』のヤクザを一人捕まえる。捕まえて情報を取る手立ては、そうですね、これは三輪さんの力を借りんとならんかな」

三輪が目を輝かして体を乗り出す。

「私が、何をするんですか？」

神木が笑って答えた。

「あんたの一番得意な役どころだ。医者の役をやってもらう」

「医者ですか……」

「ヤクザに、おまえの腎臓を抜き取ると脅すんだ。腹を割《さ》くとね。それから手に入れば、スコポラミンかラボナールを使う。こいつは自白剤ですがね。手に入りますか？」

「それは、脳幹網様体《のうかんもうようたい》賦活《ふかつ》系の抑制剤ということですね。どうかな……ラボナールは手に入るかと思いますが」

「手に入らなかったら、どうするの？」

と涼子が訊くと、神木があっさり答えた。

「脅して吐かなかったら、腎臓を、一つではなく二つとも抜き取る。そしてまた別の奴を捕まえる。私が出来るのは、そんなところですよ」

十

気がつくと、素っ裸で硬い台の上に寝かされていた。明るいスタンドが、剣持《けんもち》の腹のあたりを照らしている。飛び起きようとして、剣持は手足が台にしっかり固定されていることに気づいた。

「な、何だ、こいつは……おいっ、外せ！」

と思わず怒鳴ったところで、自分の身に何が起こったのかを思い出した。

剣持は小池を新橋近くの「玉城組」事務所に送り届けると、車をガソリンスタンドに洗車に出した。一時間ほど暇が出来たので今のうちに腹ごしらえでもしておこうと、目についた中華料理店でラーメンと餃子《ぎょうざ》を食った。まだ三、四十分時間がある、と思って楊枝《ようじ》を使いながらぶらぶら歩き出したところで声が掛かった。

「おい、剣持だな？」

振り向くと背の高い男が立っていた。ダブルのスーツに薄い色が入った洒落《しゃれ》た眼鏡をかけていた。

「ああ、剣持だか……あんた、誰だ？」

相手がヤクザと判ったし、最初から呼び捨てにするくらいだから、剣持は恐る恐る訊き返した。

「こら、俺を覚えとらんのか、え？　おまえ、『小池組』の剣持だろう？」

と言われてますます判らなくなった。

「そうだが……」

「俺は『大星会』の藤堂《とうどう》だ」

「ああ……藤堂さん……」

思い出したわけではなかったが、「大星会」と聴き、剣持は思わずへりくだった。

「小池はどこだ」

「はい、そこの事務所で……」

と反射的に答えた。相手が「大星会」本部の名を出すくらいだから、上のほうにいるのだろうと思った。

「そこって、ほう、小池は『玉城組』の事務所か」

「ええ、そうです」

組長の小池を呼び捨てにするのだから、相手は本家の幹部に違いない。だが、顔も知らないし藤堂という名前も聞いたことがなかった。まあ、「大星会」は傘下を入れれば千人の組員がいるのだから、知らない奴がいてもおかしくはない。だが……相手はこの俺の名を知っている……そっちが不思議だった。

「ちょっと話がある。顔貸せ」

と言われて肩を抱かれた。

「そりゃあいいですけど、ただ、組長を迎えに……」

「小池のことはいい。こっちの話のほうが大事だ。ついて来い」

藤堂という男がそう言うと、それを待っていたかのようにうす汚いバンが二人の横に停まった。

「乗れや」

ここで剣持に初めて警戒心が湧き起こった。ダブルのスーツ姿と汚いバンがあまりに似つかわしくなかったからだ。

身を硬くして、

「……あんた、誰だ……？」

「なにぃ？　藤堂と言っただろうが、ボケ！」

と怒鳴られて腕を取られた。どうしたことか、腕が動かず、あっという間にバンの後部ドアから中に放り込まれた。バンの荷台には窓がなく、いろんな機械が積まれてあった。

白衣にマスクをした男がひとり乗っている。

「何をしやがるッ！」

と怒鳴るところに、先刻の男が乗り込んできてスタンガンをバリバリと腹のあたりに当てられた。それだけで体が痺れて動けなくなった。ただ、目は見えるし、声も聞こえた。

白衣の男が言っていた。

「切る前に、血液検査をしておきたいんですがね」

「そんな面倒なことはいいから、やっちまってくださいよ」

「使えない腎臓を抜き取っても仕様がないじゃないの。肝炎かなんかだったら困る。そんな腎臓じゃあうちじゃあ買い取れませんよ」

と白衣のほうが言った。

驚いて目を剝いた。こいつら、俺の腎臓を抜き取るつもりか！　ぞっとした。剣持の組でも臓器の売買はやっている。剣持ではないが、仲間がやっている。それでも、そんな気《き》色《しょく》の悪い現場に居合わせたことはない。闇医者のところに捕まえた奴を送り込むだけだ。だが……今、俺のほうが臓器売買のターゲットにされている！　なんだ、なんだ、これはなんだ！　止めろ、と怒鳴ったはずが、ただだらしなく開いた口から涎《よだれ》が流れ出ただけだった。スーツ姿の男がそんな剣持に言った。

「……おまえら小池んとこの者はわしらにこそこそ上手い仕事しとる。満足に上納金も払わんで玉城とつるんで何しとるんじゃ、こら。何しとるんか吐いてみろ。吐かんとおのれの肝《きも》抜き取るぞ、それでいいんだな？」

藤堂と名乗った男はそう言って剣持の服を脱がせにかかった。ズボンまで脱がすと、

「よく聴け。おまえらが『玉城組』に通っていることも、『日進精密機器』に出掛けとることも、みんな判っているんだ。何しとるのか話せ。話さんと今から肝抜き取るが、いいな？」

もがいたが、体はだらしなくピクリとも動かなかった。

「まあ、いい。話さんでも、薬使ったら勝手に歌うわ。ね、先生？」

目で追うと、白衣の男が注射器にアンプルから何か入れているのが見えた。いったい何の薬を射つ気だ！　目を剝いた剣持に、藤堂と名乗った男が言った。

「教えたるわ。こいつはな、ラボナールという薬だ。こいつをお前の血管に入れるとな、話したくないことまで話すようになるんだよ、ボケ。ただし、副作用もあるからな。量を間違えるとショックで死ぬかも知れん。さあ、薬、射たれる前に、みんな吐け。玉城のガキと手ぇ組んで何しとる？　イタリアに行っとったんだろ？　イタリアくんだりまで行って、何してきた？」

剣持は驚いた。こいつはどこまで知っているんだ？

「おまえら、イタリアでおかしなことをやったそうだな。それも判ってるわ。どこの者攫《さら》った？　そいつをどこに匿《かくま》っとる？　薬射たれて吐くか、肝抜かれて吐くか、どのみちおのれは歌うことになるんだよ。さあ、言ってみろ！　おのれら、いったい何しとる？　えぇ？　さ、歌え、このクソガキ！」

こいつはフィレンツェのことも知っているのか……！

「……さあ、言え。おまえら、向こうで『ＵＫ』の代表を襲ったそうだな？　その代表は今どこにおる？　肝抜かれたくなかったら、みんな歌え！」

結局、注射を射たれた。それは仕方がなかった。歌え、歌えと言われても口が痺れて話すことも出来なかったのだから、どうしようもなかった。

そして気がつくと、こうして手足を縛られて台に括《くく》りつけられている……。

明かりの外から顔が二つ覗いた。剣持はがっくりした。事態は何も変わっていないのだ。

違うのは手足が縛られていることだけだ。それに……まだバンの荷台にいるらしい。だが、有り難いことに腎臓はまだ抜かれていない……！　それが分かってほっとした。

「気がついたようだね」

と白衣が言った。

「薬が少ないんじゃないですかね」

「そんなに増やせないよ、ショック死したら困るでしょう」

「別にかまわんがね。どうせ死によったら海に捨てるだけですよ、先生。ただ、こいつがさっき喋《しゃべ》ったことが本当なのかどうか、そいつを確かめんとならんが……おい、目ぇ開けろ、クソったれ！」

頬を張られた。

「麻酔が切れたことは判ってるんだ。下手な芝居なんかするんじゃねぇ！　さあ、訊くことにもう一度答えろ！　いままで喋ったことと違っていたら、てめぇの腹割くぞ。麻酔なしで肝抜いてやる！」

これ以上は耐えられなかった。

「待って……待ってくれ……！」

スタンガンの効き目が薄れて、有り難いことに声が出せた。剣持は必死に叫んだ。

「待ってくれ！　止めろ！」

白衣のほうが腹の上をアルコールで拭《ふ》いているのが分かった。手にあるのはメスだ……！　麻酔なしで切られてたまるか、と悲鳴になった。

「何でも話すから、待ってくれ！」

と叫んだ。

「よし、話す気になったか。じゃあ話せ。その代わり前の話と違ってたら、俺がこの腹かっさばいてやるからな」

藤堂が白衣の男からメスを取り上げ、腹の上に置いた。刃先が腹の皮に刺さる。チクリとする。

「分かった……話す、知っていることはなんでも話す！　だからメスを……」

とは言ったが、剣持にはこれまで何を喋ったかの記憶はなかった。ただ、気を失ってい
ただけだった。いったい何を喋ったのか……？

「それじゃあ訊くからな。まず、おまえらイタリアに行ったな？　答えろ！」

「行った……」

「フィレンツェにも行ったな？」

何でこの男がそんなことまで知っているのか判らなかった。だが、剣持の意識はそんな
疑念にはなかった。腹に当てられたメスの切っ先は、すでに薄くだが皮膚を割いていた。

そのまま力を入れられたら間違いなく腹が割ける。血が流れ出し、横腹を伝うのが判っ
た。もう堪らなかった。呼吸をするだけでメスの刃が皮膚に食い込むのだ。

「……行った、フィ、何とかいうところにも行った……そうだ、フィレンツェだ。だか
ら、そいつをどけてくれ、頼む」

どけてはくれず、刃はいっそう腹に食い込んだ。

「そこで『UK』の代表を拉致したな？」

「した……」

「その男は、今、どこにいる？　日本に連れて来たのか？」

「いや……」

「日本には連れて帰らなかったのか？」

「日本にはいないと言ったはずだ……ローマだ……ローマ」

「ほう、ローマにいるのか」

薬を射たれて喋ったはずだから、そんなことは知っているはずだった。

「ローマで……『玉城組』に引き渡したんだ……」

「よし。正直に言ったな」

やっぱり罠にかけているのだ、と思った。本当のことを言っているのか、試しているのだ。汚い手を使いやがって……。

「ローマで、『玉城組』に引き渡したと言うがな、『UK』の代表は『新和平連合』のバックだろうが。『玉城組』は『新和平連合』の系列じゃあねぇかよ。じゃあ、おまえらは、代表を『新和平連合』に返したってことか?」

「違う。そいつは、違う。代表を運んだのは『玉城組』からの仕事だ。ローマに連れて行くのが仕事だ。それで引き換えに金を貰ったんだ」

「なるほどな、『玉城組』の絵図でてめぇらが動いたんだな?」

「ああ、そうだ。あれは、『玉城組』から来た仕事だ」

「それからどうした?」

「……俺たちはそこで日本に帰った……その先は知らん」

「よし。それじゃあ、代表を『玉城組』に、どこで引き渡した?」

「だから……ローマだ」

「馬鹿野郎！　ローマってのは、もう聴いた。だからローマのどこだって訊いているんだよ」

「『玉城組』が借りた家だ」

「その家の住所は？」

「そんなもんは知らん」

正直に話したのに、藤堂は薄く三センチほどメスを走らせた。剣持は悲鳴をあげた。

「根性なしが。でけぇ声出したら本当に腹を引き裂くぞ。さあ、言え、代表をどこへ隠した？」

「そいつは『玉城組』に訊いてくれ。わしらはフィレンツェとかいうところから代表をローマに連れて行っただけだ。そこで組長が『玉城組』と話し合いで、代表をあいつらに引き渡した。それだけだ」

「ローマの、どこだ？」

「知らん。住所なんか知らん」

「さっきは、そんなふうには言わなかったがな」

またメスが動いた。

「競技場の近くの家だ。それしか知らんのだ、嘘じゃねぇ」

「ああ、昔、奴隷《どれい》がライオンなんかと戦わされたって、そういう競技場だ」

「競技場だと？」

「コロッセオだな？」

「そうだ、コロッセオだ」

「……家の窓から、そのコロッセオの近くってぇのは、どこだ？　詳しく場所を言ってみろ」

「距離は？　コロッセオからどのコロッセオが見える所だ」

「だから、すぐ近くだ。車で四、五分の所だ。歩いても行ける。坂の上だ」

「どんな坂だ？」

「コロッセオの左にある坂だ」

「家の特徴を言ってみろ」

「でかい家だ。壁に、蔦《つた》が絡んでいる……」

「平屋か二階家か？」

「でかい二階家だ」

「壁の色は？」

「だから、言っただろう、白い漆喰に、蔦が絡んでるんだ」

「白の漆喰とは言わなかったがな」

「それは……忘れただけだ」

「他に、特徴がなかったか？　他の家と違うところだ」

「そいつは……そいつは、何も……」

腹の上のメスが少し動いた。

「止めろ、今、話す、止めてくれ！」

「さあ、考えろ。さっきはちゃんと話したぞ」

さっきは話した、と言われても無理だ。おかしな注射をされたから、何も覚えていないのだ。

「解った、思い出した。門の所に石の像があるんだ」

「石の像？」

「小便小僧みたいな奴だ。天使みたいなちっこいのが小便をしている……」

「そいつがあるのは、そこの家だけなんだな？」

「ああ、そこだけだ。他の家にはそんなもんはねえ」

「……それでは場所だ……坂のことをもう一度思い出せ。どんな坂だ？　コロッセオの入り口からどっちの方角だ？　入り口を背にして考えてみろ」

「右だ、右」

「時計を基準にして言ってみろ。右というのは十二時を背にして九時の方角か？　それとも十時か？」

「十時だ、いや十一時か……コロッセオは丸いから判らん。とにかく右手の坂だ、坂を上った所にある家だ」

「上っていって右手か左手か？」

しつこく訊かれた。覚えていることを、出来る限り話した。それで終わったかと思ったが、尋問はまだ続いた。

「……次だ。おまえら何で『日進精密機器』という会社に通っている？」

「ああ、それなら判る。シノギだ。あそこには一人、フロントを入れているんだ」

「いつからだ？」

「もうずいぶんになる。一年にもなる。そいつは組長から上に届けて……あるはずだ」

また刃が食い込んできた。絶叫は藤堂に口を手のひらで塞《ふさ》がれた。

「だが、『日進精密機器』におかしいところはないがな。まともに見えるが」

「会社を食っちゃあいねぇ。まっとうな商売してる」

「馬鹿野郎！　てめぇらがまともな商売で我慢してるわけがねぇだろうが！」

「解った……荷を、中国なんかに……いや、今は向こうで新しい会社を作った……そこへ送る」

「おう、やっと吐いたな。それも『玉城組』が嚙んでいるのか？」

「ああ……そいつも『玉城組』と手を打ったんだ……だから、技術者をヨーロッパに送るんだ。それで『新和平連合』の品田って会長代行も向こうに行ってる。こいつはまっとうな商《あきな》いだ、嘘じゃねぇ、藤堂さん」

藤堂が笑った。

「やっと俺の名前を思い出したな」

思い出してなんかいなかった。ただメスを外してもらいたかっただけだった。腹で息をするだけでメスが腹に刺さっていくのだ。痛くはないが、メスの刃が次第に刺さっていくという感覚は耐え難いものだった。

「よし、もう一度おさらいだ。ローマには、それじゃあまだ『玉城組』の連中が残っているんだな？」

「ああ、二、三人残っていると思う」

「その家にいるのか？」

「ああ、そうだと思う」

「見張りは？」

「……知らねぇ」

「知らねぇはずがねえだろうが。家の周囲にいるのか？」

「……庭と門の所にいたと思う……」

「そいつらの名前は？」

「知らん。名は知らん」

「いい加減に吐かんと、腹、割くぞ、言え！　リーダーの名前くらいは知っているだろう？」

「それは……『玉城組』の組長補佐の杉田ってのが来てた。だけど、若いもんは知らねぇ」

「ほれほれ、ちゃんと思い出せるじゃねぇかよ。そいつらが皆、ローマに残っているのか？」

「ああ、杉田や『玉城組』の組員が残っている」

「よし、では、残った奴らの名前を言え！」

「助けてくれ、頼む。名前は本当に知らねぇんだ、藤堂さん。名前は知らねぇ。ただ『玉城組』の若いもんだということしか知らねぇ。これで、これで勘弁してくれ」

「よし、それじゃあ、もう一度、そのローマの家の場所を話してみろ。前に話したことと違っていたら腹を抉《えぐ》るぞ。さあ、話せ！」

同じことの繰り返しだった。そしてこの尋問はそれから一時間も続いた。ちょっとでも話したことが食い違うと、藤堂は少しずつメスを動かした。そのたびに腹の傷は深く長くなっていった。剣持は知っていることをすべて話した。もう話せることは何もなかった。

「……こんなところか……」

と藤堂が血糊《ちのり》で光ったメスをやっと腹から外した。これで終わりかと剣持は涙を流しながら、ほっと息をついた。これで呼吸だけは出来るようになった。藤堂の顔が消えると、今度はマスクの顔が近づき、腕に触った。

「何するんだ！」

叫ぶ前に腕に針を刺された。

「大丈夫だよ、ただ麻酔するだけだから」

と白衣の男がマスクの下で妙に優しい声で言った。絶叫はまた藤堂の手のひらで押さえられた。剣持は腎臓を抜かれると、動かない手足を動かそうと必死で暴れた。だが、そんな必死の抵抗にもかかわらず、針が刺さったと思った瞬間、剣持は再び意識を失った……。

十一

剣持は床の上で、少しでも蹴りが急所に当たらないように体を海老《えび》のように丸めていた。それでも最後のけりで肋骨が折れたのが解った。抗弁したくても苦しくて口が利けなかった。白衣の男が縫った腹の傷が、蹴りと木刀で叩かれたことでまた破れていた。

「……そこで、口にしたのはそれだけか……」

とソファーで煙草を吸いながら制裁を眺めていた小池が口を開いた。

「まだ、他にもあるんじゃねぇか。小出しにせんで、漏らしたことを全部言わんかい……笹井《ささい》、もうちっと叩いたれ」

若頭をしている笹井の木刀が唸《うな》り、今度は足の脛《すね》を折られた。

「……殺せ……殺してくれ……」

あまりの苦痛に、そう剣持は呻いた。本当に死にたい、と思った。苦痛に耐えられなくてそう思ったのではなかった。悔しさだった。

小池が非情な親分だということは解っていた。とことん冷たい男だと思う出来事も、それこそ何度も目にしてきたし、味わってもきた。だが、この稼業は、だからといって親を替えることは出来なかった。今年四十一になった剣持は「小池組」ではまだ下から二番目の地位にいた。真面目に働いたが、シノギが下手で、いつまでも上には上がれなかった。

それでも組を支えてきたという自負はあった。

組長の小池が刑務所に入っている間も、剣持は女房も持たず、頑張った。露天で食っていけなくなれば、恐喝もやったし、追い剝《は》ぎまがいのこともやった。頼りにする二次団体、三次団体のバックも「大星会」内のごたごたでなくなり、残された組員は食うや食わずの生活の中で、ただ組が生き残ることだけを頼りに頑張ってきたのだ。

一時は三十人近くいた組員も一人抜け、二人抜けして、最後は十人になった。それでも逃げずに頑張ってきたのだ。それなのに、このザマだった。たしかに、藤堂という男に苛《さいな》まれて組の事情は口にした。だからヤキを入れられても仕方がないとは思う。

こんなことになると判っていたから、最初は、おかしな男に捕まって拷問を受けたことは隠していた。だが、裂けた傷口からの出血がシャツを濡らし、小池に問い詰められた。

「どうした、剣持、その血は何だ」

とやられた。むろん、労《いたわ》りの言葉などではなかった。結局、何があったのかを喋る羽目《はめ》になった。殴られ、蹴られながら、剣持は自分に起こった出来事を正直に話した。だが、すべてを話しても、しばきは終わらない。肋骨を叩き折られ、今、脛を折られた。小池にやられたのならたぶん我慢が出来ただろう。食うや食わずで頑張ってきた仲間に打たれることが耐えられなかった。血を分けた兄弟よりも強い絆《きずな》の仲間が、小池の一言でヤキを入れる……誰一人、剣持を庇《かば》う者はいなかった。それが悔しかった。

「死にたいか……笹井、本人がそう言うとるんや、殺したれや」

と小池が言った。誰も止めには入らない。止めに入れば、自分もやられる……。木刀が顔面に落ちた。激痛に、弱り果てた剣持は悲鳴も出なかった。誰かの蹴りが裂けた腹に入った。剣持は幸いにここで意識を失った。

小池は、笹井がバケツの水を剣持にぶっかけるのを無言で眺めていた。

判らないのは、剣持を捕まえた男たちのことだった。剣持が何があったのかを吐くと、小池はすぐ藤堂と言う男が「大星会」にいるかを調べた。長いこと刑務所生活を続けてきたから、知らない男がいるかも知れないと思ったのだ。だが、「大星会」にはそんな名の組員などいないことが判った。

奇妙な話だった。だが、聞き流しておける話ではない。そいつは「小池組」がイタリアに行ったことも知っていたし、「UK」の代表を拉致したことも知っていたという。杉田が描いた絵図を知っている者は「小池組」を除けば、わずか数人のはずだった。「玉城組」でも、すべての組員が知っているわけではない。杉田と組長の玉城、あと何人かだろう。

藤堂と名乗った男はかなりのことを知っていたという。めったなことで動じることのない小池だったが、この謎の男の出現に危険を感じた。どこの組が俺たちの絵図に気づいたのか……？　小池が次に考えたのは、この事実を杉田に報せるべきかどうかということだった。報せれば、借りが出来る。だが、報せなければ、大事になる惧れもあった。どちらを取るか……。

小池は借りを作ることにした。放っておけば、どこかにやられる。「小池組」だけで対処出来ることではないと思った。小池は杉田に電話を掛けた。

杉田が摑まったのは、剣持が叩いても蹴っても反応を示さなくなって二時間もしてからだった。ローマにはおらず、スカンジナビアに行っていた杉田をローマの「玉城組」組員がやっと摑まえ、東京に連絡するよう伝言したから、それだけの時間がかかったのだ。

「どこかの組が動いたってのは、どういう意味だ？」

　電話口で杉田は小池の報告に、まずそう言った。

「判らんのですよ、それが。『大星会』を調べたが、あそこに藤堂なんて男はおらん。剣持には徹底的にヤキを入れたから、奴の話に嘘はない。だが、極道であることは間違いないんだ。ということは、そちらさんの方から漏れたか……悪いが、それしか考えられん」

「そいつはないぞ、小池」

「『形勝会』が動くってことはあるんやないかね」

「動くとすれば『形勝会』ぐらいだが、そいつはない。そっちには最初から用心してる。品田代行が『形勝会』の動きを見張らせているが、まだ動いた形跡はないんだ」

「どうかね。木原ってのはまだ捕まらんのだろう。そいつから漏れてるんじゃないかね」

「……確かに、ないとは言えんな。だが、奴はまだイタリアにいると思う。日本に戻ったら、そいつはすぐ報せが来る」

「『形勝会』がやまをかけるってこともあるんじゃないかね。うちの者をひっ捕まえて、しばいて吐かせる、ってのは『形勝会』がやりそうなことだが」

「解った。こっちも至急、様子を探らせる。わしらも明日には日本に戻るから、事情はすぐ判るだろう。ただ、そっちも十分気をつけてくれ。『大星会』の中のどこかが動いているのか、他の組が動いたのか、出来るだけ情報を集めろ」

「解った。そんなことだから、早く帰って来てくれよ、『形勝会』はわしらでは調べられんからな」

「もう一つ。盗聴に気をつけるんだ。うちは、以前にそれをやられた。会長は、そいつにやられてパクられた。会長というのは新田会長のことだがな。組の事務所にも盗聴器を仕掛けられた。だから、あんたの所も定期的に調べろ」

「警察がやったのかね？」

「違う。ヤクザじゃないが、どこかの組織がやったと聴いた」

「盗聴か……」

「今じゃあ機械も凄いものがあるらしい。だから、業者雇って調べさせろ。あんたらが探しても見つかるような代物《しろもの》じゃあないそうだ。事務所の近辺にバンが停まっていたら怪しいと思え。用心しろ、時が時だ」

「解った。ええことを聴いたわ。さっそく業者に当たってみますわ」

電話を切ると、若頭の笹井と二人の若い衆が蒼ざめた顔で戸口に立っていた。

「……なんや……？」

笹井が言った。

「剣持が……死にました……」

「さっさと始末せんかい。死体見つからんように、上手くやれ」

小池は煙草を探しながら事もなげに言った。

十二

初めて貰った地検からの話で霞《かすみ》が関《せき》に行き、弾《はず》んだ気分で事務所に戻ると、戸口に千絵が立っていた。顔色が悪かった。普段の千絵なら瞳を輝かして、「どうでした？」と訊くはずが、何も言わずに見つめていた。

「どうしたの？　何かあった？」

尋常でないその表情に、驚いて涼子が訊いた。千絵は突然床に座り込むと、土下座の姿勢で言った。

「……先生、申し訳ありません！」

「なによ、何なの？」

訳が判らず、涼子は書類鞄とハンドバッグを事務机に置き、千絵の隣りに腰を落とした。

「いったいどうしたのよ？　何があったの？」

「……喜一が……喜一がとんでもないことをしました……」

腕を取り、千絵を立たせるとその顔を覗いた。涙がこぼれ落ちそうになっている。

「とんでもないことって、何？　落ち着いて話しなさい、どうしたの」

「喜一が、『小池組』の事務所に行ったんです」

「『小池組』の？」

涼子の事務所のコンピュータには日本全国の暴力組織のデータが警視庁顔負けのレベルで蓄積されている。今ではそのデータの中に、もちろん「小池組」の組事務所の住所と構成員の数や氏名も判る範囲で入っている。

「どうしてそんな所に行ったの！」

と言って、涼子はすぐ喜一が何を目的で「小池組」の組事務所なんかに行ったのかが解った。喜一はまた盗聴器を仕掛けに行ったのだ……！

「それ、いつのこと？」

「昨日の夜からです……とうに帰っていいのに帰らないから……携帯に何度電話を入れても出ないんです」

ここ数年、千絵がこれほど動転するのを涼子は見たことがなかった。

「座りましょう。座って、もう少し落ち着いて話して」

会議テーブルに連れて行き、並んで座った。

「……喜一くんは、本当に『小池組』の組事務所に行ったのね？　貴女も知っていたことなの？」

「喜一が話してくれたことではないんです。でも、そうだということはうすうす知っていました。機材をバンに積み込んでいましたから」

「それで……貴女は止めなかったのね？」

「申し訳ありません」

また千絵がテーブルに突っ伏すように手をつく。涼子は呆然とそんな千絵を見つめた。もう盗聴器には触れるな、と喜一には何度も念を押していた涼子だった。だが、効き目がなかったということだ。

「解ったわ、ここでもう一度電話してみて」

千絵が立ち上がり、自分のハンドバッグから携帯電話を取り出してきて、喜一を呼び出す。千絵が話したように応答はなかった。

「本当に、そこへ行ったことは間違いないのね？」

「間違いないと思います……」

どうしたらいいのか……。組事務所に乗り込んだらいいのか……。相手は否定してくるだろうか。

「『小池組』から、電話もないの？」

「ないです……でも、無言電話はありました。喜一からかと思って出ましたが、すぐに切れて」

「それは貴女の携帯にかかってきたの？」

「いいえ、事務所にです」

何か関係がありそうな気がした。その電話は怪しい。それにしても、こんなことが起ると は……今、この事務所には千絵しかいないのだ。こんな時、誰よりも頼りになるのは神木だが、神木は稲垣と三輪を連れて、「形勝会」の木原を案内役にして昨日ローマに向かった。

他に力になってもらえるのは誰か？　青山に助けてもらうのが一番いいのか……。だが、「小池組」が、知らぬ存ぜぬと切り返してきたらどう対応出来るのだろう。喜一が「小池組」の組事務所に出かけて消息を絶ったという客観的な証拠は何もない。まだ十二時間も経たないのに、警察ではどうしようもないだろう。強制捜査など出来るはずもない。いくら青山にたのんでも無理だ。ここに神木がいてくれたら、と涼子は唇を噛んだ。

「……わたしが行ってみたら、駄目でしょうか」

千絵がそんな涼子に必死の表情で言う。涼子は初めて厳しい口調になって言った。

「それは駄目。もし喜一くんが『小池組』に拘束されていたとしても、貴女が行っても何の助けにもならないわ。行くなら、まだわたしのほうがいいでしょう。でも、わたしが乗り込んでいっても、おそらく何も出来ない……拘束されていると仮定して……何が出来るのか、今、考えてみる……」

本当に頼れる者はいないのか……？　涼子が立ち上がりデスクに向かった。

「野村先生の番号ちょうだい」

千絵がすばやく電話帳から電話番号を写したメモを涼子に渡す。

「大丈夫よ、喜一くんは何が何でも助けてみせる」

涼子が思いついたのは新田だった。「小池組」は、実態はともかく「大星会」の系列組である。その「大星会」は、これも形の上では「新和平連合」の傘下ということになっている。「新和平連合」の実権をすでに失ったという新田だが、新田なら「大星会」を動かすことが出来るかも知れない。これが咄嗟《とっさ》に涼子が思いついたことだった。

野村は彼の事務所にはいなかったが、十五分後には彼のほうから涼子の事務所に電話をくれた。

「野村先生、お願いがあります。新田会長に至急お願いしたいことがあるんです」

涼子は手早く事情を説明した。

「うちのスタッフは今、浦野孝一氏の件でローマにいるのです。ですから、わたしの所では動けません。警察を動かすより、新田会長に力添えをお願いしたいのです」

涼子の懇願の内容に、野村は驚いたようだった。だが、野村は二つ返事で引き受けてくれた。

「新田会長にはすぐ私のほうから事情を説明しましょう。今なら伝言して電話を貰うことも出来ると思いますから。実権がなくなったといっても、まだ新田氏には力がありますよ。『大星会』にはまだ顔も利《き》きます」

「助かります。なにとぞよろしくお願いいたします」

「それから、急を要するなら、『形勝会』の武田に話してもいい。この前そちらの事務所に同行させた『形勝会』の会長補佐の男です。彼でも『大星会』ぐらいは動かせますが」

「武田真さんですね、覚えています。ただ……」

「ただ、何です？」

「武田さんに動いてもらうのは危険かも知れません。今、お伝えしたように、うちのスタッフがローマに向かっています。事情は後ほど詳しくお伝えしますが、品田代行側はおそらく『形勝会』の動きに敏感なのではないですか？」

「そう、警戒はしているでしょうね。そのお話は、浦野孝一氏が発見されたと、そういうことなのでしょうか？」

「まだそこまで進んではいませんが、かなり近い所まで進んでいるとご理解ください」

「判りました。そのことも、新田会長に伝えていいですか？」

「新田会長にならかまいません。ただ、居場所が確認されたわけではないのです。その代わり、明日か明後日には何らかの報告をさせてもらえるところまでは来ていると思います。居場所が確認されたら、救出には武田さんの力をお借りする場合もあると思います」

「すごいな、よくやってくれましたね！　新田氏も喜ぶ！　そのまま事務所で待っていてください。出来るだけ早くどうしたら良いかを新田氏から聴いて連絡します」

受話器を置くと、涼子はふたたびハンドバッグを手に取った。

「貴女はここを動かないで。野村先生から連絡があったら、よく内容を聴いて、私に連絡をちょうだい」

「先生は、どうされるんですか？」

「これから『小池組』の組事務所に行ってみる」

「それは、止めてください！　行っても無駄だって、先生、今おっしゃったじゃないですか！」

「大丈夫よ、心配しないで。その代わり、貴女は絶対にここを動かないで。野村先生から電話で何か指示があったら、そのとおりにして。そして私の携帯に連絡して。もし三時間経っても私から連絡がなかったら、警視庁の青山さんに連絡するの。もう帰宅していると思うから自宅のほうの番号に掛けて事情を説明するのよ。

もし、青山さんが摑まらなかったら、上野署の池田署長。池田さんの家の電話番号は知らないので、「有川法律事務所」だと名乗って署員の人から何とか自宅の番号を聞きだしてね。それが駄目だったら、八王子署の内野さん。この人ならうちの電話帳に載っているからね。この順番で事情を説明して。

でも、これはいざという時の手段よ。あわてて三時間経たないのに連絡はしないこと。貴女もわかっていると思うけど、私たちが何をしているかを青山さんたちが知ったら、動けなくなるの。だから、青山さんに動いてもらうのは最終手段。ただ、遅くなったら喜一くんが危ない。それで三時間なの。三時間で連絡がなかったら、それは私が拘束されたということ。解ったわね」

「……やっぱり、止めてください。あの子が勝手に仕出かしたことです。先生が危険なことになったら……」

「それを言うなら、もっと危ないことを沢山《たくさん》してきた。大丈夫、私に任せて。危険といっても、こちらは弁護士。向こうも弁護士が乗り込んできたと分かれば、そうおかしなこともしないでしょう。あっちも警察沙汰になるのは避けたいはずよ。さあ、急いで、パソコン開いて『小池組』の住所を教えて」

とパソコンに向かった。

十三

新宿のホテルで羽柴から「日進精密機器」の報告を聞き終えると、小池はそのまま組事務所に戻った。若頭の笹井は、女が二時間も居座って動かない、と報告してきていた。ヤクザの組事務所に女一人で乗り込んで来るとは大した度胸だと、小池は思った。だが、弁護士と名乗っているから、ただの女でもないのだろう。だが……弁護士が来るとは、これも意外な展開ではあった。

組事務所のソファーにその女はいた。華奢《きゃしゃ》な体つきで、顔はいいが、歳は行っている。四十前後か。当然だが、表情は硬く、小池を迎えて立ち上がる目付きは弁護士というだけあって鋭い。

「……わしが小池だが、あんた、誰かね？」

小池は女の前に腰を下ろし、若い衆に煙草の火を点けさせながら訊いた。

「有川法律事務所の有川と言います」

いったん立ち上がった女も腰を下ろし、ハンドバッグから取り出した名刺を小池の前に置いた。

名刺を手に取った。笹井の報告通り、弁護士という肩書きだ。小池は名刺をテーブルの上に投げ、女に言った。

「わしに用だそうだが、女がヤクザに何か頼みごとかね。珍しいな」

「電話でお聞きになっていると思います。用件は、そちらの方に申し上げました」

と女は小池の後ろに立つ若頭の笹井を見上げた。

「わしらが、何とかいう若いのんを監禁しとるとか、そんな与太《よた》話かい」

小池は笑って言った。

「名前は榊といいます。彼はうちのスタッフですが、その榊が昨日ここに伺ったことは判っています。それなのに、そちらの方は見たことがないと、そうおっしゃっています。それで記憶の良い方に会わせていただきたいと、小池さんのお帰りを待ちました。突然で失礼とは思いますが、榊を引き渡してもらえませんか。何かの誤解で拘束されたのだと思いますが、このままではいずれ警察の手を借りなければならなくなります。お互いに、そんな面倒は避けたいと思いますが、どうでしょう」

よく見るといい女だった。美人というわけではないが、どこかに奇妙に男を惹きつけるものがある。この女、若ければ、男が狂うかも知れん。亜矢子もいい女だが、十歳も若ければ俺が手を出すか……。小池は苦い笑みで言った。

「弁護士先生だか、何だか知らんが、面白いことを言うな。拘束とか監禁とか、あんた、わしらをなんやと思うとるんかね？　わしらはヤクザやが、ヤクザならみな犯罪者かい。

面白いから聴いてやるが、その、榊たらいうガキは、そもそも何でここに来たんかね？ 何かヤクザに用でもあったんかい、どうなんや？ ここへ来たわけ、それから先に言うてみいや」

 女は、つまったのだろう、そのまま沈黙している。

「あんたも見りゃあ解る通り、ここには極道しかおらん。堅気が用のあるところじゃねぇと思うんだがな。あんた、そのガキがここへ何しに来たと思うとるんかね？」

 しばらくなぶってやるのも面白い。

「……盗聴です……その機械を外しに来たのだと思います……」

と女が意を決した顔で言った。


 三日前のことだった。小池は杉田のアドバイスを受け、盗聴の業者を呼んでいた。業者を呼んでいなければ、盗聴の装置が仕掛けられていることにも気づかなかったし、それを仕掛けた奴を捕らえることも出来なかっただろう。調べた結果、業者は盗聴の疑いがあると言いだした。杉田のアドバイスを実行しはしたが、それは用心のためと考えていたから、実際に業者からそう言われて「小池組」の者は色めきたった。

「普通のレベルでこんな仕事は出来ませんよ。たいていはコンセントなんかにマイクを隠しておくくらいですが、これは外の回線から通話を拾っています」

と業者は言ったという。笹井からこの報告を受け、自分が命じたこととはいえ、実際にこんなことがあるのかと小池は驚いた。いつから仕掛けられたのか、という笹井の質問に、業者は、それは判らないが、やった者を捕まえることは出来るかも知れない、と言った。回線から盗んだ電話の会話は電波を飛ばしてテープレコーダーに録音されているらしい、と業者は言う。

そのテープレコーダーを探すのに半日かかった。テープは近くの有料駐車場に停めてあるバンにあるらしい。そこで小池はそのバンを見張るために組員をつけたのだ。すると現われたのは若い男だった。警察かも知れないと考えていた小池は、若い衆が引き立ててきた男を見て驚いた。まだ学生のような若造だった。作業服を着た姿は一見、電話会社の職員に見えなくもない。だが長い髪に眼鏡を掛けた容貌はどう見ても学生だ。若い警察官というのも外れだ。匂いが違う。

「……榊喜一か……兄ちゃん、誰に頼まれて、こんなおかしな真似をした？」

と尋ねてみたが、

「誰にも頼まれてなんかいません。自分の趣味でやりました。許してください」

学生らしい若者はそう言って頭を下げたが、バンから発見された盗聴の機材は、そこらの盗聴マニアが持ち歩くような半端なものではなかった。バンには受信機、何台ものパソコンと、その荷台にはあっと驚く代物がつまっていたのだった。やはりこいつは警察か、と思った。組員が持ち物を調べ、運転免許証から住所氏名が判った。学生証はなかった。

小池が興味を持ったのは携帯の発信先と受信記録だった。アドレス帳のトップにあるのが有川という弁護士だというのが意外で、若頭の笹井がその番号に掛けてみると、たしかに「有川法律事務所です」という応答があったという。通常ならここでしばきあげて誰に頼まれて盗聴しているのかを確かめるのだが、それをしなかったのは、相手が警察のマル暴かも知れないという一抹《いちまつ》の不安があったからだった。

そして今、マル暴ではなく、有川という女弁護士が小池の前に座っている。

「ほう、今では弁護士事務所が盗聴なんていうおかしなことをするのかね。なるほど、わしらのほうやなく、あんたたちが警察沙汰になったら困るわけや」

「いいえ、そうではありません。警察に訴えたければそうなさってもこちらは構いません」

「強気やな」

「うちのほうは榊を返していただければ、それでいいのです。彼が盗聴などというおかしな趣味を持っていたことは重々お詫《わ》びしますが、それは私どもの指示でしたことではありません。別に仕事でも何でもないのです。ですから、謝罪はしますが、警察に黙っていて欲しいとか、そういうことではありませんので、誤解のないように」

それにしても、と小池は弱みを見せない女を見つめた。剣持が吐いた奇妙な男の出現と、この盗聴小僧との間に、何か関連があるのか？　匂う、ひどく匂う……。外見も言葉遣いも確かに弁護士臭いが……いや、小僧の携帯で掛けてみたら「有川法律事務所」と相手が名乗ったのだから、そこらは本当のことだろう。だが、盗聴が小僧の遊びだ、というのは真実ではない。

「……ちょっと失礼します……」

有川と名乗る女はそう言うと、ハンドバッグから携帯電話を取り出した。

「……わたしです……まだ、『小池組』の事務所で組長さんとお話をしています。だから、警察に電話するのはちょっと待って。まだお話がすまないから。そのまま待っててちょうだい」

小池は携帯を切る女に苦笑した。どこまでも強気でいやがる……。

「面白いのう。大した役者や。やれや。警察に電話せい」

と、また小池は若い衆に煙草だと命じ、手を伸ばした。

「それでは、どうしても榊のことは何も知らないとおっしゃるんですね」

女が身を乗り出したところに、顔色を変えた若い衆が隣りの部屋から飛び出してきて何事かを小池の耳元で囁いた。

「なに？」

と小池の顔が強張った。小池は立ち上がり、隣室に消えた。

榊喜一はこの時、組事務所の一室にいた。「小池組」のヤクザたちに何発か殴られて顔面は腫《は》れ上がっていたが、他に傷もなく、また手足を拘束されてもいなかった。そこは掃除の用具とか、木刀とか、提灯《ちょうちん》、額など雑多な物が押し込まれたような狭い空間で、

「じっとしてろ。こっちが出ろと言うまでは出るな！　おかしな真似をしたらただじゃあおかんぞ！」

と言われ、そこにもう五、六時間も閉じ込められていたのだった。小さな部屋には四十ワットの電灯があり、スイッチは室内にあったから、何でも調べることが出来た。脱出の役に立つ物がないかと探したが、大した物はなかった。「小池組」と書かれた提灯には蠟《ろう》燭《そく》もあったから、その蠟燭で火を点けてやろうか、とも考えたが、煙草を吸わない喜一は肝心のライターもマッチも持っていなかった。

それにしても、殴られただけというのは幸運だった。捕まれば殺されるか、よくても半死半生の目に遭わされるだろうと考えていたのだ。捕まってからは覚悟が出来た。相手が信じるかどうかは判らないが、どんなに責められても盗聴はマニアで、ヤクザが好きだから、で、最後まで通す気でいた。実際に、ヤクザの追っかけみたいなおかしな奴もこの世にはいるのだから、根性さえあればそれで通せるだろうと思っていた。

だが、組長の小池という男を見て、自信がなくなった。小池には他のヤクザにはない凄

みがあった。その目は蛇のように動かず、人を殺すことなど何でもないと考えている男の目だった。

「若造、誰に頼まれてこの仕事した？」

と言われた時には、すべてを白状したくなったほどだ。それほどこの男には逆《さか》らえない凄みがあった。何とか耐えてマニアで通したが、もう一度尋問されたら、どうか？……小池に拷問でもされたら、たぶん我慢は出来ず、何もかも喋ってしまうのではないか、と喜一はそのことに恐怖した。

おかしなことを口にしたら、イタリアに向かった神木さんや稲垣さんたちにとんでもない迷惑が掛かるかも知れないのだ。喜一は、自分の浅はかな行為とドジに、自殺したくなった。有川先生にあれほど言われていたのに、そんなことぐらい簡単だ、と相手を甘く見ていたのだ。

決して言い逃れの出来るミスではなかった。事務所のみんなに顔向けが出来ない……。浮かんだのは千絵の顔だった。姉さん、俺はどうしたらいいんだ。喜一は唇を噛み締めた。

涼子は小池が消えた部屋を見つめていた。小池は何を言っても動じない。法の権威も警察という組織も、この男には脅威を与えないのか……。

小池が険《けわ》しい顔で出て来た。

「有川と言ったな、あんた、えろう顔が広いようだが……いったい、何をしている？」

「おっしゃっている意味が判りません」

と涼子は小池を睨み返して答えた。

「おかしな男を使うて、うちの剣持を痛めつけたのもお前か？」

答えようとした時に車が何台か停まる音が聴こえた。若い衆が戸口から飛び込んで来て叫ぶように言った。

「おやじさん！　本部の車です」

「来よったか……！」
七、八人の男たちが雪崩《なだれ》込んで来た。臨戦態勢になった「小池組」の組員たちが金縛《かなしば》りになったように立ちすくむ。
後から入って来た男たちの中に野村と「形勝会」の武田の姿を見つけ、涼子は驚いて立ち上がった。喜びが沸き起こる。新田の命令で彼らが来てくれたのだ。

野村が涼子の肩に手を置き、頷いて見せる。隣りに立つ武田が言った。

「先生、もう心配は要らんです」

野村の前に立つ、温和な顔をした年配の男が言った。

「お前が小池か」

小池が頷く。

「小池は、わしですが」

「私の顔は知っているな。船木だ。『新和平連合』の新田会長に叱られて来た」

苦々しい顔で続けた。

「……榊喜一という青年をここに連れて来い。おまえが捕まえていることは判っている」

「しかし、会長……それは」

小池の顔は蒼白い。目だけが憤怒に光っていた。

「このわしにシラを切る気か？『大星会』会長の私の言うことがきけんか？」

小池が諦めたように、苦い笑みで答えた。

「会長に逆らう気はありませんよ。それにしても、物々しい。電話一本で済む話です」

小池が若い衆に言った。

「小僧を連れて来い」

命じられた若い衆が二人、奥へ走ると、顔を腫らした喜一を連れて来た。喜一が泣き笑いで、

「先生……！　申し訳ありません」

と呟く。

「有川先生ですな。挨拶が遅れて申し訳ありません。私が『大星会』の船木です。新田会

長には私からも重々お詫びいたしますが、有川先生からも、ひとつよろしくお執《と》り成《な》しをお願いしたい。私の監督不行き届きで、ご迷惑をお掛けしました……」

「こちらこそ、会長にまでお出《い》でいただき、恐縮しております」

「では、ここでどうぞお引き取りください。小池には私から重々心得違いを諭します。何かありましたら、新田会長を煩《わずら》わすことはないですから、いつでも私に連絡いただきたい。『大星会』に掛けていただければ、いつでも私に繋がります。ひとつ、今後もよしなにお願いをいたします。さあ、この人を連れてお引き取りください。いずれ、またお目に掛かれれば、と思います」

「形勝会」の武田が一歩前に出て小池に言った。

「小池よ。俺が『形勝会』の武田だ。いずれきっちり話をつけに来る」

小池が笑って応じた。

「何だか知らんが、逃げたりせんがな。待っとるから、いつでも来いや」

「いい度胸だ。だが、覚えておけ。玉城におまえのケツは持たせせんからな。杉田のガキと雁首《がんくび》揃えて待っていろ」

二人のやり取りを背に、涼子は喜一を抱えるように、野村に続いて「小池組」の組事務所を出た。

「私の車でお送りします」

という野村の言葉に、有り難うございます、と礼を言うと、野村が笑顔で言った。

「……先刻、ローマの木原から連絡がありました。浦野孝一氏が先生のところのスタッフの方のお陰で、無事、救出されたそうです」

第三章　内紛

一

坂の上の家、漆喰壁に蔦が絡まり、門柱に石像……これだけの情報で目的の家を見つけ出すまでに半日以上かかった。坂道はいくつもあり、漆喰壁の家も多かったからである。

空港に着くと、神木たちはまずレンタカーを借りた。幸い、捜索のための資金には困らない。いくら使っても、その金は「新和平連合」の「形勝会」から出る。借りた車は後々のことを考え、あえて、ローマならどこでも走っている小型車のフィアットにした。逃走の場合、高速で走るよりも小道に逃げ込めるほうが有利との判断だった。

宿舎もセキュリティーのしっかりした高級ホテルにした。借りた部屋は三室の続き部屋。うまく浦野孝一の救出に成功した時に、彼を収容するためである。戦闘能力のない三輪が同行したのも、浦野孝一の健康状態を考慮したからである。

そしてホテルはコロッセオから近い高級ホテルを選んだ。そのホテルを選んだのには特別の意味があった。古い数軒の屋敷を改築してホテルにしたもので、部屋のほとんどがホテルのフロントを通らなくても部屋に行ける構造になっていることが選んだ理由だった。夜間にはゲート近くに守衛がいるが、昼は出入りに人の目を気遣わずにすむ。

問題の家の場所はどこか……？　ローマ市内でなるべく詳細な地図と、将来必要と思われる品々を手に入れた。その中には各人が連絡出来るようにと、携帯電話もあった。掛け方は木原が三人に教えた。

ホテルに入ると、地図を前に、捜索のエリアを、いくらかはローマに土地鑑《かん》のある木原を中心に検討した。コロッセオから歩いて行ける範囲ということは、一キロ以内だろう。だが、手に入れた地図には高低差の記載はない。結局はレンタルした車を走らせて坂のあるエリアを探すしか方策がなかった。

早朝から探し始め、やっとそれらしい家を見つけたのが午後の四時過ぎ……。

「出て来ましたね……やっぱりあの家でしたよ」

倍率四〇の小型の双眼鏡から目を離した稲垣が言った。フィアットは、問題の家から七十メートルほどの位置に停めている。倍率の高い双眼鏡だと、人物の表情まで読み取れる。

「運転手はイタリア人らしい男、後部シートに日本人男性が一人……どうします？」

四〇〇ミリの望遠レンズ付きのカメラを覗く三輪が、続けてシャッターを切る。

「たしかに日本人ではないな。あれがジュゼッペという男か？」

稲垣に代わって双眼鏡を手にした木原が言う。

「いや、あれはジュゼッペではないです。ジュゼッペはもっと歳がいっています……」

剣持という「小池組」の組員をメスで腹を切り裂くと脅して手に入れた情報は当たっていたが、イタリア人の運転手がいることとは聴いていない。すると、現地で雇ったのか……？

浦野孝一が雇っていたジュゼッペという秘書が「玉城組」に寝返った可能性は高いが……。

「見たことのない男ですね。新しく雇ったガードだと思いますが」

やはり日本人以外のガードを増強したのだ。

「後ろの席の男はどうだ？　見たことのある顔か？」

神木の問いに、木原が頷く。

「フィレンツェに来た男です、間違いないです」

計画といって、凄い策があるわけではなかった。神木はここでも単純なことしか考えていなかった。「玉城組」の一人を捕まえる。その男から情報を取り、その男を使って潜入する。潜入も浦野孝一の救出も困難と判断した場合は、有川涼子から野村弁護士を通じて

「形勝会」の応援を頼む。時間はかかるが、浦野孝一の安全を考え、無理な突入はしない。段取りはそんなところだ。

「イタリア人だけか、『玉城組』の者だけか、どちらかの時がいいんだがな」

と、神木も手にしていた双眼鏡を目から外した。神木は英語、韓国語、ロシア語には堪能だが、イタリア語はまったく解らなかった。だからイタリア人を拘束《こうそく》する場合、言語での脅しは効果がない。フィレンツェにいた木原も、イタリア語は片言《かたこと》だと言っている。

「『玉城組』の者が出て来るのを待ちますか？」

と、三輪が訊く。待っていても、「玉城組」の者だけがうまく外出をしてくれる機会がすぐ来るとも思えない。

「仕方がない、尾行しよう」

借りたのか買ったのか、「玉城組」の組員の乗る車は高級車のベンツS460……。フィアットのハンドルを握るのはイタリアに慣れている木原の役だ。ただ、木原は「玉城組」の男たちに顔を知られているから、顔を見られないように用心しなければならない。それでなくとも東洋人はここでは目立つ。

距離をおいて尾《つ》けた。ベンツはコロッセオとは反対方向に向かう。市街地に出た。このエリアは商店が多い。リストランテ、雑貨品店、パン屋、マーケットなどが軒を連ねている。ベンツがマーケットの前に停まる。フィアットを三十メートルほど離れた位置に停めた。イタリア人がベンツから降りた。食料でも買い込みに行ったのか。

「『玉城組』の組員一人になりましたね。やりますか？」

と稲垣が呟く。だが、通りはまだ明るい。人通りもある。ここで「玉城組」の組員は襲えない。襲う場合も、実は単純な方策しか考えていないからだ。車を接触させ、文句を言いに出て来た所を拘束する。

ただ、今の神木たちスタッフは丸腰だった。頼れる武器がない。だが、相手は武装していることが木原の話で判っている。だから、絶対に拘束出来ると確信がなければ行動には移れない。夕刻前だから明るいし、人目があるから、向こうも拳銃などの武器は使い難いだろう。

木原は、フィレンツェまで行けば拳銃を隠してある、と言ったが、フィレンツェの館にも監視がありそうだと判断し、フィレンツェ行きを止めた神木だった。

「いや……待ちましょう」

と神木は首を振った。

「スタンガンでもあれば仕事が早いが、揉み合っていれば歩行者が騒ぎ出すかも知れない……」

間もなくイタリア人が大きな紙包みを二つ抱えて店から出て来た。やはり食料品の買い込みだろう。ベンツは再び元来た道を隠れ家に向かった。

神木たちは、結局、夜の九時過ぎまで張り込みを続けていた。駐車したフィアットからは見えないが、門扉の裏にはガードがいるものと思わなければならない。距離を置いているが、長時間駐車しているフィアットに警戒心を持たれなければいいが、と心配したが、姿さえ見せなければその心配はないことが判った。夕刻になると、通りは近くの居住者が駐車する車で一杯になったのだ。この家に浦野孝一がいることはまだ確認出来ず、この段階で「形勝会」の応援を頼むことは出来ない。

「おっ、扉が開きましたよ！」

交代で双眼鏡を覗いていた三輪が叫ぶように言った。後部シートと助手席で伏せるようにして横になっていた神木と稲垣が起き上がり、双眼鏡を手に取った。

「……日本人が運転しています！」

「後ろにいるのも日本人に見えるが……あの白い頭は何だ？」

「包帯だ……」

と稲垣が呟く。

後部シートに乗る二人のうちの一人は、頭部に包帯が巻かれている。神木は、フィレンツェで浦野孝一のガードをしていた木原から聴いた情報の記憶を探った。包帯男は木原が反撃して半死半生にしたという二人のうちの一人か？　羽間ともう一人は細川だったか……。

「……あれが、きみがやった男か？」

双眼鏡をのぞいていた木原が答えた。

「暗くてはっきりしませんが、そんな気がします……羽間という奴のほうかも知れませんん」

「尾行しますかね？」

後部シートの男が羽間という男なら、それは「小池組」の男だ。浦野孝一は「小池組」から「玉城組」に引き渡されたと「小池組」の剣持は白状している。家には「玉城組」の男たちが詰めているのだろう。それとも、「玉城組」と浦野孝一は別の所にいるのか、不安が湧き起こった。

「いや、止めましょう。『小池組』の男を確保しても、どうせ人質としては弱い」

ベンツの尾灯が遠ざかって行く。神木たちは動かず、ベンツが坂を下って行くのを見送った。

せっかく見つけ出した家だ。羽間らしい男が出て来た家だから、やはり浦野孝一がここにいる可能性は捨てられない。どうしてもそれを確認したい。神木は何百坪もありそうな二階家を眺めた。侵入出来そうなところはないか……。

コンクリートの塀は高い。二メートルくらいか。よじ登ることも出来なくはないが、人目につく。ただ夜も九時を過ぎてからはもう車の行き来はなくなっている。夜の道を歩く人影もない。だが、邸内にはガードがいる。門の傍にいると剣持は言ったが、庭にもいるのか……。

強引に侵入して、見つかった場合のリスクはどれくらいあるだろう？　塀の内側には巨木が家を取り囲むように茂っている。

「……やってみるかな……」

神木がそう呟くと、稲垣が、

「何をするんです？」

と訊いてきた。

「どうしても確認だけしてみたいんですよ」

「入るんですか？」

「他に策もないんでね。その代わり、中に犬がいたら止めます」

犬に対する準備はしていない。毒餌《どくえ》でもなければ、番犬の排除は出来ないだろう。神木は後部シートの足元に置いた袋から、ローマに着くとすぐ用意したビニールの粘着テープと小型の懐中電灯を取り出して上着のポケットに入れた。もう一つ、日本から持ってきたものがあった。スーツケースに仕込んで持ち込んだそれは開錠のためのツールだった。だが、武器になりそうなものは何もない。

「……俺も一緒に行っていいですか……」

と木原が言った。それを遮るように稲垣が言う。

「いや、行くんなら、私だ、私が行く」

「いや、私一人で行きましょう。多分、そのほうが動きやすい」

神木が答えると、木原は言った。

「だが、若を連れ出すかも知れんのでしょう。その時に手が要るかも知れんでしょう」

確かに、浦野孝一が一人で歩けるかどうか、それは判らない。ダメージを受けていて歩けない可能性もある。浦野孝一の健康状態の懸念もあって、神木は無免許医師の三輪を連れて来たのだ。

「そうですね、それでは……」

と神木は二人を見た。助けになるのはどちらか。稲垣は元マル暴の刑事で柔道は三段であるが、すでに還暦を過ぎている。一方の木原は若く、新田のガードをしていたくらいだからかなりの戦闘能力があると考えられる。神木は稲垣を選んだ。歳はとっているが、稲垣ならば自分が何を考えているか、阿吽《あうん》の呼吸で理解してくれる。戦闘は極力避けなければならない。

「それじゃあ稲垣さんに、一緒に来てもらいましょう……木原くんと三輪さんはここで待機。ただ、木原くんには頼みがある。ひょっとしたら浦野孝一を連れ出せるかも知れない。その時のためにいつでもここから離脱出来るようにしていてくれ。もし、中で何か起こったら、その時は素早く逃げる。落ち合う場所は、そうだな、コロッセオの前。そこで一時間待機。一時間待っても私たちが現われなかったら、ホテルに戻ってくれ。まあ、そんなことにはならんと思うが」

「……解りました」

ちょっと不満そうに木原が答えた。

稲垣を連れて車を降りた。通りは街灯で明るいが、人影はなく周囲は静かだった。こんなことも起こるかと、今の神木は黒のシャツと同じ黒のブルゾンを着ている。稲垣のシャツと上着も茶系で、夜の闇には溶け込みやすい。

屋敷の門扉は閉まったままで、ガードが出て来る気配はない。コンクリートの長い塀は、傍に立ってみると思ったよりも高く、二メートル以上あった。周囲に人の目がないことを確認し、まず神木が稲垣の腕に足を掛け、塀に登った。次に神木が稲垣を引き上げる。塀際にはうっそうとした樹木が並んでいて、人目を遮ってくれている。何よりも警戒しなければならないのが犬だ。だが、犬の気配はない。

神木が先に樹木を伝って庭に降り、人の気配を窺う。誰何《すいか》の声は掛からない。稲垣が六十過ぎとは思えない身のこなしで降りて来る。塀から建物までの間隔《かんかく》は五メートル……。剣持の言葉通り、漆喰の白い壁に蔦が絡まっているのが夜目《よめ》にも鮮やかに見える。

月が明るい。どの窓も、開閉式のよろい戸で閉ざされている。よろい戸のお陰で、家の内部の目を気遣う必要はなく、気をつけなければならないのは物音を立てることだけだった。具合の悪いことに神木も稲垣も履いているのが革靴で、下手に歩けば足音を立てる。

二人は腰を落として裏手に廻った。

想像した通り、裏手にはキッチンに通じるらしい戸口があった。ここにはよろい戸もなく、明かりが漏れている。扉の上半分はガラスの窓が切ってあり、そのガラス窓は小さなカーテンで仕切られている。

中から話し声が聴こえた。日本語だった。神木は、可能ならその戸口から屋内に侵入する気でいたが、中に人がいては無理だ。神木は稲垣に首を振って見せ、再び侵入した塀の位置まで戻った。樹木の枝を指差して稲垣に囁く。

「上からやってみます。稲垣さんはここで待機していてくれますか」

「了解」

神木は稲垣の腰の位置に当てた掌《て》に足を掛け、再び塀の上に登った。太い幹から枝を伝うと、一階部分の屋根に上がることが出来る。ただし、その庇《ひさし》の部分には二階の窓はない。だが、二階の屋根に上るところがどこかにあるかも知れない。稲垣もまた神木の助けで塀の上にあがった。

樹木の太そうな枝に手を掛け、樹の枝を伝って一階部分の庇に渡った神木を目で追っていた稲垣は、犬の鎖《くさり》を手にした男がすぐ間近まで来ていることに気づかなかった。無言で塀の上を見上げる男と巨大な犬に、稲垣は発作的に逃げようかと思った。だが、その衝動を何とか堪えた。逃げれば、男は侵入を試みた者がいると仲間に告げ、フィアットが待機していることもばれるだろう。そのまま離脱すれば、神木は脱出出来なくなる。

逡巡《しゅんじゅん》しているうちに犬が吼《ほ》え始めた。男はイタリア人で、イタリア語で何か叫んだ。稲垣には男が何を言っているのかさっぱり解らなかった。それでも、降りろと言っているらしいことは解った。

「解った、解った、降りるから、そのおっかない犬を退《の》けてくれ」

と言って稲垣は自分のドジに舌を打った。

神木は庇を伝って廻り込み、二階の窓へのルートを見つけていた。外部からでは判らなかったが、玄関側の庇から手の届く位置に一つ窓があった。日本では雨戸だが、イタリアの建物では雨戸に代わるのがこのよろい戸なのだろう。そのよろい戸の桟から漏れてくる灯りはない。腕を伸ばしてそのよろい戸に手を掛けた。

外から開くかどうかは判らなかったが、触れてみるとよろい戸はかすかに軋む音を立てて開いた。その時、庭のほうで騒ぎが起こった。犬が吼え、イタリア語の怒声が聴こえた。方角は稲垣と別れた位置だった。玄関先から男が三人飛び出して行くのが見える。男は日本人らしい。伏せたが、男たちが上を見上げれば神木を見つけるだろう。神木は意を決して素早くよろい戸を開いた……。

二

稲垣はイタリアの男と三人の日本の男たちに取り巻かれていた。

「……貴様、日本人か？」

男の一人が怒鳴った。稲垣が苦笑して答えた。

「隣りの家の者だ。ここの樹の枝が伸びているんで切ろうと思ってな、それで枝ぶりを調べていたら犬に吼えられた」

「とぼけたことを。隣りに日本人は住んじゃあいねぇ」

「じゃあ、隣りの隣りだ」

顔面を思い切り殴られた。よろける稲垣の体を、別の男が調べた。

「何も持っていないです」

と男が最初に怒鳴った男に告げた。

「家の中に連れて行け！」

腕を二人の男に取られた。

「解った、解った、年寄りに手荒なことをせんでくれ」

そのまま引き立てられて、玄関に連れて行かれた。

広い玄関ホールに入ると、重いパンチを頬に食らい、稲垣は堪らず大理石の床に横転した。そのまま何発か革靴で蹴られた。予測していたので堪えることは出来たが、それでも苦痛に顔が歪んだ。

「……こら、止めんか！　年寄りなんだ、乱暴するな……！」

言うことを聴いてくれるわけがなかった。またしたたかに蹴られた。

「じじい、仲間はどこだ！」

「仲間なんておらんよ。言っただろう、隣りの隣りに住んでいる者だ。乱暴すると警察に訴えるぞ」

もう一発、腹を蹴られた。

イタリア人が玄関戸口から入って来てリーダーらしい男に報告する。

「外には誰もいない」

わりと流暢《りゅうちょう》な日本語だった。この男が浦野孝一の秘書だったジュゼッペという男か、と稲垣は呻きながら考えた。通訳代わりに置いているのかも知れなかった。

「お前は、誰だ？　何のためにここに入って来た！　さあ、言え！」

「解らん奴だな。隣りの隣りの者だと言っただろう。いい加減にせんか。おまえらこそ何だ、乱暴者が！」

足が無数に飛んできた。全身を蹴られ、さすがの稲垣も息がつけず、白目になった。

神木は部屋の中にいた。窓から射し込む街灯の明かりで、そこがどんな部屋かが判った。シングルのベッドが二つ。そのベッドは布団がはずれ、きちんとしたメイドを雇っていないことがありありとしていた。

そっと薄暗い廊下に出た。人影はなかった。階下から男の怒鳴り声が聞こえる。続いて稲垣の悲鳴があがった。神木にはもう稲垣が捕まったことが判っていた。予期しないことではなかったが、稲垣が陽動作戦のつもりか大げさな悲鳴をあげているのも判った。稲垣は少々の暴行を受けたくらいで悲鳴をあげるような男ではないのだ。捕まってしまったなら、それを有利な材料にしようとしているのだ。

幸い、そんな稲垣のお陰で二階はがら空きになっている。廊下を見渡した。扉が三つ左右に並んでいる。今、出て来た部屋を勘定に入れれば、左右に四つずつだ。階段を上がって来る気配はない。素早く廊下を進んで次の部屋の扉を開けた。次の部屋も暗く人の気配はなかった。

一番奥の扉まで進んだ。部屋の前に立派な椅子が置かれてある。ノブは廻るが錠が下りていた。今、誰かが階段を上がって来たら動きが取れない。神木はポケットから素早く開錠のツールを取り出した……。

眼帯をした細川は「玉城組」の組員が年寄りをしばくのを見ながら階段を上がった。

「おまえは上にもどっていろ」

と「玉城組」の一人に言われたからだった。

組長補佐の羽間は遊びに出掛けたが、細川は羽間と違ってここでも「玉城組」の連中にこき使われた。フィレンツェで目を傷つけられて羽間と一緒にローマの病院に入院していた細川は、これですぐ帰国出来るものだと思っていた。だが、そいつは楽観で、病院から退院させられるとすぐこの「玉城組」の隠れ家で働かされた。

主な仕事は監禁した浦野孝一の部屋の張り番で、朝から晩まで部屋の前の椅子に座っていなければならなかった。「小池組」で、組長補佐の羽間はそれでも「玉城組」の連中から対等に扱われていたが、細川は違った。外に出られることは滅多になく、ひがな一日、椅子に座っているのだ。

こいつは刑務所の独居に入れられたのと同じで辛《つら》いものだった。日本の読み物もなく、ただ煙草を吸うだけで座り続けている自分が情けなかった。

「……ふざけやがって……」

と思っても、

「仕方ねぇだろう、ドシ踏んだんだからな。ヤキ入れられんだけ良いと思え」

と羽間が言ったが、今ではヤキを入れられたほうがまだましだと思っていた。薄暗い廊下をのたのたと進んだ。

階段を上がり、ポケットからくしゃくしゃになった煙草を取り出して、
いるのでどうしても左目を引いた形で歩いてしまう。その左目も、何だか膜《まく》に損傷があるとかで、以前のように物が満足に見えない細川だった。

背後からまたじじいの甲高《かんだか》い悲鳴が聴こえてきた。細川は舌を打って椅子に戻った。もっとじじいが泣くところを見ていたかった。ここには娯楽というものがまったくないのだ。腹のベルトに差した拳銃がやたら冷たくて腹が冷える……。

細川は拳銃をベルトから抜き取り膝の上に置いた。銃身の先にサイレンサーを装着しているからバカ長い。そいつを腹に差すと銃身の先が股《また》まで届いてしまう。だが、それがこのガードの決まりだった。

「いつもそいつをつけていろ。そうじゃねぇと、いざという時に発砲出来んからな。隣り近所に銃声でも聴かれてみろ、それで終いだ。いいか、張り番の時はいつもつけてろ!」

と「玉城組」のガキにそう命じられて、細川は不便でもいつもこのサイレンサーを銃身に嵌《は》め込んでいた。それにしても大したものだ、とは思った。さすがは「新和平連合」系列、二次団体の「玉城組」だった。どんな手づるがあるのか、外国でもこんな凄いチャカ

を手に入れている。それにサイレンサーもだ。「小池組」が日本で持っているチャカは、今でも時代遅れのトカレフ。それも中国製のトカレフのコピーで満足な安全装置もなく、狙っても思ったところに弾丸が飛んでくれないと言われる安物だった。

細川はサイレンサーを外したり嵌めたりしながら、階下からの悲鳴を聴いていた。あれじゃあじじいは死んでしまうな、と伸びをしようとした瞬間、どこからか手が伸びてきてチャカを取られた。見上げると見知らぬ男が立っていた。男が唇に手を当て、首を横に振る。長いサイレンサーの銃口が細川の眉間《みけん》を狙っていた……。

「……貴様……どこから……?」

細川はあっけに取られて片目で男を見上げた。背の高い細身の男だった。

「余計なことは言わずに、そこの戸を開けろ。鍵は持っているな?」

銃口が眉間に押し当てられた。

「持っている……」

「早く、戸を開けろ」

「解った」

細川は仕方なくポケットから取り出した鍵で扉を開けた。

「入れ」

もたもたしていたら肘を取られた。途端に激痛が走った。

「痛っ……！」

部屋に突き飛ばされるように入った。男も続いて入って来た。扉が閉まる。男が耳元で言った。

「床に膝をつけ」

仕方なく膝をついた。

「後ろに手を廻せ」

言われる通り後ろに手を廻した。その手首にテープを巻かれた。

細川はこの部屋に入るのが嫌だった。ヤク中の浦野孝一の体臭が強く匂うからだった。

細川はベッドを見た。ベッドにはとろんとした目の浦野孝一が、半身を起こして自分と男を不思議そうに見つめている。

「目をつぶっていろ」

そう言うと、男は細川の目もテープで覆った。次は口だった。最後は足首……。テープで体中を巻かれ、細川は動くことが出来なくなった。

神木は、ベッドの上に身を起こし目を見開いている若者に近寄り、尋ねた。

「あんたは浦野孝一さんか？」

焦点の合わない目で頷いた。

「新田会長の命で救出に来た。歩けるか？」

また頷く。神木は携帯を取り出し、木原を呼び出した。小声で言った。

「神木だ。稲垣さんが捕まった」

「判っています」

と木原が緊張した声で言った。

「その代わり、浦野孝一氏を発見した。これから何とか脱出するから、門の見える所にいてくれ」

「俺が行かなくても大丈夫ですか？」

「敵さんは重武装している。素手では対応出来ない。来ても無駄だろう。だが、こちらも一人を捕獲して銃を確保した。だから、こっちは何とかなる」

「……何とか頑張ってください……！」

「これから脱出ルートを考える。また電話する」

通話を切って拘束した男を見た。ビニールテープは外れていない。浦野孝一に向き直った。

「……これから脱出するが、歩けるか？」

「ああ、歩ける」

目つきがだいぶしっかりしたものになってきた。薬をやって朦朧《もうろう》としていたのだろうか、思わぬ出来事を見て、気分がいくらかしゃっきりしてきたようだ。手を貸してベッドから引き起こした。

右手にサイレンサー付きの拳銃を下げ、左腕で浦野孝一を抱え戸口に進んだ。パジャマ姿の浦野の体は思ったよりも重かった。だぶついた肉がついている。

扉を少しだけ開き廊下の様子を窺った。誰もいない。

「……向こう側の部屋に入る」

浦野孝一を抱え、廊下に出ると扉をそっと閉め、最初に潜入した部屋に浦野を連れて入った。部屋はよろい戸を開けておいたから、街灯の光が入って明かりの必要はなかった。

扉に背をつけ、廊下の気配を窺いながら、携帯を取り出した。

「神木だ」

すぐ木原が応えた。

「木原です……！」

「浦野孝一氏を確保した。これから脱出するが、俺が侵入した位置を覚えているか？」

「覚えています」

「そこの樹から一階の庇に上れる。脱出もそのルートを使いたい。ただ、庭にはガードと犬がいる。もし犬が騒いだら引きつけてから逃げてくれ。そうなった時はゲートから出るから、そっちに車を廻してくれ。二面作戦だ。解ったか？」

「もし犬が来たら、なるべく引きつけてから逃げる。犬が来なかったら庇に上がる……この二つですね？」

「そうだ」

「大丈夫です、上手くやります」

「頼んだぞ」

通話を終え、窓に近づいた。一階の屋根の庇が窓のすぐ下まで伸びているわけではない。庇に降りるには、樋《とい》に手を掛け、一メートル弱の空間を渡らなければならない。果たして薬でふらふらしている浦野孝一にその芸当が出来るか、不安があった。窓を押し開き、外を覗かせて訊いた。

「庇に渡れるか？」

「渡れると思う」

しまりのない声が返ってきた。犬の鳴き声はしない。ガードも一階のホールに集まっているのか？　稲垣の身が心配だった。悲鳴が稲垣の芝居であることを祈った。庇に物音がした。木原がすぐ傍まで来ていた。

「……よし、出ろ」

拳銃を腹のベルトに差し、浦野の体を支えて窓の外に送った。

「樋に摑まるんだ！」

浦野が言われた通りに樋にしがみついた。すでに窓の傍まで来ていた木原が囁く。

「若、手を伸ばして……！　よし、掴んだ……！」

「よし、離脱しろ」

「神木さんは？」

と訊く木原に、神木は答えた。

「稲垣さんを救出する。ゲート近くで待機していてくれ！」

素早く戸口に戻り、拳銃を抜き出して調べた。拳銃はベレッタ・モデル９０００Ｓ。口径は九ミリに思えた。見たことのないタイプの拳銃だった。安全装置を外し、スライドを引くと弾丸が一つ飛び出した。拾わずに扉を開いた。人影はなかった。

稲垣は苦痛に身を丸めていた。男たちの蹴りをなるべく背中で受けようとして体を丸くしていたが、相手もこんな場合に何をしたらいいかを知っているようで、腕でガードしている顔や、空いた腹を蹴り込んできた。履いている靴が革靴なのでダメージは大きかった。捕まってしまったのならせめて神木の侵入を助けようと、最初は大げさに悲鳴をあげてみせたが、今は苦しくて呼吸もままならないほどの状態になっていた。

薄れそうになる意識の中で、それでも何かが起こったことは解った。稲垣を取り囲んでいたのは日本のヤクザが三人、イタリア人が二人、そのうちの一人はジュゼッペという浦野孝一の秘書だと見当がついていたが、そのジュゼッペが叫んだのだ。

「誰か……降りて来る！」

稲垣が目を開けると、五人が階段の上を見上げていた。イタリア人の一人が床に崩れ落ちた。

「貴様……！」

と叫んだヤクザの一人は肩を撃ち抜かれて真後ろに倒れた。神木が階段を素早い動きで降りて来るのが見えた。また、一人、腿を抱えて膝をつく……。驚いたことに神木は奇妙に銃身の長い拳銃を両手で握っていた。

一階まで降りた神木が完全な射撃体勢になった。目の位置まで拳銃を上げ、左手で下から拳銃を支えている。稲垣は、まるで映画のようだな、と感嘆の思いで神木の動きを見守った。

ブシュッという発射音がして、拳銃をベルトから抜き出した一人がまた蹲《うずくま》る。あっという間に残るのはジュゼッペ一人になった。ジュゼッペは拳銃を持っていないのか、両手を挙げ、口を開いて神木を見つめている。神木が苦々しげに言った。

「……警察に駆け込むか？　やってみろ、お前も無事では済まん。イタリアは誘拐は重罪だからな。さて、どうする？　いっそのこと、お前も死ぬか……」

ジュゼッペは何度も首を振った。

「……もし、俺の仲間が死んでいたら、お前も殺す……」

神木が近づく前に、掠《かす》れた声で稲垣が言った。

「チーフ……わたしは死んじゃあいないよ……まだ、生きている……」

三

「……先生、大丈夫ですか？」

助手席の千絵が後部シートに座る涼子に訊いた。

「ええ、大丈夫。気にしないで」

涼子はそう答えて、あふれ出る涙を拭《ふ》いた。なぜ、涙が出るのか……。新田という男は自分にとって何だったのだろう。自分には、彼に対して特別な感情はなかったと思う。だが、新田は私に友情を超えたものを抱いていたようにも思う。そして、今、私は泣いている……。

涼子が野村弁護士から新田雄輝の死を聴いたのは早朝六時過ぎのことだった。まだ床の中にいた涼子は、その電話をローマからのものだと思った。神木の帰国予定が変わったのかと思ったのだ。

だが、そのことには、さほどの不安はなかった。神木が浦野孝一を無事救出したことが判ると、日本からは「形勝会」会長補佐の武田真が屈強な組員を十人ほど連れてローマに急行したのだ。彼らがついていれば心配は要らないはずだった。けれども、電話の相手はローマの神木ではなく、野村弁護士だった。

「実は……昨夜遅く、新田会長が亡くなりました」

と野村は沈痛に聴こえる声で涼子に告げた。そんな馬鹿なことが、と涼子は思った。新潟東刑務所で面会した時は、元気だったではないか。

「……この前、お伝えしませんでしたが、会長は、予後が悪くて医療刑務所に移されていたのですよ……腎臓が回復しなくて……それで亡くなりました。今朝の四時四十分、新田雄輝会長は永眠されました」

受話器を置いても、しばらくは動けずにいた。榊喜一のことで世話になったからショックなのではなかった。それ以上の何かがあった。

かつては敵対する巨大暴力団のトップ……最強の敵と言っていい相手だった。新田が死ねば「新和平連合」は完全に品田才一のものになる。だが、品田には新田のようなカリスマ性はない。間違いなく「新和平連合」は弱体化するだろう。論理的に思考すれば、涼子にとって新田の死は凶報ではなく吉報のはずだった。だが、違った。確かに自分は新田の刑事公判で協力した。そのことで新田と野村は自分に感謝した。だが……それとは違う感情が新田にあることを、涼子は知っていた。

「……ご気分、悪いんじゃありませんか？」

千絵がまた心配そうに訊いて来た。

「大丈夫、心配しないでちょうだい……ちょっと考えごとをしていただけ」

そう答えて、涼子は流れる景色に視線を向けた。

涼子たちのＳＵＶは成田《なりた》に向かっていた。ローマから帰国する神木たちを迎えるためである。ＳＵＶは、首都高から東関東自動車道に進み、稲毛《いなげ》区の辺《あた》りを時速八十キロの速度で走っていた。ハンドルを握るのは喜一である。到着の時刻は午後四時五十分。込み合う東関道は夕方でもまだ明るかった。

突然、バーンという音と同時にキーンという音が運転席の右から聴こえた。右の窓ガラスが砕け散った。バーン、バーンという音とともに後部の左右の窓ガラスにひびが入った。最初の音ではパンクかと思ったが、窓ガラスが砕けたことで初めて涼子は銃撃だと思った。顔を上げて見ると、涼子の右の窓には直径一センチほどの穴が開いていた。

「伏せて！」

と涼子が千絵に叫び、涼子と同じように銃撃と察した喜一がハンドルを切り、車線を左に変え、ブレーキを踏む。割れた窓から風とともにガラス片が涼子の髪に降り注ぐ。

涼子はわずかに頭を上げ、右の車線を走行する車に目を走らせた。疾走する車は列を作り、どの車から発砲されたのかは分からなかった。

喜一が速度を落とし、SUVを高速道路の路肩につけた。

「……もう、大丈夫みたいね……」

涼子と千絵がほっとした表情で頭を起こした。

「間違いなく銃撃ですね」

とドアを開けながら喜一が言った。

「走っている車から撃たれたの。遠距離からの狙撃ではないわ。不審な車が停まっていないか気をつけて」

「いないようですね」

車から降りた喜一が言った。涼子と千絵も周囲に不審な車がいないかを見回した。道路は疾走する車だけで、停車しているのはこのSUVだけだった。

「……ひでぇな……」

喜一が運転席の支柱を指差して言った。

「もう二、三センチずれていたらこめかみに命中ですよ……」

涼子も前のガラス窓と後部の窓を仕切る支柱を調べた。

ちょうど頭の位置に弾痕があった。ぽっかりと大きな穴が開いている。弾丸は鉄板を貫通して、座席のヘッドレストに突き刺さっているようだ。確かに二、三センチずれていたら喜一は頭を撃ち抜かれていただろう。ガラスが割れたのは、弾丸が支柱に当たった時の衝撃のように思われた。

「先生も危なかったですよ」

喜一が後部のガラスを見て大きく息をついた。こちらはガラスは割れなかったが、左右のガラスとも真ん中に綺麗《きれい》な穴が開いている。弾丸はガラスを貫通して飛び去ったのだ。やはりこれも涼子の頭の高さの位置だった。

「……いったい誰がこんなこと……！」

と呟く千絵に、涼子が言った。

「撃たれる相手は……いくらもいるのよね……」

ぞっとしたように千絵が頷いた。


有川涼子が銃撃を受けたのと同じ時刻、成田の新東京国際空港でも同じような発砲事件が起きていた。

「イースト・パシフィック」の富田勲は、前夜のうちに、ロスから日本に急行していた。ローマで浦野孝一が発見されたという報せに急遽帰国した富田は、「形勝会」の組員に護られてその夜は成田近くのホテルに入った。

すでに「新和平連合」は品田の支配下にあり、信じられるのは「形勝会」だけだった。いつもなら日比谷の帝国ホテルか、かつて浦野孝一が住んでいた六本木の超高層タワー最上階の住居を宿舎にしていたが、武田に言われて大事を取って成田のホテルに泊まった。武田の報告で、すでに「新和平連合」が「玉城組」の勢力と「形勝会」勢力とで分裂寸前であることも分かっていた。

品田が浦野孝一を拉致していたことも判明していたが、それでも手が打てない富田だった。新田さえいてくれたら、とそれだけを頼りに帰国した富田は、そこでまた大きな衝撃を受けた。この男なら、と信じていた新田が死んでしまったのだ。

予期せぬ悲劇に打ちのめされた富田に、今出来ることは無事救出された浦野孝一をとにかくロスに避難させることだった。ロスなら富田にも出来ることがあった。アメリカの組織に浦野孝一の護衛を頼み、必要なら品田を叩くことも、やってやれないことはないと、そう思っていた。とにかくこの目で無事な浦野孝一を確認し、この手でロスに連れ帰るのだ。

日本航空四〇〇便の到着時刻は午後の四時五十分。通関を済ませて出て来るのは五時過ぎだが、不安でいてもたってもいられない富田は四時過ぎにはもう空港に着いていた。浦野孝一の到着まではVIPの待合室で過ごせると、富田は「形勝会」のガード二人に護られて成田空港の北ウィングに入った。

ヒットマンに気づいたのは「形勝会」のガードの一人だった。富田を護ろうと前に出たところを撃たれた。ヒットマンは二人で、どちらも拳銃を持っていた。ロビーがこの発砲で騒然となった。もう一人のガードも銃撃を受けたが、気力で襲撃者の一人を投げ倒した。彼も拳銃を持っていたが抜き出す間もなかったのだ。もう一人のヒットマンが逃げようとする富田の背中に四発の弾丸を撃ち込んだ。

涼子たちは無事だったが、「イースト・パシフィック」の富田はこの銃撃で即死した。これが「新和平連合」の内部抗争の始まりだった……。

四

見る影もなく痩せ細ったベッドの玉城に、杉田はもう駄目だな、と思った。糖尿からの心臓発作で、そのまま冥土《めいど》に行かなかったのが不思議なほどの状態だった。もう一度発作が来たら危ない、と医者が言ったが、素人《しろうと》が見ても玉城が長くないことは判った。

「……おまえばかりに働かせてすまんな……」

と鼻に酸素を送る管を取り付けられた玉城の声は弱々しい。これがつい先頃までは、ついパンチを振るっていた男とはとても思えない。

「これで、俺たちもいよいよだな」

と玉城が嬉しそうに言った。

「新田会長の葬儀が済んだら、すぐ品田代行の会長就任式です。その段取りはうちの組でやりますよ」

「それまでに、俺もここを出んとならんな」

本人も、出られるとは思っていないだろうに、と杉田はベッドの脇に置かれた花籠《はなかご》に目を移した。銀座のクラブ「大門」のママ、大門志奈子が届けてきたものである。だが、本人は病室までは来ていない。まあ、金と脅しで落とした女だから、そんなものだろうと杉田は醒《さ》めた思いで高そうな花籠を見る。

「……おまえ、ここにのんびりしていていいのか。代行と会うんだろう」

「そうですね、ここじゃあ煙草も吸えんし、そろそろ行きますか」

と杉田はスチールの椅子から立ち上がった。

「あまり、来なくてもいいぞ。忙しい身だからな」

「大丈夫ですよ、忙しがっているだけです」

玉城はローマで浦野孝一を奪回されたことをまだ知らない。この姿ではとても報告出来ないと、杉田は思っている。

「品田さんに、こんなザマですまんと謝っておいてくれ。その代わり、就任式には必ず出る」

品田は、とうにこんな玉城を見限っている。「玉城組」はおまえが継げ、と言われたばかりだ。たしかに、このまま進めば「玉城組」は俺が継ぐことになるだろうな、と杉田も思っている。中学の頃から今までやってきた仲の玉城だ、俺が跡目《あとめ》を継いでも文句は言うまい。

「そうですよ、今が大事な時です。焦らんで体力つけんとね。それじゃあ私は」

骨ばった手を握り、病室を出た。ガードが二人、慌てて杉田に駆け寄る。二人に前後を固められてエレベーターに乗った。夕刻なので、エレベーターに他の客はない。携帯が震えた。

「……杉田だ……」

早々と通話を終えた。杉田の顔に笑みが浮かんだ。監視役の組員からの報告だった。ターゲットの富田を殺ったのだ。報告では、富田は即死だという。諸橋を消し、新田が死に……浦野孝一は奪回されたが、こうなれば、一打逆転だ。

品田にはもう怖い者がいない。強いて言えば「形勝会」の武田だが、武田も流れを見れば抵抗はしないのではないか。なぜなら品田は「大星会」の船木を落とし、系列の「橘《たちばな》組」の亀井大悟《かめいだいご》組長も押さえ込んだと聴く。残る「別当会」を抱え込めば、品田の体制は万全だ。そこまで行って、武田も分裂覚悟の抵抗は出来まい。

病院を出た。ガードが待機の車を携帯で呼び出す。

「モク……」

ガードの一人が慌てて杉田にマイルドセブンを咥《くわ》えさせる。もう一人がその煙草に火を点ける。思い切り吸った。久しぶりで煙草が旨《うま》い。

ガードが杉田に煙草の火を点けている間が油断だった。玄関口から浮浪者に思える男が突進して来た。ガードがその男に気づいた時はもう遅かった。男が体ごと杉田にぶち当った。

腹を抉《えぐ》られる激痛に、杉田は目を見開いた。目の前に耳のない男がいた。顔は無精髭に覆われ、目だけが異様に光っていた。

「死ねっ！」

二度、三度と腹を突かれた。

「……貴様……！」

腹を抱えて倒れた。ガードがやっとその男に飛び掛かっていった。杉田は腰を落とし、タイルの上に押さえつけられた男の顔を見た。笑っていた。

「何もかもお前が悪いんだ！　死ね、杉田、死ね！」

男がやっと興信所の松井だと気がついた。ガードたちに殴られても松井は笑い続けていた。だが、何で松井が俺を刺すのだ、と杉田は思った。恨《うら》まれる筋合いはないだろうに……初めて味わう激痛が襲ってきた。薄れる意識の中で杉田はもう一度呟いた。

「何でだ……何でこんなことをする……」

品田才一は、「玉城組」の杉田が刺されたことを、一時間後に「新和平連合」の会長室で幹部から聴いた。刺された場所が病院の前だということで、ひょっとすると助かるかも知れないと言う。助かればいいが、と品田は思った。

玉城の懐刀《ふところがたな》だけあって、使える男だった。今の品田は良い幹部を集めることが何よりの急務だった。勝負は一見勝ったように見えるが、まだ油断は出来ない。問題は「新和平連合」の中にある「形勝会」勢力だった。諸橋の死後、名目、品田が臨時に会長を名乗ったが、「形勝会」の組員はそれを認めようとはしなかった。「形勝会」では幹部会を開き、品田の会長就任に無効の宣言をしている。

反品田派のリーダーは会長の諸橋を助けていた会長補佐の武田真……。こいつは根っからの新田の子分だから、「玉城組」出身の品田には靡《なび》かない。こいつも消してしまえば楽になるが、ここまでくると相手も用心しているから、そう簡単にはいかない。結局は「新和平連合」の幹部会で抑えこまねばならないだろうと、今の品田は考えている。

品田は、杉田の容態を報告に来た幹部を帰すと、ガードの島崎に濃い水割りを作れと命じ、受話器を手に取った。

「市原《いちはら》に会長室に来いと言え」

と品田は本部詰めの会員にきつい声で言った。

市原は「新和平連合」の総務担当である。四日後に行なわれる新田の葬儀の名目上の責任者だった。実際には「形勝会」が中心になって葬儀が行なわれる。誰が中心になって葬儀を執り行なうか、揉めに揉めたが、「形勝会」のごり押しで、品田は市原を総責任者とすることで妥協した。

この葬儀には全国の極道たちが集まってくる。その数は千人を超えるだろう。その弔問客が何を見るか。別に新田の遺影を眺めに来るわけではない。奴らが見るのはこの俺の立場だ。これまでの新田のように、俺が「新和平連合」を仕切っていけるのか、それを探るのが奴らの仕事だ。葬儀を進めるのは「形勝会」で構わないが、そこで品田体制が磐石《ばんじやく》であることを弔問客に見せなければならない……それが葬儀責任者の市原の役目なのだ。

島崎が恐る恐る差し出す水割りのグラスを受け取り、

「……今夜の大江《おおえ》との時間は何時だ？」

と品田は訊いた。

「七時です」

大江とは、「別当会」の会長、大江慎三《しんぞう》のことである。「橘組」は落ちたが、大江の腹はまだ判らない。大江は新田にべったりだった男だ。今のところは大人しいが、気を許せば「新和平連合」から脱会する惧れもある。「別当会」が脱会すれば、雪崩現象を生みかねない。だから、今夜の大江との会談が正念場とも言えた。

「……車はマイバッハだぞ。そうガードに確かめておけ」

新田以外の「新和平連合」幹部はクラウンを使うのが決まりだった。だが、そんな内規はすでに無視している。大江に安く見られないためにも、今夜は新田の車を使う。品田は水割りを一口含み、富田の葬儀はいったいどこがするのかと薄く笑った。

五

小池は食堂の椅子に座り、包丁を手にする亜矢子を苦い笑みで眺めていた。

「……そんなにわしが憎いか……」

亜矢子の隣りに立つ健介が泣き出しそうな顔で叫んだ。

「帰れ！　バカ、帰れ！」

六歳の子供でも、誰が母親を苦しめているのか解るのだな、と小池はゆっくり腰を上げた。

小池は月に一度の割合でこのアパートに顔を出した。この女にはたえず恐怖感を与えておかなければならないと、小池は考えていた。気をゆるめれば、この女はろくでもないことを考える。たとえば、警察に駆け込む、というようなことだ。だから、常に恐怖で縛りつけておかなくてはならない。

「健介……親父《おやじ》をそんな目で見ていいのか？」

笑って近づく。怖いのか小池の息子は、母親のスカートの後ろに隠れた。

「来ないで！」

と亜矢子が包丁を突き出し、震える声で言った。

「誰もおまえを抱こうとは思っとらん。瀬島に悪いからな。さあ、そんなもんはしまえや。おまえが来て欲しいと思ったから来たんやないかい」

「誰が……誰が……」

と包丁を突き出したまま亜矢子が後ずさる。

「おまえは、いったい、わしに何をして欲しいんじゃ。瀬島を自由にして欲しいんか」

小池は素早く包丁を叩き落とし、亜矢子の手首を取った。肉がついていた。瀬島に抱かれて太ったのか。亜矢子がその手を振りほどこうと暴れる。頰を一つ張った。唇が切れ、血が一筋滴《したた》り、顎を伝った。肌理《きめ》の細かい肌に血の色が映《は》えた。あらためていい女だと思った。

「止めて、止めて！　バカ！」

ガキがかじりついてきた。蹴り飛ばした。隣りの部屋から赤ん坊が、火がついたように泣き出した。亜矢子が産んだ瀬島の子だ。亜矢子が気が狂ったように暴れた。引き倒し、胸に足を掛けて押さえつけた。

「……殺して」

目を閉じた亜矢子が呻くように言った。

「殺してか……軽く言うな。死ぬのは辛いぞ」

「お願い、もう許して……」

「わしの大事な女を盗《と》られたんだ、その償《つぐな》いをせんとな」

「どうなってもいいから……あの人から手を引いて。会社を返してあげて」

乳を踏みつけた。亜矢子が苦痛に呻く。

「ああ、いつかな。だが、まだ駄目だ」

亜矢子は放心したように天井を見上げていた。

「あんたは……鬼……」

ぽつんと言った。母親が、二人が何をしているかに気づいて口にしたのと同じ言葉だった。いや、お袋は、鬼ではなく、鬼畜《きちく》と言ったのだったか。

「脱げや」

上着を脱いで椅子の背に掛けると、ベルトに手を掛け、亜矢子を見下ろした。

「嫌」

「じじいがそんなにいいか?」

亜矢子が諦めたように言った。

「あの人とは別れる、だから、あの人に会社を返して」

「いつかな」

腹ばいにさせ、スカートをめくり上げた。丸い尻を突き出す姿勢にさせた。赤ん坊が泣き続けていた。諦めたのか、亜矢子は逆らわずに小池の好きなようにさせた。亜矢子は大人になっても、粗末な下着を着けていた。一緒の頃、洒落《しゃれ》た下着を買えと命じても、亜矢子はそれを頑《かたく》なに拒《こば》んだ。尻を剝《む》き出しにした。確かに以前よりも肉がついていた。亜矢子は目を閉じて動かない。

突然、欲望が消えた。抗《あらが》うから欲情する。その気になった女に、興味はない。最初の時もこうだった。抵抗し、泣き叫び、そして静かになった。十五の小池は、もう一度妹が抗うように、殴りつけた。それでもいったん抵抗を止めた妹は、もう抗おうとはしなかった。こいつは誘うだけ誘って、その後はいつもこうだ、と思った。

「わしが嫌いか」

亜矢子は何も言わず、尻を落とした。

「瀬島は、わしらのことはまだ知らんのだな?」

腰を下ろし、ベルトを締めなおしながら訊いた。答えはなかった。なぜ、わしが亜矢子から離れんのか、あいつは知らない。本当の姓は倉田、小池というのは稼業名だ。じじいが、そんなことを知るはずもない。実の兄だから、離れられんのよ、と小池は笑った。

隣室の赤ん坊の泣き声が止んだ。健介があやしでもしたのか……? 突然、激痛が襲った。身を捻《ねじ》った。わき腹に包丁が深々と刺さっていた。

「何しやがるっ！」

包丁の柄《え》に手を掛け、相手を見た。べそをかいた健介が立っていた。てめぇのガキに刺されたってか……。笑おうと思ったが小池は、鉈《なた》をぶち込まれたような激痛に顔を歪めた。そのまま横に倒れ、亜矢子を見上げた。駆け寄る健介を抱きしめ、憎悪の目で見つめていた。

「亜矢子よ……」

と歯を食いしばり、名を呼んだ。

「死んで……」

それが妹から返ってきた言葉だった。

六

裕美は服を着る純一を見上げていた。ワイシャツにネクタイをつけ、両脇につけたホルスターに拳銃を二つ差し込む。同じだ、と思った。高男ちゃんも、こうして死ぬ支度をしていた。堪らずに、枕に顔を押しつけて呻いた。どうして……どうしてこういうことになるのだろう。神様、助けて……。

純一が傍に座って言った。

「苦しいのか？」

優しい声だった。禁断症状に苦しんでいると思っている……。禁断症状なんかではなかった。やっと手に入れかかった幸せを取り上げられるのが堪らなかった。

「……いいか、こいつを見ろよ……」

涙でぐしょぐしょになった顔で純一を見上げた。微笑する顔が歪んで見えた。

「こいつはな、俺とあんたの名前に変えてある。もしもの時に、あんたが一人で出せるようにしておいた。三百万ある。印鑑はここだ」

テレビの下の引き出しから出してきたのは、郵便局の通帳だった。

「もしもの時って……」

「医者から貰った薬をちゃんと飲んでくれ。あんたが元気になった顔が見たい」

起き上がって純一に抱きついた。

「行かないで！　行かないで、お願い！」

純一は肩を抱いてくれ、

「そうはいかん。解っているだろう。今日は新田会長の葬儀だよ。俺が行かんでどうする。俺は、会長のガードだったんだよ」

と純一は言った。ただの葬儀になんで拳銃が要るの、と訊きたかった。だが、それは訊けない……訊くのが怖かった。答えを知っていたからだ。裕美には彼が何をするかが判っていた。新田会長の報復をするのだ。純一は、新田会長が死んだのは、品田という会長代行のやらせたことだと思っているのだ。それで、拳銃を持っている。二つも。

「いいか、大人しく寝ていてくれんか。そんなに心配そうな顔をしないでくれ」

と純一はわざと明るく笑って見せた。

ただの葬儀に行くのに、何で私に預金通帳の説明なんかするの？

「行かないで、お願い！」

力一杯しがみついた。

「こんなもん見せたから、心配になったのか？　こいつはもしもの時だって言っただろう。俺だって、車に撥《は》ねられることだってあるからな。大丈夫だ、あんたを一人にはせんよ。必ず戻って来るからさ。戻って来たら、久しぶりに旨いものでも食いに行こう。若みたいに高いレストランには行けないけど、洒落た居酒屋に連れて行くよ」

純一はそう言うと、腕の安物の時計を見て立ち上がった。上着を着て床の上の裕美を振り返る。

「……行くよ……」

見つめ合った。優しい人だった。ヤクザなのに、こんな優しい人がいるのかと思った。

優しい人は死んでいく……。

「……さようなら……」

「さよならなんて、縁起でもねぇ」

と純一は笑って、三和土《たたき》の靴を履いた。出て行った。裕美には、木原純一がもう戻って来ないことが解っていた。

賃貸の駐車場から車を出すと、目黒《めぐろ》にある「形勝会」の組事務所に向かった。特攻隊に選抜されたのは五人。焼香が終わると同時にまず品田を殺す。品田を殺すのは木原の役目だった。他の四人が狙うのは、品田が新しく「新和平連合」の幹部に任命した四人。それぞれが一人ずつ殺す。

エピローグ

「凄いですね、さすがヤクザだ、こんなに発砲していても逃げ出す人がいない……」

　とテレビ画面を食い入るように見つめていた喜一が溜息をついた。確かに画面を埋める弔問客で、会場から逃げる姿はなかった。誰もが芝居でも観ているように、葬儀場の演壇で起こった発砲劇をただ見つめている。事務所のテレビの前では、涼子のスタッフ全員が画面を見つめている。

「そんなもんだろう、呆然としていたら、逃げるのも忘れる」

　と三角巾《さんかくきん》で腕を吊った稲垣が醒めた口調で言った。外見はさほど変わってはいないが、今の稲垣の体はローマでのダメージで、全身痣《あざ》だらけである。

　夕刻のテレビのニュースの番組は、どこの局も、昼に発生した「新和平連合」新田雄輝の葬儀の模様を流していた。撃たれたのは「新和平連合」会長代行の品田才一、撃った犯人は「形勝会」の木原をリーダーとする五人。

　アナウンサーが話し続けている。品田は三発の銃弾を受けて重傷だが、死んだという報道はまだない。どのテレビ局も発砲の動機を正確に報道してはいなかったが、一致しているのは「新和平連合」内部の権力闘争だと解説していた。

「結局、会長の思惑通りになりましたね。これで『新和平連合』は大混乱だ」

稲垣の言葉に、涼子は何も答えなかった。

「……木原は、これでどのくらいの実刑を食らいます？」

神木が涼子に訊いた。ヤクザの木原だが、神木にはローマでの、同志としての思いがあった。

「さあ。品田が仮に死んでも無期以下でしょう。一般人に被害は出ていないから。それに、木原さんには野村弁護士がつきますよ。野村さんはやり手だから、いい実刑判決を勝ち取ると思う」

「品田が死んだら、あの武田というのが『新和平連合』の跡目を継ぐことになるんですかね？」

と稲垣が訊く。

「それもどうかしら。使用者責任というのがあるでしょう。木原という人に、たとえ指示を出していなくても多分訴追はされますね」

テレビでは元捜査一課にいたという初老の男が抗争事件について論評をしている。稲垣が苦笑した。

「山《やま》さんも、今じゃあ立派なタレントだな」

テレビで解説している山岡藤一郎《やまおかとういちろう》は、神木もその名を知る元警視庁捜査一課係長である。つづいて画面には犯罪学の教授という男が映った。最近はなぜか大学教授がタレント化した。馬鹿馬鹿しくなるが、それで学生が集まるのだろう、と神木は思った。

ニュースが終わった。

「お茶、淹《い》れます」

千絵が立ち上がる。

「今日はお団子はないんだね？」

稲垣の催促《さいそく》に千絵が笑って答える。

「今、買って来ます」

「いいんだ、冗談、冗談」

それでも笑顔で千絵が事務所を出て行く。

「……品田が生き延び、武田が刑務所入りしたら、『新和平連合』はどうなりますか」

神木がデスクに戻る涼子に尋ねた。

「それが一番困りますね。武田さんが逮捕されたら『形勝会』を継ぐ者はいないんじゃないかしら」

「品田がそのまま『新和平連合』の会長に居座るわけですか」

「どうかしら。全国の組織の長が集まっている中で会長就任にケチをつけられたのですから、それも難しいかも知れない。でも、稲垣さんが言ったように、混乱は避けられないでしょうね。いずれにしても、『新和平連合』は新田がいなくなって、衰亡に向かう」

「『日進精密機器』のほうは、青山に繋いだんですね？」

「ええ。もう警視庁の公安が動いてる。『玉城組』の杉田が重傷で危いし、品田ももう終わりでしょう。たとえ生き延びても、『日進精密機器』の件で無事には済まないでしょうね」

「だが、小池はまだ生きているんでしょう」

「ええ。こっちも重体。でも、間違いなく逮捕されるし、技術者の拉致は刑が重いわ。今の日本人が一番憎んでいるのが拉致ですから」

と涼子は神木を見つめた。神木は婚約者を拉致で失っているのだ。

「公安は、スカンジナビアまで手を延ばせるんですか」

涼子の問いに神木が苦い笑いで答えた。

「無理でしょうね。ただ向こうの官憲が協力してくれれば話は別ですが」

「それでは、協力してくれなかったらお手上げなの？」

「その時は……」

笑みを消した神木が答えた。

「私が動く」

本書は平成十九年七月、小社から『弾痕』と題し、四六判で刊行されたものです。なお、この作品はフィクションであり、登場する人物および団体はすべて実在するものといっさい関係ありません。

一〇〇字書評

切り取り線

購買動機（新聞、雑誌名を記入するか、あるいは○をつけてください）

□（　　　　　　　　　　　　　）の広告を見て
□（　　　　　　　　　　　　　）の書評を見て
□ 知人のすすめで　□ タイトルに惹かれて
□ カバーがよかったから　□ 内容が面白そうだから
□ 好きな作家だから　□ 好きな分野の本だから

●最近、最も感銘を受けた作品名をお書きください

●あなたのお好きな作家名をお書きください

●その他、ご要望がありましたらお書きください

住所	〒				
氏名		職業		年齢	
Eメール	※携帯には配信できません		新刊情報等のメール配信を 希望する・しない		

あなたにお願い

この本の感想を、編集部までお寄せいただけたらありがたく存じます。今後の企画の参考にさせていただきます。Eメールでも結構です。

いただいた「一〇〇字書評」は、新聞・雑誌等に紹介させていただくことがあります。その場合はお礼として特製図書カードを差し上げます。

前ページの原稿用紙に書評をお書きの上、切り取り、左記までお送り下さい。宛先の住所は不要です。

なお、ご記入いただいたお名前、ご住所等は、書評紹介の事前了解、謝礼のお届けのためだけに利用し、そのほかの目的のために利用することはありません。またそのデータを六カ月を超えて保管することもありませんので、ご安心ください。

〒一〇一―八七〇一
祥伝社文庫編集長　加藤　淳
☎〇三（三二六五）二〇八〇
bunko@shodensha.co.jp

祥伝社文庫

上質のエンターテインメントを！　珠玉のエスプリを！

祥伝社文庫は創刊15周年を迎える2000年を機に、ここに新たな宣言をいたします。いつの世にも変わらない価値観、つまり「豊かな心」「深い知恵」「大きな楽しみ」に満ちた作品を厳選し、次代を拓く書下ろし作品を大胆に起用し、読者の皆様の心に響く文庫を目指します。どうぞご意見、ご希望を編集部までお寄せくださるよう、お願いいたします。

2000年1月1日　　祥伝社文庫編集部

闇《やみ》の警視《けいし》　弾痕《だんこん》　長編サスペンス

平成21年2月20日　初版第1刷発行

著　者　阿《あ》木《ぎ》慎《しん》太《た》郎《ろう》

発行者　竹内和芳

発行所　祥《しょう》伝《でん》社《しゃ》

東京都千代田区神田神保町3-6-5
九段尚学ビル　〒101-8701
☎03(3265)2081(販売部)
☎03(3265)2080(編集部)
☎03(3265)3622(業務部)

印刷所　堀内印刷

製本所　関川製本

造本には十分注意しておりますが、万一、落丁、乱丁などの不良品がありましたら、「業務部」あてにお送り下さい。送料小社負担にてお取り替えいたします。

Printed in Japan
©2009, Shintarō Agi

ISBN978-4-396-33477-2　C0193

祥伝社のホームページ・http://www.shodensha.co.jp/

祥伝社文庫・黄金文庫　今月の新刊

西村京太郎　寝台特急カシオペアを追え
誘拐、拉致、射殺、爆破予告…十津川警部、大ピンチ！

木谷恭介　石見《いわみ》銀山街道殺人事件
世界遺産に死す!? 宮之原警部シリーズ最高傑作

歌野晶午　そして名探偵は生まれた
圧巻の密室トリックと驚愕の結末に瞠目せよ！

阿木慎太郎　闇の警視　弾痕
97万部突破のシリーズ最新刊。内部抗争に揺れる巨大暴力組織

南　英男　三年目の被疑者
殉職した夫の敵を追う女刑事の前に現われる男とは

渡辺裕之　継承者の印《しるし》　傭兵代理店
平和ボケの日本人に警鐘を鳴らす、ハード・アクション小説第4弾！

睦月影郎 他　秘本　紅《くれない》の章
焔のように熱く、赭く…超人気アンソロジーの官能最前線

小杉健治　子隠し舟　風烈廻り与力・青柳剣一郎
頻発する子どもの拐かし。探索する剣一郎にも…

山口勝利　冷えた女は、ブスになる。　内臓温度を1℃上げて、誰でもアンチエイジング
むくみ、イライラ、シミにクマ—すべては「冷え」が原因だった

宮嶋茂樹　サマワのいちばん暑い日
フリーカメラマンにしか描けない「自衛隊イラク派遣」の真実！

古市幸雄　あなたの英語がダメな理由
英語学習の〝常識〟、いつまで信じるんですか？